高名凯译文集

17

驴皮记

（法）巴尔扎克 著

海峡出版发行集团 | 海峡文艺出版社
THE STRAITS PUBLISHING & DISTRIBUTING GROUP | Haixia Literature & Art Publishing House

目　录

第一部　护　符

一

去年十月下旬，各赌厅都根据法律开了场。法律是保护一种本质上可以让政府征收捐税的嗜好的。开场之后一些时刻，一个年轻人来到王宫[①]。他没有什么犹豫，就登上了第三十六号房屋开设的赌场的楼梯。

“先生！……您的帽子！请您！……”一个蹲在防堵后面暗影

① Palais-Royal 是巴黎一种创业场性质的地方，这里有各种各样的娱乐场所。

里的面色灰白的老年人突然站了起来，露出一副卑劣的脸孔，用清脆的叱咤的声音对年轻人说。

走进一个赌厅的时候，法律就开始剥夺您的帽子。这是不是《福音书》或神授的一个启示呢？这难道不就是跟您订立一种凶恶的契约，向您要求一个我也不知道是那一类的抵押品吗？这是不是要您在那些就要赚您钱的人面前保持尊敬的态度呢？这是不是隐伏在一切社会污沟里的警察要知道您的帽商的字号或是您的姓名呢（要是您把姓名写在帽子里的话）？还有，这是不是要测量您的头骨，给赌徒们的脑力做下一个有所启发的统计呢？

关于这一点，行政当局却绝口无言。不过，您一朝着绿毡走上一步，您的帽子就已经不属于您，就像您已经不属于您自己似的：您是在赌博，您，您的财产，您的帽子，您的手杖跟您的大衣。

出来的时候，赌神会用一个残暴的活讽刺给您指明他还给您留下一些东西，退还您的行装。要是您偶然有顶新帽子，您就会破费许多金钱来叫您明白您得有一身赌徒的服装。

年轻人接到一块取帽的牌号时（幸亏这帽子的边缘已经略有残破），不禁露出一种惊异的神色，这表示他的灵魂还相当的天真。

短小的老年人无疑的自幼就沉溺在赌徒生活的残酷快乐里。他给年轻人投去一道冰冷的黯淡目光，一个哲学家可以在这目光里看到医院的悲惨情况，破产人众的漂泊生涯，审问许多自杀案件的供状，终身的强迫苦工，放逐到瓜沙高尔古去的流刑……

这个人的白色长脸只由达尔西的胶质药水给加以补养，它是一张活的图像，可以表征嗜好的最简单的形式。皱纹里留有许多过去的苦楚的痕迹。他应当是取到菲薄的薪金就得当天拿去赌博。总之，就像对鞭打不再有感觉的病马似的，他已经不会再对走出赌场的失败赌徒所发出的无声的叹息，缄默的咒诅，呆笨的眼神战栗了。他是天生的赌神。

要是这年轻人注意到这悲惨的监守人的话，他也许就会对自己说：

“这个人心里只想到赌钱！”

但是这位陌生的年轻人却并没有听从这个活顾问。这一定是上帝给安置在这里的一个活顾问，就像上帝在一切坏地方的门口都给放上让人厌恶的东西似的……不，他并没有听从。他坚决走进赌厅。黄金的声音在那里让人听来就像一段叫人迷幻的音乐……这位年轻人也许是受着卢梭最合逻辑的妙句的催促而到这里来的，我相信，这妙句的悲痛思想就是——是的，我想一个人可以赌博，但这是在他和死亡之间他只看到他的最后一文钱的时候……

二

晚上，各赌厅只有一首庸俗的诗歌，不过这诗歌的效力却跟一幕火炽的悲剧同样的切实。厅里堆满了观客和赌徒，到这里来寻刺激的穷老头儿，激奋的脸孔，先以饮酒开始，即将以跳进赛纳河来结束的狂欢。那里充满着赌欲，过多的角色妨碍您去面对面的鉴赏赌魔的脸孔。这晚会是一曲真正的合唱，整个的队伍都在歌咏，每一个乐器都在演奏。

您可以在那里看见许多贵宾。他们到那里来消遣，就跟买票看戏，买东西吃一样的花钱寻开心似的，就跟到屋顶楼去花点小钱来使他们悔恨三个月似的。

可是，您懂得一个急待开赌的人在灵魂里得有怎么样的狂热和勇气吗？……早晨的赌徒和夜晚的赌徒之间有个不同，就像懈怠的丈夫跟徘徊爱人窗下的情人之间的不同似的。只有早晨的时候，才有急促跳悸的嗜好，可怕的真切的贪欲。这时候，您能够敬服一位真正的赌徒，一位没有吃过饭，睡过觉，生活过，思想过的赌徒，因为他被他的鞭苔给打得粉碎了，他曾经为着这“三十点和四十点”的赌戏而遭受过苦楚，而工作过。只有这时候，您才会碰到镇静刺人的眼睛，叫您幻惑的脸孔，能够翻动以及吞噬纸牌的目光。

是的，赌徒们前来追求最后一次的运气之后，都是等着自杀的。他们要在吃饭之前，对命运的苦乐作一次占卜。消磨了八个钟头之后，只剩下因为纸牌的机遇而发生的偶然的热狂。红点或黑色点已经一连赢了十次。

所以，开场的时候，赌厅并不是十分超凡的。如果西班牙有它的斗牛，罗马有过它的角技，巴黎却以它的王宫为荣，这里的激奋的轮盘让人家生出参观流血如注的快乐，而观众的脚也不怕踩上这些血迹。请你对这决斗场偷偷的瞧上一眼，请您进去！……多空虚啊，墙上铺着的纸染有一个人那么高的油污，没有任何可以清醒灵魂的图像，甚至于连一根给人自杀方便的螺丝钉也

没有。地板是旧的，不大干净的。一张长方形的桌子占据了厅的中央。紧围着这块让黄金弄旧了的桌毡旁边的几张草梗椅子，它的简陋可以说明到这里来为财富奢华而毁灭在这里的人众对于奢华又是如何的漠不在意。这种人性的矛盾在一切让灵魂向自己强力反动的地方都可以看得到。情人愿意把情妇裹在丝织品里，给她穿上东方的柔软绸缎，然而多半的时间他却在粗陋的床上占据了她。野心家梦想得到最高的权力，然而却给人家折腰致敬。商人在一间潮湿污脏的店铺里度着艰苦的生活，然而却建造一所高大的公馆，早熟的承继人，他的儿子，将来也会因为兄弟分家拍卖房屋而被驱出这公馆。除了厨房的景象，酒楼的气味外，还有什么东西可以比一个欢乐的场所更讨人厌吗？奇怪的问题！人类总是对抗自己，用眼前的苦痛去欺骗他的希望，用他所不能有的将来去欺骗他的苦痛，他总给一切的行动印上矛盾和软弱的性质。在这人世之上，没有东西会比不幸更为十全……

年轻人走进赌厅的时候，那里已经有了几个赌客。

三位秃头的老年人懒洋洋的坐在绿桌毡的周围。他们那石灰一般的颜面就像外交家一样的镇静，显得他们的灵魂已经萎靡，他们的心脏久已不会跳悸，就是拿妻子的嫁资来冒险也无动于衷。

一个黑头发橄榄色脸孔的意大利年轻人静静的曲肱靠在桌端上，好像在倾听总是给赌徒喊叫的秘密预告：“是的。——不是！”这双南方人的脑袋呼吸着黄金和热火。

七八个观客站在一排，好像凑成一群看戏的客人似的，等着观看命运的变化给他们预备好的幕景，演员的脸色，钱币和钱耙子的动作。这些浪子一声也不响，一动也不动，聚精会神的站在那里，就像沙场上观看刽子手砍下头颅的人众一般。

一个干枯的高个子穿着一件破衣服，一边手拿着一张卡片，一边手拿着一把针，要去标记“红点”或“黑点”的出现。这是在一切的时代欢乐边上去找生活的一个近代丹达尔[1]，没有资金而幻想赌钱的一个吝啬人，用爱抚妄想的方法去自慰穷苦的一个有理性的疯子，就像念白弥撒的年青牧师拿圣饼来把玩一样的进行恶习，冒犯危险。

庄家对面有一两个精明的投机家，赌博的专门家，他们都像不再骇怕摇船做苦工的古代囚徒似的到这里来下三次赌注，希望能够立刻带回可能的收获，靠它来生活。

两个年老的赌厅听差叉着手，懒洋洋的走来走去，不时不时的从窗口眺望花园，好像要给过路的客人露出扁平的脸孔，当作一种招牌似的。

帮手和庄家来给这些赌客投去一道刺心的灰白目光，用尖锐的声音说：

“你们赌罢！”

年轻人打开了门。

寂寞更加深刻化，一切的脑袋都因为好奇而朝着新来的客人转来。

说也奇怪！颓唐的老年人，发怔的雇员，观客，甚至于过分自信的意大利人，一切的人看见了这位陌生人都流露出一种我也不知道是那一类的可怕的情绪。

在这赌厅里，苦痛应当是无声的，悲哀应当是快乐的，失望应当是适宜的。要在这里得到怜悯，不是得有大不幸吗？要在这里引起同情，不是得相当的软弱吗？要在这里叫人们的心灵发抖，不是得有一个悲惨的外观吗？唉，这位年轻人进来的时候，这些

---

① Tantale是希腊神话中的人物，受耶必达神的责罚，永远饥渴，投入河中，水却从他的嘴唇旁边流走，站在果树之下，树枝却高举起来，不让他吃到果子。后人就拿他来比喻将要实现某种事情而终归失败的人。

激动冰冷灵魂的新情绪正好有这一切的情形，但是，刽子手们有的时候不是也会为那些应当在革命信号下被斩断金栗色头颅的处女们哭过吗？……

第一眼瞧过去，赌徒们就从这位初出茅庐的伙伴脸上看出一些可怕的神秘……

他的年青脸纹印有一种忧愁的气色，他的眼色证明他有过许多失败的努力，上千毁灭了的希望！自杀的忧郁镇静给这额头产生一种暗昧的病态的苍白颜色，一道苦笑在嘴角里给画出轻微的皱痕，身姿表现一种让人看了生痛的自暴自弃的态度。

眼睛深处闪灼着一些秘密的才能的光芒，这眼睛也许是由欢乐所生的疲惫给蒙上一层翳。是不是放荡的生涯拿污脏的烙印给盖在这双当年那样纯洁光亮，现在又这样退化的脸孔上面呢？医生们一定要认为那围绕眼皮的黄圈和双颊上的红斑是心脏病或肺病的结果，诗人们也一定要从这些记号里认为是他对科学的狂热，他在灯下苦读的熬夜的痕迹。但是，一种比较疾病更有损害的情欲，一种比较读书和写作还要无情的疾病却使这双脑袋变化，使这块活泼的肌肉收缩，绞扎了这只有狂饮过食，苦读和疾病才能够伤害的心脏。

一个著名的罪犯来到监狱的时候，囚犯们都要敬重他，欢迎他。同样的，这一切的人间魔鬼，知道苦痛的专家，他们都对一个空前的苦恼，他们的眼睛所探测的深伤表示敬意，从无声的讥讽气度上，服装的悲惨风致里认到了他们的一个王子。

年轻人的确有一件富有趣味的燕尾服，但是他的背心和领带却非常巧妙的连接着，使人家不会猜想他有一件衬衣。他那一双女人一般精致的手并不十分洁净。两天以来，他已经不戴手套了：这个诊断书已经说明了一切！……

如果这赌厅的帮手和听差们自己也战栗了，这是因为在这细长精致的体态里，在这稀薄的金栗色头发里（自然的成为发环）焕发着的天真仪表使他们受到蛊惑。这个人还只有二十五岁的神气，他的嗜好好像只是一种偶然的事情。年轻人的青春生活还在那里跟爱好一种无力的放逸生涯的狂热相格斗。黑暗和光明，灭亡和生存都在那里斗争，既产生雅趣，又产生嫌怨。青年人就像迷路的无光的天使似的来到这里；所以这些恶习和污行的老教师们也就像一位没有牙齿的老妪看见一位将要堕落的可爱少女不禁兴起怜惜的情意似的，有一种要对她说“您出去罢”的神气。

他一直朝着桌子走来，站在那里，毫无计算的把手里拿着的一块金子投在绿毡上，金子朝着黑点滚去：然后，好像坚毅的人似的痕恨无谓的争吵，他就给帮手投去一道又像喧嚣又像冷静的眼色。

这幕景非常有趣味，老年人们甚至于都不下注；但是意大利人却利用他对这嗜好的过分自信心想出一个好主意，把他的金块子押在陌生人的相反的地方。

庄家忘记了说这几句终于变成听不懂的嗄声的话：

“你们赌罢！——定盘了！不行啦！”

帮手把纸牌排布好，好像要给这最后的来客祝愿有个好运气似的，毫不在意这些从事不正当娱乐的企业家的输赢。所有的眼睛都盯住漏泄天机的纸牌，发出亮光，因为观客们都在这块金币的命运里看到这双高贵生命的最后一幕悲剧。但是无论如何注意的轮流看着年轻人和纸牌，他们都不能够在这副冰冷忍耐的脸孔上看到任何情绪的征象。

“红点，赢了，过去了。”帮手正式宣布。

看见庄家给掷来的钞票一折一折的落在桌上，一道无声的喘息就溢出了意大利人的胸口。年轻人呢？他只在耙子伸来耙走他的最后一个拿破仑[1]时才懂得自己的毁灭。象牙耙使金币发出一种清脆的声响，这金币也就箭矢一样快的飞去会合钱柜前头的金堆。陌生人慢慢的闭上眼睛，他的嘴唇发白了；但是一会儿，他又睁开眼皮，他的嘴唇又显出珊瑚一般的红色，他也就装出像英吉利人把生命看作没有什么神秘的神气，没有用失望的赌徒常对观客射去的悲痛眼色来安慰自己，就这样失迹不见了。这一秒钟的时间接踵而来的有多少的事变啊！这骰子的一掷又产生多少的事情啊！

“这一定是他的最后一颗子弹。”帮手沉默一会儿，把这块金币捏在大姆指和食指之间，给在场的人瞧了一眼之后，就笑着说。

“这是一个就要跳水自杀的狂人。”一个熟客一边瞧着周围大家都互相认识的赌徒，一边回答说。

“嘿！”听差吸了一下鼻烟，嚷着说。

“要是咱们学先生的榜样呢？……”一个老年人指着意大利人对他的赌伴们说，“哈？……”

大家都瞧着幸运的赌徒，意大利人的手正在战栗的计算他的钞票。

“我听见”，他说，“有个声音朝着我的耳朵说：‘这一场赌博一定有理由反对这个失望的年轻人！’”

“他不是一个赌徒……”庄家接着说，“要不然，他就会把钱分做三注，多一些机会。”

三

年轻人走了过去，没有讨回他的帽子；但是年老的监守人却

---

① 价值二十佛郎的钱币，上面铸有拿破仑的肖像。

注意到这贱货的破损情况，一语不发的拿这帽子还给了他；赌徒用机械的动作递回号牌，然后，就用这样微弱的气力依着“姑姑心跳了”的调子吹口哨，走下楼梯，甚至于连他自己都不大容易听见这甜蜜的曲调。一会儿，他就走到王宫的走廊里来，在最后一个思想的指导下，一直走到圣奥瑙利街，取道杜伊勒利，犹豫不决的慢步穿过花园。他就像在沙漠里似的走路，看不见人众。人众用肘子对他碰来碰去，他可只在人群的喧噪里听到唯一的一道声音，死神的呼唤。最后，他就胡思乱想起来，好像当年被一辆小车自王宫驱到沙场，朝着一七九三年以来的流血所染红的断头台走去的囚犯似的默思着。

自杀有一种我也不知道是什么伟大可怕的成分。平常人跌倒并没有危险，就像孩子们从太低的地方跌下，不至于受伤似的；但是一个想要自毁的人，他得来到相当高的地方，升上九天，瞥见什么无从攀登的天堂。强迫我们拿枪口来平静心灵的风波，这风波应当是难于和解的。

人世存在有许许多多隐匿在屋顶楼里的年青才子。他们渐渐的衰弱而至于死亡，因为他们在百万人众之间，在一班遭受金钱压迫的自相扰搅的人群之前缺乏一个朋友，一个可以安慰他们的女郎！……一想到这里，自杀的念头就越来越强了。

在自愿的死亡和召唤年轻人到巴黎来的无穷希望之间，只有上帝知道思想、被人唾弃的诗章、失望和哑塞的呼叫、无益的企图和失败的杰作是怎么样的互相冲突。每一次自杀都是一首超卓的悲歌。在文学的海洋里，您可以在什么地方找到一本永存的书籍，能够在才气方面跟以下一段小新闻争雄呢？

昨日四点钟，一年青少女于艺术桥高处投身赛纳河自尽。

这句充满苦痛的话语多半的时候都插在新戏的广告和济贫盛宴的特写中间……我们对身体上的苦痛怀有充分的恻隐之心。

在这巴黎式的简洁文笔之前，什么悲剧啦，小说啦，一切的一切都会自觉逊色，甚至于这个老书名：“让孩子们监禁起来的光荣国王肯那凡的悲哀。”这是一部佚书的最后残文，只要一吟就会使亲自抛妻弃子的施泰因涕泣……

陌生人受到成千这一类的思想的袭击。这些思想一片一片的侵入他的心灵，就像在战场上飞扬的破旗似的。如果他忘却了一些时候他的智慧和回忆，停留在绿草上微风平匀吹荡的几朵花前的话，一会儿之后，还在沉重的自杀思想底下挣扎着的生命的痉挛却又来对他袭击了。他举起双眸，朝向天空；灰云，悲风，阴沉的空气还在劝他寻死……

他朝着王桥走去，心里念着前辈自杀者的最后幻想……回忆到割断咽喉之前，卡斯特礼拉爵士曾经满足过最卑贱的需要，走上死路时乌齐尔翰林还要寻找他的鼻烟匣，他也就不禁微微的一笑。

他分析这些怪事而反复的自问；就在他靠紧桥栏让路给那个使他衣袖染上一点儿白颜色的市场大汉时，他还吃了一惊，小心翼翼的打散白粉。走到桥顶的时候，他就发出一道凶恶的神色，瞧着河水。

“天气坏，不好跳水！”一位穿破衣服的老妪笑着对他说，“赛纳河太脏，太冷啦！……”

一道天真的微笑就是他的回答。这证明他有狂热的勇气。但是，看见了远处杜伊勒利花园码头上一所小板房屋顶上的招告写着的一尺高的字——救救闭气的人，他也就突然战栗起来了。

他仿佛看见达栖先生给人家做些慈善的事情，呼唤舟夫，叫他摇动有效力的桨，要是跳水的人不幸浮上水面，这桨往往会撞破他们的脑袋：他又好像看见达栖先生啸聚许多好奇的人，吩咐他们去寻找一个医生，预备消毒；他又仿佛读到新闻记者在快乐的宴会和舞女的微笑之间所写成的诔辞；他仿佛听见警察局长给船夫犒赏取到他的头而数钱的声音。死了的话，他还值得五十佛郎；活着的话，他却只是国家所漠视的无补国计民生的一个没有保护人，没有朋友，没有草褥睡觉，没有人替他宣传，在社会上等于零的才子。

他觉得白昼自尽不大雅观，就决定要在夜里自杀，因而能够给蔑视他的伟大生活的社会送上一只无从辨识的尸体。于是，他就继续朝着福尔泰尔堤岸走去，好像消磨时间的闲人似的懒洋洋的走着。在堤岸角上走下桥边行人道尽头的阶层时，堆积栏上的书籍把他的注意力吸引了去；他很难不买一两本书。

于是，他就笑了，拿哲学家的态度伸手探进裤袋。惊异的听见一些钱币在裤袋深底仿佛魔术似的打响的时候，他又恢复了漠不在意的轻浮态度，慢步闲游……

一道希望的微笑使他的脸孔发亮，掠过他的嘴唇，溜上他的脸纹，额头，使他的眼睛和黯淡的双颊发出快乐的光辉。这喜悦的光芒就像火星在烧过的纸灰上奔跑似的。但是脸孔却有黑纸灰的命运。陌生人用力从裤袋里缩回手，看见是三个大铜苏[①]的时候，这脸孔又变成悲惨的了。

“啊，好先生，可怜罢！可怜罢！为着迦太琳的仁慈！一个小苏让我买面包吃呀！……”

一个胀着黑脸孔，熏得一身棕色烟灰的衣衫褴褛的扫烟囱小工人朝着这个人伸出手来，要剥削他的最后的铜苏。

离开这个沙芜瓦小孩子两步路的地方，一个穷苦，多病，怯

① 苏（sou）是法国的铜币，二十苏等于一佛郎。

弱，穿破毛布衣的老头儿用一种粗暴而含糊的声音对他说：

“先生，你要给我什么就给我什么，我要替您祈祷上帝……”

但是，年轻人瞧了老头儿一眼，老头儿也就不再作声问什么了。也许在这沉闷的脸孔上，他认得有一种比他自己还要酸楚的悲哀。

“可怜罢！可怜罢！”

陌生人一边给孩子和老头儿扔去钱，一边离开行人道，走到房子那一边去……他不能够忍受赛纳河那令人伤心的景象。

“我们要恳求上帝让您再活下去！……”两位叫化子对他说。

走到一间售卖画像画片的商店的陈列室前面，这位差点儿没有死去的男子遇到了一位从华丽马车上下车的年轻女郎。他心怡神悦的端详这艳丽的女人——一副雪白的脸孔非常调和的框饰在一顶漂亮的绸帽子里。他让她的轻盈体态，幽雅动作给迷住了。踏起步来，轻轻掀起的袍子让他看出一只由脱落的白色袜子给画出精致轮廓的腿。年轻女郎走进了商店，在那里讲论价钱，再购买一些纪念册和一些石印画集；她花了好几个金币，这些金币就在柜台上发亮，叮当的作响。

年轻人表面上看来是站在门限上面忙着观看玻璃橱里的图片，实在的情形却是多情的向这美丽的陌生女人送去一道男人所能有的刺人的秋波，跟她交换偶然对过客射来的无意的眼色。在他一方面，这是对爱情，对女人的告别！但是这最后一次的有力诘问甚至于都没有让对方了解，都没有感动这毫不在意的女人的心，都没有使她脸红，都没有使她低下眼睛。在她一方面，这是什么呢？不过是更多一次受人敬慕，不过是让她晚上可以胜利的说“我今日真美丽啊”的一个激奋的欲望罢了。

年轻人立刻走向另外一个画框子。美人上车的时候，他也还没有转过他的头。马车走了，这最后一次的奢华和风流的印象就跟即将灭亡的生命似的消失了。

他举起悲恻的步伐，沿着许多店铺走去，没有多大兴趣的查看商品的标本。没有商店的时候，他就细究罗佛尔宫、翰林院、圣母寺的塔楼、大理院的塔楼和艺术桥。这些建筑物好像都有一种悲哀的姿态，反射出天空的灰黑色调。天上的薄光给巴黎送去一道逼人的空气，巴黎就像美女似的屈服在许多丑陋和艳丽的不可解说的偏情之下。所以，大自然本身也暗谋使这临死的人堕入苦痛的昏迷里。一种险恶力量的融化作用往往在我们的神经所流转的液质里找到一个媒介。就在这种力量的袭击下，年轻人觉得他的身体不知不觉的变成了一种液体。苦痛的风涛给他印上类似波浪的动作，使他从一层流动的云雾里看到这些建筑物和人众。他要躲避这些自然界的反应作用在他灵魂里所产生的微动，就朝着一间古董铺走去，想要到那里去满足他的感觉或在讲价购买艺术品当中让他去等待夜晚的来临。这就是所谓的“壮壮胆”和

“找补药”，好像走上断头台的囚犯对自己的力气发生疑问似的。

四

想到就要死去，这位年轻人暂时就像有两个情人的公爵夫人似的有自信心。他就态度自如的跨进古董铺，让人家在他的嘴唇上看出一道呆定的微笑，宛如醉汉的笑容。他难道不是沉醉于生活或死亡吗？一会儿，他又陷入昏迷状态，在奇异的颜色之下，或在忽而沸腾如瀑布忽而平静淡泊如清泉的不规则的血液循环给产生的色调之下继续观看物品。

他只要求到铺子里来看看有没有什么合适的珍贵物品。一位脸孔新鲜丰满，赭色头发，戴着一顶獭皮帽的年青伙计让一位年老的乡下女人去看守店铺。这个老太婆是个女性的卡里班[①]，她忙着打扫巴利西·柏尔拿的天才所制造的精美火炉。伙计用毫无顾虑的神气对客人说：

“您瞧，先生，您瞧！我们这下面只有一些平常东西；可是，要是您愿意费点事儿到二层楼去，我就可以给您看许多开罗的美丽的木乃伊，好几个嵌花的陶器，几个雕刻的乌木器，真的文艺复兴时代的东西，全是刚到的，好极啦。”

陌生人所处的是这种可怕的地位。这些说书一般的空谈，这些可笑的商业语言在他看来就像是小器量的人物拿来杀害天才的无聊恶作剧。他一直背负十字架到最后的阶段，他好像是在倾听他的向导，用他的姿势或单音缀的语言去回答；但是他却不知不觉的收复了缄默的权利，毫无忧惧的从事最后的可怕的思索。他是诗人，他的灵魂偶然间碰到了一块无边的草场：他应当预先看

① 莎士比亚戏剧里的人物，代表反抗强权的粗野匹夫。

到二十层世界的骸骨。

第一眼看过去，他觉得这许多货物是一幅混乱的图画，其中杂有一切互相冲突的人类和天神的工程。鳄鱼，猴子，蟒蛇的标本对教堂的花玻璃微笑，好像要咬伤半身像，在漆器后面奔跑，或是爬上千盏灯似的。一只由耶古杜夫人书上拿破仑肖像的施维尔瓷瓶就放在献给西苏斯特里①的斯芬克斯的旁边。世界开始的时候和昨天的事情都用可笑的淳朴举动互相结合在一起。一架烧肉转动机就放在一个供物匣的上面，一柄共和党人的指挥刀就放在中世纪的枪上。拉都尔②用松蓝画的《巴利夫人像》，头上一颗星，裸体隐显在云端的巴利夫人似乎是用色情的态度欣赏着印度的长烟管，设法猜测向她蜿蜒伸来的小发条的用途。

杀人的器具，尖刀，奇怪的手枪，秘密的武器，胡乱的跟瓷汤碗，撒克逊盘子，中国来的透明杯，古代的盐缸，封建时代盛糖渍果子用的罐子，这些生活的器皿放在一起。一个象牙船张起船帆在一只屹然不动的大龟的背上航行。一个橡皮抽气机弄坏了神圣不可侵犯的阿古斯督皇帝的一只眼睛。

许多法兰西邑吏，荷兰市长的肖像好像生前一样冷淡的立在这些杂乱的古董上面，在那边发出苍白冰冷的目光。

世界上一切的国家好像都给这里送来一些科学的残留，艺术的样本。这是一种哲学的垃圾堆，没有缺乏任何的东西，就连野蛮人的长烟斗，土耳其妓楼的绿色或黄金色拖鞋，穆尔人的斜方头长刀，鞑靼人的偶像也不欠缺。那里甚至于也有兵士的烟荷包，牧师的圣爵，王座的饰毛。这些奇怪的图像还因为光彩的混合，明暗的对比而生的许多奇异的反照显出成千色调的突变。耳朵疑

① 古代埃及的国王。

② Maurice Quentin de Latour，法国十八世纪的著名画家。

是听见到忽断忽续的叫声，精神疑是感觉到未完成的悲剧，眼睛疑是看见到遮蔽未妥的微光。

最后，顽固的尘土都给这一切的东西盖上一层薄纱，这些东西的许多棱角和曲线产生了一种最含有画意的效力。

陌生人最初拿这充满文明、文化、神性、杰作、王权、放荡、理智和疯狂的三间小厅来比拟一块含有许多小面的大镜，每一小面都映出一个世界。得了这朦胧如雾的印象之后，他就要选择他的享受；但是，用力的观看、思想和梦幻的结果，他却不禁发起烧来，也许这也因为腹中作响的饥饿所使然。

看了这些人类的遗留所例证的各国或各个人的存在，年轻人的感觉就完全的麻木了；催促他走进商店的欲望已经得到报酬了；他走出了现实的生活，一步一步的登上了理想的世界，到达了令人昏迷的幻宫。在他看来，宇宙就像是许多火纹构成的细块，正如从前，未来的景象在巴特摩斯岛上的圣约翰眼前火焰似的飞掠而过一般。许多悲伤，温雅，可怕，黯淡，光焕，远古和近世的人物都一堆一堆，一层一层，一代一代的站了起来。

神秘峻峭的埃及在沙漠中站立起来，由一个黑色带捆扎的木乃伊来代表；然后就是牺牲各国人民来建筑一座坟墓的埃及国王，摩西，希伯来人，沙漠。他瞥见一个古代的严肃世界。

一只新鲜甘美的云母石塑像放置在一个散发白光的螺纹柱上，对他述说希腊和爱恩尼的动情神话。啊！看见了红色背景上的一个棕色的女郎在伊特鲁斯克陶瓶的细泥里，在布里亚普天神的前面跳舞，快乐的向天神致敬，谁不会跟他一样的微笑呢！对面，一个拉丁的王后眼巴巴的爱抚她的怪兽。那里呼吸着整个的罗马帝国时代的情欲，露出等待迪布尔的一个倦怠沉思的珠丽的浴盆，睡床和服装。

塞西郎的头武装着阿拉伯护符的威力，这使他回想自由的罗马，给他翻开迪特—里夫[1]的《历史》。年青人欣赏着这 Senatus populusque romanus（罗马人的元老议员）[2]。总督，前卫军人，饰有紫色边的长袍，议政厅的争吵，激怒的民众，这一切的一切都慢慢的排列在他面前，宛如梦里所见的朦胧脸孔。

最后，基督徒的罗马就统制着这些景象。一张画给他打开天门，他在那里见到淹没在黄金色云彩里的圣母玛利亚在天使的包围中压倒太阳的光辉，倾听着这再生的夏娃对他们嫣然微笑的不幸者的诉怨。摸到了一只用维苏夫和伊特那各种火山的喷石制成的镶嵌细工，他的灵魂就奔进了温热的褐色的意大利：参加保尔基亚一家的狂饮，在阿布鲁塞山地里奔跑，对意大利的爱情吐出气息，对黑色长眼睛的白色脸表露爱慕。他看见一把中世纪的小刀，刀柄修饰得跟花边一样，锈斑就像是血迹，也就不禁对一位丈夫的无情冷剑所切断的夜间爱情的结局发出战栗。

印度和它的宗教重新复活在一只偶像里，这偶像的头戴着一顶饰有小钟的反棱角形的尖帽，身上穿着金丝和绸缎。在一只人形瓷器的旁边，一块跟在那里辗转的舞妓一样美丽的席子边发出檀香木一般的气味。一个中国怪物的一双眼睛还是反吊的，歪斜的嘴，困扼的四肢，它就拿一个民族的发明来清醒灵魂。厌腻单调的美丽而到丰富的丑陋里去寻求不可磨灭的快乐，这是这民族的性格。

一只班凡奴多·齐里尼工场出品的盐缸把他带到文艺复兴的怀抱里，把他带到艺术繁荣，精神焕发，王公把拷打当娱乐，主教昏睡在妓女臂中而给简朴的牧师下令守贞的时代里来。他在一块雕凸花的美石上看到了亚历山大大帝的南征北讨；他在一个带

---

① Tite-Live 是罗马的著名历史家，著有《罗马编年史》(Decades)。

② 指的就是塞西郎。

火绳的古枪里看到了毕沙尔[①]的屠杀；他在一只盔兜的深底看到了纷乱炽烈的残酷的宗教战争。gip e，一群带笑的骑士图像从一副镶嵌精细、摩擦晶亮的米兰甲胄里挺出身来，面甲下还发亮着一个勇士的双眸。

这些家具，发明物，式样，工艺和残留的海洋给他编了一首无底的诗歌。形状，颜色，思想，一切都在那里复活；但是任何的东西都没有给灵魂一个完全的印象。画家用轻蔑的态度把人生的无数事故浪费的投射在调色板上，诗人应当完成在这巨型调色板上涂抹的伟大画家的画稿。

年轻人占据了世界，欣赏了各国，各时期和各朝代之后，又回到了个人的存在上面来。他重新注意个人的性格，他只看到个人生活的细节，不再关心民族的生涯，仿佛这对他一个人未免是过分的重压。

那里睡着一个吕伊慈陈列室保藏下来的蜡制小孩。这可爱的东西使他回忆童年的欢娱。看到了某一个岱地少女的尊严的腰布，他的狂热幻想就给他描绘自然界的简朴生活，真正贞洁的朴素清净，这样符合人性的懒惰的甘美，在赐人芬郁的“吗纳”的香蕉树下和迷人的清溪的荒芜旁岸过活的平静生涯。但是突然之间，他又变成了海盗，想到了扮演拉拉的角色所印下的可怕的诗章，深深的受到了成千介壳的闪灼颜色的感应，因为看见几个令人嗅到海藻、海菜和大西洋的飓风的石蚕而兴奋。

因为欣赏更远的几张幽美小画，几幅叫贵重的弥撒经稿本更加丰富的蓝色和金色的花卉形图案，他又忘记了海洋的骚动。他在和平的思想里温柔的摇荡着，重新想到学术的研究和科学，祝愿能够得到没有忧愁，没有欢乐的僧侣的丰沃生活，躺卧在修士

---

① Pizarre 是征服秘鲁的西班牙人，以残暴闻名。

小室的深底，从峨特式的窗口欣赏修道院的草地，树林和葡萄园。他在邓尼埃[1]的图画前面，仿佛披上了一个兵士的大衣或一位工人的褴褛；他希望戴士一顶佛兰德的脏污的烟熏黑了的帽子，醉饮啤酒，跟佛兰德人一块儿打牌，向一位引人注目的肥胖的乡下女郎微笑。

他看见米埃里斯[2]的《雪景》，不禁身上发冷；他看见罗沙·萨瓦多尔[3]的《战图》，又不禁动起手来打仗。他摸抚伊里诺瓦[4]《野蛮人的军斧》，他感觉到好像要剥他头皮的一个齐罗开土人[5]的解剖刀。他惊讶的看见一把三弦琴，就把它交给一个别宫女主人的手，欣赏着她的怡悦心神的小曲，而想象于夜间，在一道表示同意的眼色失落在一团漆黑里的当儿，靠近峨特式烟囱的旁边，向她宣布爱情。

他接近一切的欢乐，握住一切的苦痛，占据一切的存在方式，在这富有弹性而空虚的自然界幻影上这样慷慨的散布他的生命和情绪，甚至于在他心灵里回响的他的步声都像是另一世界的遥远的声息，仿佛巴黎的喧噪传到圣母寺的塔楼上头似的。

登上引路到第二层楼厅里去的楼梯时，他看见了每一个层级上所有的古代发誓用的牌子，骑士的全副武装，雕刻的圣体龛子，挂在墙上的木人。奇异的形状和坐在生死界上的伟大人物都在追赶着他，使他仿佛是在梦境的幻宫里走路似的。最后，他甚至于都怀疑自己的存在，他也就像是这些古董似的，既不完全死去，也不完全活着。

---

① Teniers是佛兰德的画家。

② Mieris是荷兰的画家。

③ Salvator Rosa是那布尔（Maple）的画家。

④ 北美合众国的一州。

⑤ 美洲的红人。

他走进新的陈列室时；阳光开始发灰了；但是，堆在这里的丰富灿烂的金制银制的物品都似乎没有应用光线的必要。那些有过几百万家财而穷死在屋顶楼里的浪费者，他们的珍贵爱好物都放置在这庞大的人类疯狂的劝业场里。原价十万佛郎而用一百苏小钱重新买来的一张写字台就放在一个秘密锁的旁边，这秘密锁的价值当年就够得赎回一个国王的生命。

那里，人类就在“穷困”的一切浮华，“极端渺小”的光荣里出现。一张乌木桌子，依据古儒·约翰的图画而雕刻的真正的艺术品，当年需要好几年的工程，也许只要用购买劈柴的价钱就可以得到。宝贵的小匣，仙女的手给制造的家具都被人给轻蔑的堆在一边。

“您这里有好几百万啦！”年青人走到通达前一世纪的艺术家所雕刻的一排镀金房间的最后一间房子时，就这样的嚷着。

“您就说好几十万万罢，”两颊红润的粗大的伙计答辩说，“可是，这还不算什么，请您再到第四层楼去，您就可以看看怎么样！”

陌生人随着他的向导来到第四个展览室。那里有许多卜森的图画，米赤儿—安慈的一座超凡的塑像，几张迷人的罗兰·克罗特山水，仿佛施泰因的著作似的一张杜·热拉尔的作品，许多郎布龙，穆里罗的丹青，仿佛拜仑爵士的一首名诗似的深颜色的维拉斯格斯真迹就在他的倦眼之前接续的浮现；此外，还有古代的浮雕，玛瑙杯，灿烂的白玉！……总之，这些都是使人厌恶工艺的工艺，使人怀恨艺术，伤害同情心的杰作的堆积。他走到拉发埃尔的一张《圣母像》前头，但是他却厌腻拉发埃尔。要人家瞟上一眼的高礼慈的一张人物肖像都没有使他注目。古代白斑红石所制的一只无价之宝的花瓶周边的雕刻代表着最放肆的罗马神话，什么歌林[1]的欢乐，然而却好不容易才博得他的一笑。

他在这湮灭了的五十世纪的残废底下喘息着，他在这一切的人类思想底下病痛着，他受到奢华和艺术的杀害，他受到再生的形态的压迫；就像什么恶鬼给他在脚下生出的怪物似的，这些形态都给他送来一场无底的战争。

灵魂也像是应用煤气来制造许多东西的近代化学似的，它不是也会因为迅速的集结快乐、力量和思想而含有一些可怕的毒素吗？许多人难道不会在突然于内心膨胀的精神酸素的攻击下灭亡了吗？

“这匣子里装些什么啊？”他走到一间大陈列室（这是人类的光荣，人工的效果，创造和财富的最后堆积），就用指头指着其中一个银链给挂在钉上的乌木制大方匣问道。

“啊！先生有这匣子的钥匙，”大个子伙计用神秘的气色说，“要是您要瞧瞧这张画像，我倒很愿意冒昧跑去找先生来。”

“冒昧！”年轻人说，“您老板是个王爷吗？”

“我可不知道啊。”伙计回答说。

他们互相瞧了一下，彼此都非常的惊异。认为陌生人的缄默是愿望的表示之后，学徒就让年轻人单独留在陈列室里。

五

您曾经在念读居维埃[2]的地质学著作时投身在空间和时间的无穷里吗？在他天才的征服之下，您曾经在无边的过去的深渊上，由于一个魔术家的持携而飞翔过吗？在孟马尔太的石矿底下或乌

① Corinne是古代的希腊女诗人。

② Cuvier（Georges）是法国的科学家，1769年生，1832年卒。

拉尔的叶纹石里沟沟层层的发现属于洪水时代之前的文化的兽类化石时，灵魂会因为瞥见几十万万年的时间，人类的薄弱记忆和不可毁灭的神圣传统所遗忘的几百万民族而惊骇，这些民族的灰骸就堆积在我们的地球面上，在那里形成了供给我们面包和花朵的两尺地。

居维埃难道不是我们这一世纪的最大诗人吗？拜仑爵士曾经用语词摹写过精神的激动；但是我们的不朽的科学家却用白骨重新结构各时代的世界，却用一些牙齿跟卡德穆斯一样的重新建筑城市，却用石碳碎片重新滋长一切动物学的神秘的万千树林，却在一只巨象的脚里重新找到巨兽的繁殖。这些角色都站立起来，生长起来，占据着和他们的巨大身材相配合的地区。他是应用数字的诗人，他超凡的拿“零”放在“七”的旁边。他唤醒太虚，而没有发出任何人为的魔术语言；他发掘一块石膏，在那里看出一个痕迹，就对您喊道：“您瞧！”

突然间，云母石变成了动物，死的变成了活的，世界的历史就排在眼前！无数年代的巨兽，无数种族的鱼类和软体动物过去了之后，就来了人类；这也许是由造物的主宰给损伤的一个巨型种类的退化演变出来的。昨日所生的这些软弱的人类却能够在他的回顾的激励之下穿过混沌，唱和一首无底的诗歌，而用一种《启示录》的回溯法去猜测宇宙的已往形态。

一个人的声音产生这可怕的复活。在这复活之前，让我们在这无名的“无穷”里享受片刻的生活，这一分钟的生命未免叫我们觉得可怜。（这无名的“无穷”是一切界域所共有的，也就是我们所谓的时间。）我们自问：这样的粉碎在这么多过去的破毁的宇宙之下，我们的光荣，我们的怨恨，我们的爱情又有什么用处？为着将来变成了一个不可触知的“点”，我们到底是不是值得去接受生活的苦痛？如果把我们从“现在”里拔除了去，一直到我们的仆人进来对我们说“伯爵夫人回话说她在等着先生哩”为止，我们都是死去了的。

年轻人刚看到的一切已知的创造的奇迹使他的灵魂生出哲学家见到未知的科学创造时所要产生的愁闷；他比任何时候都更愿望死去，因此也就坐在罗马高官的象牙椅上，让他的眼睛去巡视“过去”的全景幻灯。图画发出亮光，圣母的头朝着他微笑，塑像赋有虚假生命的色彩。谢谢阴沉的暗影，在破碎的脑袋里骚扰着的极度苦楚使他看来觉得这些东西都在跳舞，这些艺术品都在面前激动沸腾；每一个怪物都对他做出怪脸相。图里人物的眼皮都低了下去，使眼睛恢复鲜艳。每一个形状都依照它的习俗特性或环境，温雅或粗暴的颤抖着，跳动着，严肃或轻佻的离开了它的位置。这是浮士德博士在布罗肯山上瞥眼看到的配得上称为奇观的神秘的魔术会议。

但是，疲倦，目力的紧张，薄暮的意态给产生的这些视觉现象并不能够惊吓陌生人。生命的恐怖对一个熟识死亡恐怖的灵魂并没有力量。他甚至于都可以拿一种可笑的共谋去促进产生精神电感的怪态。特别的人物就是应用这种电感去配合最后的思想的。就是这些思想叫他觉得他还活着。

周围是这样的岑寂，不久他就进入了一种温存的梦境，梦境的逐步变黑的印象就像魔术似的，一个色调一个色调的渐渐跟随着光线的缓慢演化。天空发出的一道微光使最后的一道红色映成薄明，反抗黑夜。他仰起脑袋，瞧见模糊里有一架不容易看得出的骨骼疑惑不定的把头骨从右边转向左边，好像要对他说：

“死人们还不要你哩！”

年轻人伸手摸索他的额头，想要驱走睡魔。他清清楚楚的觉得有一阵我也不知道是哪一种毛丛擦过双颊给产生的凉风，他不禁发起抖来。花玻璃回响着一道微弱的轻声。他想这配得上坟墓的神秘的一阵冰凉的摸抚一定是什么蝙蝠给发出来的。

落日的虚泛反照还允许他去模糊察看包围他的鬼怪一些时候；然后，这整个的死的世界就在同一片漆黑的色调里消失了。夜晚，这自杀的时刻，已经突然降临了。

从这时刻起，还有相当时光的流逝。在这中间，他对地上的事物都没有任何的清晰观觉，也许因为他已经沉溺在一个深远的幻梦里，也许因为疲倦和刺心的思想使他模糊。

突然间，他相信有一道可怕的叫声在呼唤他，他就像我们在如火如荼的噩梦里急速的一跳跳进深渊时似的战栗着。他闭上眼睛，因为一道光线的烈焰使他眩晕。他看见在一团漆黑里发亮着一块红光，一个短小的老年人占据着这红光的中央，直立其间，手里持着一盏灯，对他照来。他没有听见老年人走来，也没有听见老年人说话或转动的声息。

这出现有点像魔术。最大胆的人在梦里受到这样的惊愕也会在这个仿佛是邻近古墓里钻出来的人物面前发抖。

使这鬼怪的呆定眼睛活跃的奇异的青春气力阻止陌生人去相信有什么超自然的力量；然而，在分隔他的昏迷状态和实际生活之间的短时间里，他就堕进了迪卡儿[①]所倡导的怀疑，可无奈何的屈服在这些不可解释的幻觉之下。这种幻觉的神秘是我们的傲性所谴责的，然而却是无能的科学所无从分析的。

六

请您想象一个枯瘦的短小老年人——身上穿着一件黑色丝绒

① Descartes (René) 是法国一个哲学家，1596 年生，1650 年卒。他认为哲学的开始就是怀疑。

的袍子，腰里拿一条阔绸带给扎得紧紧的。头上的一顶同样黑色丝绒的球形小帽让脸部的两边露出白色的长发条，披在头骨上，这小帽结结实实的框住他的额头。袍子仿佛一块大幅殓尸布似的裹着他的身躯，只让人家看出一只狭窄的苍白脸孔，瞧不出其他的人体形状。手臂很像一根人家曾经在上面挂过一块布料的木杖。老头儿向空中举起手臂，要给年轻人射去一切灯光。要是没有这清瘦如柴的手臂，这只脸孔就像是悬在空中。一道修成尖形的灰黑色胡须遮住了这怪物的颔部，叫人看来有点像画师们当做摩西的模特儿用的犹太人的脑袋。

这个人的嘴唇这样的没有颜色，这样的薄，我们甚至于都得特殊的注意才能够猜测出在这白色脸孔上他的嘴所留的线条。宽阔的皱额，灰白深陷的双颊，缺乏睫毛眉毛的绿色小眼睛的狠恶严酷，这些都会叫陌生人以为是杜·热拉尔的“称金者”从画框里跑了出来。审判官一般的精明细致可以由皱纹，鬓角上的环状折痕表现出来，显得他对生活的琐事有一种深刻的知识。这个人无从欺骗，他好像有天生的能力去袭取最秘密的心灵所有的思想。地球上各国的一切风俗和贤智都集结在他的冰冷的脸孔上，正如全世界的产物都堆积在满布尘埃的货栈里一般。您可以在这里看出察究一切事物的天神所具有的明亮的冷静态度，或一个看过一切事物的世人所赋有的骄傲力量。

一位画家可以拿两种不同的表现和两道笔画，应用这只脸孔来描绘教皇的美丽容貌，或梅菲斯多菲勒斯[①]的冷笑面具，因为这额头赋有超凡的力量，这嘴唇挂有狰狞的嘲笑。这个人曾经把人类的一切苦痛粉碎在无边的力量之下，他应当从中杀害过人世的欢乐。临死的人感到这位老神仙一个人生活在世界的一个奇怪的

---

① Méphistophelès 是歌德的《浮士德》所述的一个恶魔。

角落里，没有任何的欢乐（因为他已经没有幻想了），没有任何的苦痛（因为他已经不认识什么快乐了），也就不禁颤抖起来了。老年人呆立不动，有点像屹立光灿云霞中央的天星。他的绿色眼睛充满着我也不知道是哪一种冷静的狡猾，像在照耀精神的世界，宛如他的灯照耀这神秘的陈列室。

年轻人堕进死亡的思想和幻化的景色之后，就睁开眼睛。这正是这时候使他受到惊愕的一个怪异的幕景。孩子们往往倾听乳母讲述故事，而对她有信仰。如果年轻人还糊里糊涂的让自己暂时受到这种信仰的统治，我们就得承认这错误的原因就是冥思向他的生命和智能给盖上的一层布幕，就是兴奋的神经的激励，就是刚刚给他灌注鸦片烟所包含的猛烈快乐的悲剧的紧张幕景。

这景象发生在十九世纪巴黎的福尔泰尔堤岸上。这时间和地点都不可能有巫术的作用。陌生人所在的地方就是盖伊—陆萨克和阿拉冈的弟子（侮慢权贵欢乐的法兰西异端神明）在内断气身死的房子附近。他无疑的只服从我们常常拿来躲避失望的现实，试探上帝的权力的那些带有诗意的幻想。所以，他就在这盏灯和这位老年人之前发抖，莫名其妙的感到有什么奇怪的权力；但是这种情绪就像是我们站在拿破仑面前，或什么赋有天才满载光荣的伟人面前时所有的感觉。

七

“先生要瞧一瞧拉发埃尔画的《耶稣基督像》吗？”老年人谦恭有礼的对他说，清晰简促的音调有点像金属的响声。

说完就把灯放在破柱上头，让棕色的匣子吸收一切的光亮。

年轻人听到耶稣·基督和拉发埃尔这两个富有宗教性的名字之后，就做出一个好奇的姿势，正好是商人所期待的。商人拨动机关，桃花心木的雕板就突然的滑进了槽子，毫无声息的落下，让画绢呈现在惊叹的陌生人目前。年轻人看到这不朽的创造，就忘记了店铺里的幻想，睡眠的情态。他又变成一个“人”，认出老年人是个有肉体，活泼泼，没有任何魔术，重新生活在实际世界上的人物。温和的同情，神圣脸孔的和蔼安详立刻给他影响。九天流溢的馨香消散了燃烧他的骨髓的苦痛。救主的头仿佛是从一圈漆黑的暗影里露了出来；顶上圆光的锋芒在头发的周围强烈的闪灼着，这光芒好像是从头发里透了出来似的；额头和肌肉下面现出一种气度，显得他能够令人生出信心，这气度的深远气味是从每一条脸纹里散发出来的。

朱红的嘴唇刚刚叫人家听过人生的哲理，这观客就到空气里去寻觅这语言的神圣回音。他到岑寂里去追求救主的悦耳的比喻；他到“将来”里去倾听它，到过去的教训里去重新寻找它。这一双可敬的眸子其实是错知己心灵的避难所，这一双眸子的温和简朴正是《福音书》的翻译。总之，我们可以在这一个甘美伟大的微笑里整个的念读出天主教的义理。这微笑就像是概括的表达这句简单的训诫：你们得互相敬爱！这张画可以感应祈祷，可以劝人宽恕，可以消灭自私，可以唤醒一切酣睡着的德性。拉发埃尔的杰作也包含有诱人的音乐威力，它可以引起您在高贵的幻惑之下的回忆。它的胜利是完全的，人家甚至于都忘记了它的画家。光线的威严在这杰作上还有它的作用。不时不时的，这只头仿佛就在一些云彩中间远远的摇动着。

“我用金块子盖住这幅画。”商人冷淡的说。

“唉，我得死去！”年轻人嚷着。他刚从梦幻里醒了过来，这梦幻的最后思想又让他记起悲惨的命运，使他不知不觉的渐渐离开了他所依恋的最后希望。

“啊！啊！所以我有理由不相信你啦！”老年人一边回答，一边拉着年轻人的一双手，把他的手腕紧紧的握在自己的一只手里，好像把它给夹在钳子里似的。

年轻人对这轻蔑发出悲恻的微笑。他用温和的腔调说：

“呃！先生，别害怕，这是我的死活问题，不是您的死活问题！……我为什么不承认一个清白的欺罔呢？”他看了一眼心灵不定的老头儿之后，又接着说，“我等着黑夜到来好跳水自杀，免得丑声四闻。等着的时候，我就进来瞧瞧您的财宝。谁不会原谅一个科学家，一个诗人这最后的快乐呢？”

疑惑不定的商人一边听他说话，一边用慧眼观察假主顾的忧愁脸孔。一会儿，这惨痛的音节就给他一个保证，也许因为他在这惨无人色的脸纹里读到了从前叫赌徒们发抖的凶恶命运，他就放松了手。但是，他所有的却是一种可以揭示至少有一百年的经验的疑惧态度。他就用这态度懒洋洋的朝着一只碗橱伸出手臂，仿佛要靠稳在那里似的，从中取出一把小刀，嘴里说道：

“你是不是在国库里当了三年见习员，连一个钱也没有赚到呢？”

陌生人忍不住微微的一笑，做出一个否定的姿势。

“还是令尊过分责骂您到这世上来呢，还是您受过什么侮辱呢？”

“要是我要受侮辱的话，我也就要活啦。”

“您是不是在孚南布尔舞台上让人家喝倒彩呢？您是不是逼得只好编一些歌谣末尾的叠句，赚点钱来给您的姘头送殡呢？您的毛病不就是钱病吗？您要不要解脱苦恼呢？……总之，您有什么错处非得寻死不可呀？”

“请您别从一般人的自杀原因里去找死的原则。我要省些气力给您揭破我的大苦痛，我没有法子拿人间的语言来给您说明苦痛，我只要告诉您我是陷在悲惨的泥浆里，这悲惨是最深刻，最卑贱，最刺人的。我而且，”他又用一种可以否认他前头所说的话的野蛮骄傲的声调，加上一句话说，“我而且不愿意请求人家救援，请求人家安慰。”

“呃！呃！”

老年人先让他听见这两个代替一切答复的音缀，这就像是一只木铃的响音。然后，他就接着说：

“我不必强迫您恳求我，不必让您脸红，不必您一个法兰西的参丁[①]，一个近东的巴拉，一个西西里的达连，一个德意志的黑勒，一个俄罗斯的可白克，一个苏格兰的发尔心，任何一个古代的罗马小银币或是希腊小银元，也不必给您一个新时代的钱币，不必给您任何金的，银的，铜的，纸的，钞票，然而我却愿意叫您变得比立宪国家的国王还要富，还要有力量，还要受人尊敬。”

年轻人觉得老头儿简直是发了狂，他还是保持麻木不仁，不敢回答。

“请您过来”，老年人一边说，一边突然持起灯来，照着画像对面的墙，加上一句话说，“请您瞧瞧这张驴皮。”

八

年轻人连忙站了起来。他看见在他所坐的椅子上面有一张驴皮挂在墙上，不禁露出一些惊愕的神色；这驴皮的尺幅并没有超过一张狐皮那么大；但是，由于第一个不可解释的现象，它却从店铺的漆黑的深底里反射出明亮的光芒，您甚至于都会说它是一颗彗星。不相信异端的年轻人走近了这一张可以救他不幸的所谓

① 参丁，巴拉，达连，可白克，发尔心等都是这些国家的小货币的名称。

护符，心里想着一句调皮话嘲笑自己。不过，在合理的好奇心激励之下，他就反复的观察这张皮的各方面，不久也就发现了这怪异光芒的自然原因。驴皮的黑珠经人这样细心的修饰过，油漆过，可爱的条纹又是这样的洁净清晰，这张粗糙的东方兽皮甚至于都和红水晶似的形成了许多小窟孔，反射出强烈的火光。他给老年人计算数学似的指明这现象的原因，老年人的整个回答就是一道奸猾的微笑。这表示高人一等的微笑叫年轻的学者相信他这时候是受到什么幻术的欺骗。他不愿意多带一个谜到坟墓里去，就突然翻转这张皮，仿佛儿童忙着认识新玩具的神秘似的。

“啊！啊！”他喊道，“这是东方人所谓的所罗门玉玺的印迹。”

“那么，您认识它吗？”商人问年轻人，鼻孔里哼出两三阵气息，比较最有力量的语言都还要表达更多的意思。

“世界上还有这样简单的人居然相信这怪物吗?”年轻人听到这充满苦涩嘲弄的无声狂笑，不禁感到刺激，就这样的说。“您，”他加上一句话说，“您不知道东方的迷信都有这种符号的神秘荒谬的特性，而代表一种虚妄的力量吗？斯芬克斯或格里风的存在只是神话所承认的。我不相信我会在这种事情里比谈论这种神话还要让人家骂做无稽。”

“因为您是一个东方学专家，”老年人接着说，“也许您念得这句格言!”

他把灯端近年轻人朝里拿在手里的护符，让陌生人看出镶在这块美丽细皮里的文字，这些文字仿佛是从前产生这张皮的野兽自己长出来的。

“我承认我猜想不出人家在这块野驴皮上怎么能够把这些文字刻得这么深。”陌生人惊愕的喊道。

说完，他就使劲走向一群堆满古董的桌子那一边去。他的眼睛似乎要在那里寻找什么东西。

“您要什么呀?”老年人问。

“一个切驴皮的家伙，好看看这些文字到底是印在那里，还是镶在那里。”

老年人给陌生人递过他的小刀；年轻人接过刀，企图在发现这些文句的地方割下；但是，轻轻的刮起一层皮的时候，他就发现这些文字就跟印在皮面上的文字似的一样的清晰，他甚至于都呆愣了一些时刻，觉得自己并没有刮下任何的皮。

“近东的工艺有它的特殊秘密，”他一边说，一边忧惧的瞧着这句东方的格言。

“是的，”老年人回答说，“我们更应当认它是人类的工作，不应当认它是上帝的工程!”

神秘的文句是这样排列的：

لوملكتني ملكت آلكل
ولكن عمرك ملكي
واراه الله هكذا
اطلب وستننال مطالبك
ولكن قسن مطالبك على عمرك
وهي هاهنا
فبكل مرامك استسنزل ايامك
أتريد في
الله مجيبك
آمين

这意思就是：

要是你占有我，你就会占有一切，但你的生命也
会属于我。这是上天的意旨。尽管要，你的欲
望会得到满足。但是你得节制你生活上
的祝愿。这就是你的生命。对你的每
一个欲望，我将随着你的日子
一样的缩小，你要我吗？
你就拿着去罢。上
天会许诺你。
就是如
此！

“啊！您梵文念得很熟啊，”老年人说。“你也许曾经游历过波斯或孟加拉吧？”

“没有，先生，”年轻人一边回答，一边好奇的摸着这张带有

象征性的皮，这皮很像一张金属片，因为它很坚硬。

年老的商人又把灯放在原来的柱上，给年轻人投去一道印有冷嘲痕迹的眼色，好像是说："他已经不再想自杀了。"

九

"这是个玩笑吗？这是个神秘吗？"年轻的陌生人问。

老年人摇摇头，严肃的说：

"我不能够回答您。我给那些比您还有毅力的人献过这护符的可怕的力量；但是他们都嘲笑它要影响他们的将来命运的可疑的权力，谁也不愿意订立我也不知道什么力量给建议的这奇怪的盟约。我也跟他们一样的思想，我也怀疑过，我也弃权，而且……"

"而且连您自己都没有试过吗？"年轻人打断他的话，说。

"试吗！"老年人回答说，"要是您在王多姆广场的柱头上的话，您也要试一试跳上天空吗？人家能够堵塞生命的狂流吗？人类能够只死一半吗？到这陈列室来之前，您决定要自杀；但是忽然间您却忙于研究一个神秘，您也就忘记了自杀。孩子！您任何一天的日子都不会给您比今天还要有趣味的谜，不是吗？听我说。我看见过摄政王的放荡宫廷。那时候我也跟您一样的穷，我曾经讨过饭，但是我却活了一百零二岁，我也变成了一个百万富翁；'不幸'赐给我财富，'无知'教给我知识。我要用几句话给您揭破人生的大秘密。人类因为两种本能的动作而自枯萎，这两种动作使他的生命源泉干涸。两个语词可以说明两种致死原因的一切形式：欲求和贪权。在这两端之间，就有圣贤所有的另外一套公式，我的幸福和寿命就是它的恩赐。欲求烧毁了我们，贪权破坏了我们；但是智慧却让我们的柔弱机构处在永远的平静状态里。

"所以，欲望或欲求都在我身里让思想给杀死了；动作或权力都让我的器官的自然作用给铲除了。总之一句话，我不是把我的生命安放在能够破碎的心里，也不是把它安放在能够萎靡的感觉里，而是把它安放在永不陈腐的随时存在的脑筋里。我没有任何过度的激奋来伤害我的灵魂或我的身体。然而我却看到整个的世界。我的足迹走遍了亚洲和美洲的最高山岭。我学会了一切人类的语言。我在一切的方式下生活过。我拿我的钱借给一位中国人，拿他父亲的身体当作抵押。我相信阿拉伯人的话而睡在阿拉伯的帐幕里。我在所有欧洲的京城里签订合同。我一点儿也不怕把金子存放在野蛮人的茅屋里。总之，我得到了一切，因为我十分懂得轻蔑。我的唯一野心是要观看，观看难道不就是追求智慧吗？年轻人，智慧难道不就是一种直觉的享受吗？这难道不就是发现事实的本质而去完全占有它吗？占有一个物质所给我们留下的是什么呢？一个思想。请你想一想：能够把一切的现实都印在思想里，能够把幸福的源泉都灌输在心灵里，能够从中抽出没有尘世污垢的理想情欲的人，他的生活应当是何等的美丽啊。思想是一切宝库的钥匙，它可以替人获取吝啬人的快乐，而没有吝啬人的忧愁。所以，我就翱翔在世界之上，我在人世所有的快乐都是理性的享受。我的放纵就是欣赏海洋，民族，树林和山岭！我看过一切，但是这却是平静的，丝毫也不疲倦的；我没有贪求过什么，我等待过一切。我好像是在自己的花园里似的游历宇宙。人们所谓的悲哀、爱情、野心、厄运和惨痛，在我这方面，都让我改变成幻梦的观念；我不是感觉它，而是表达它，翻译它，我不让它吞噬我的生命，而把它加以戏剧化，加上发展；我拿它来寻开心，就像内心的视觉所念读的小曲似的。我从来没有使我的器官倦怠，我还有一个强壮健康的身体。我的灵魂承受了我没有浪费过的一切力量，我的脑袋要比我的店铺装有更多的东西。这里，”他一边说，一边拍着他的额头，“这里才是真正的百万财富。我给过去投去一道慧眼，这样的度着甘美的日子；我召致整个的地区，许多的风物，许多的海景，历史上的伟大人物！我有一所幻想的妓楼，那里有一切我所没有占有过的女郎。我常常重新看到你们的战争，你们的革命，我也给下判断。噢！人家怎么能够选择激奋和无聊的崇拜，去敬重多少有些色调的肌肉，多少有点圆润的体态呢？人家怎么能够选择你们那受欺的意志的一切的惨剧，而放弃命令宇宙出现的超凡的机能，不受时空限制而运动自如，俯览一切，观看一切，斜靠在世界的边缘去询问其他的境界，去倾听上帝的语言的无边乐趣呢？这是，”他用响亮的声音指着驴皮说，“这是贪权和欲求的结合。那儿是你们的社会思想，你们的过分欲望，你们的放肆，你们的有害的快乐，使你们生活过分兴奋的苦痛：因为苦痛也许只是一种强烈的快乐。谁能够指出情欲变成苦痛或苦痛仍是情欲的界线呢？理想世界的最强烈的光线不是会摸抚视觉，而物理世界的最阴黑的温柔不是总会伤刺它吗？贤智这个字眼不是从知识给产生出来的吗？如果不是过分的欲求，过分的贪权，还有什么疯狂呢！”

“得啦，是呀，我就愿意激奋的生活！”陌生人握住驴皮，嘴里说。

“年轻人，请您小心！”老年人用难于置信的兴奋嚷着说。

“我已经因为研究和思想而消磨了我的生命；可是这两种东西甚至于都养不活我，”陌生人答辩说，“我不愿意让瑞登堡一般的预言，您的东方的咒语给骗住；先生，您努力要我留在我不能够再活下去的世界上，我也不愿意让您这仁慈的努力给骗住……咱们瞧罢！”他用战栗的手紧握住这护符，瞧着老年人，加上这句话说，“我希望有一顿王室一样奢华的宴会，一切都很完美的划时代的宴饮！我希望我的客人都是年轻人，聪明而没有偏见的人，快乐到发疯地步的人！但望越来越暴烈的葡萄酒，可以让我们卧醉三天的凶猛葡萄酒继续端来，但望这一夜有许多钟情的女人！我希望狂热的放荡能够让我们坐上它的四匹马驾驶的飞车，把我们驱上世界的边缘，把我们投入不可知的海滨！让心灵飞上天空或堕进污泥，我也不知道这到底是上升呢，还是堕落，然而这又有什么相干！所以，我要指挥这凶恶的力量，叫它给我把一切的快乐都融化在一个快乐里。是的，我需要把天上和人间的快乐都包庇在一个最后的拥抱里，这样的死去。所以，我祝愿酒后有放纵的诗歌，有唤醒死人的歌唱，有三重的接吻，没有终止的接吻，让这接吻的声音就像火灾的烁声似的传过巴黎，叫巴黎的夫妇惊醒，给他们感应返老还童的奋勉，甚至于七十岁的老夫妻！”

短小的老年人嘴里发出的狂笑就像地狱的暴声似的回响在年轻疯子的耳朵里，这样威严的禁止他，使他不再说话。

“你以为我的天花板就要突然打开，让路给摆满山珍海味的桌子和另一世界的客人吗？”商人说，“不，不，年青的糊涂虫。您已经签过合同，一切的话都说完了。现在，您会精密的满足您的愿望，但是，您得拿生命来做代价。您的寿命圈就是这驴皮所象征的日数，它要随着您的祝愿的力量和数目而缩小，包括最轻微和最剧烈的祝愿在内。给我这护符的波罗门教徒当年曾经对我解释说，这驴皮会在持有者的命运和愿望之间进行一种神秘的符合作用。您的第一个欲望是通俗的，我能够实现它；但是我要让您的新生命所有的事故去应付它。总之，您要自杀，不是吗？好，您的自杀只有延迟了。”

陌生人看见这个奇怪的老年人老是嘲笑他，不禁感到惊异。他几乎都发怒了。他觉得这最后一个笑话清清楚楚的表现出老年人的一半的慈善用心，就嚷着说：

“先生，我将来可以看得清楚到底穿过堤岸的时候我的命运是不是会改变。但是，您要不是跟一个不幸的人开玩笑的话，为着报复这样一个凶恶的帮忙起见，我希望您会爱上一个舞女！然后，

您就会懂得放荡生活的幸福，也许您也会挥霍掉您拿哲学家的态度来管理的一切财产。”

年轻人走了出去，没有听见老年人发出的一口深长的叹息。他穿过了这些陈列室，走下这房子的楼梯。肥胖的伙计就跟在他的背后走，落空的给他照路。年轻人用当场被发觉的小偷的轻捷步伐奔跑。他让狂热给迷住了，他甚至于都没有感到这驴皮的难于相信的弹性：驴皮变得像一只手套似的柔软，在他颠狂的手指下转动，居然能够进入他的礼服的口袋，因为他几乎是机械的把它放在那里。

十

走出店门，奔上堤岸的时候，他碰到在那里的三个手挽手的年轻人。

“野兽!”

“傻子!”

这是他们彼此之间互相交换的一个有趣的责骂。

“呃！这是拉发埃尔!”

“啊，好！我们找你哩。”

“什么！是你们吗?”

一盏被风吹动的街灯忽然照着这群惊愕的年轻人的脸。这时候，这三句温和友谊的话也就立刻随着谩骂，说出口来。

“亲爱的朋友，”几乎让拉发埃尔撞倒的年轻人对拉发埃尔说，“跟我们一块儿来罢。”

“到底怎么回事呀?”

“往前走罢，我可以一边走一边告诉你。”

不管是强迫还是好意，拉发埃尔总算让朋友们围住了。他们拿手挽住他的手，让他参加这快乐的一群，逼着他走向艺术桥。

“亲爱的，”演说家继续说，“我们找你差不多都找了一个星期。你的黎昂拿德在你的可敬的圣甘唐旅馆里告诉我们说你到乡下去了。这旅馆的不可废除的招牌总是像卢梭的时代似的，有许多的字母，一个黑一个红的错杂着。不过，我们倒并没有财主，执达吏，债权人或商事法庭警察的神气。没关系！拉斯迪额前一天晚上看见你在步风戏院，这使我们重新鼓起勇气。我们赌气要发现你到底是不是栖息在苍细莉西的树上，你到底是不是花两苏钱到救济院去躺卧，和那些靠在绳子上面睡觉的叫化子为伍，你到底是不是略微好一点儿，临时到什么化妆室里去驻营。可是，我们什么地方也找不到你，就连圣柏拉志监狱的囚犯名册，福尔斯监狱的名单里也找不到你的名字！我们想尽方法搜索各部衙门、国立音乐厅、修道院、咖啡馆、图书馆、警察局的名册，报馆、饭馆、戏院的休息室，总之一切巴黎好坏的地方，然而我们都不禁叹息丢了一个可以让人到宫里，也可以让人到监狱里去寻找的天才。我们都说过要把你列上七月革命的英雄名单！呃！说句真话，我们都替你惋惜。”

这时候，拉发埃尔跟他的朋友们正好走上了艺术桥。他没有听他们说话，而从桥上俯视赛纳河。澎湃的河水反映出巴黎的灯火。不久之前他还想要快步投身赛纳河自杀。现在，老年人的预言已经在这条河上实现了。他的死期已经无可奈何的延迟了。

“我们的确替你惋惜！”他的朋友总是继续发表议论，接着说，“这是关于一个阴谋的问题。因为你是一个超人，就是说一个懂得统制一切的人，我们计算请你参加这阴谋。今天，亲爱的，在王室的欺诈之下，假借宪法名义来为非作歹的勾当要比任何时候都越来越厉害。让民众的英雄主义给推翻倒的君主政权是个坏女人，可以让人家跟她打哈哈，跟她一块儿喝酒。但是祖国却是一个容易发怒、品德高洁的妻子。无论愿意还是不愿意，我们都得接受她的循规蹈矩的抚摸。所以，你知道，权力已经从杜伊勒利宫移到报馆里去了，就像钱柜换了地方，从圣日耳曼镇搬到安丁堤岸似的。”

“但是，也许你还不知道这个。政府就是银行家和律师所组织的特权阶级。今天这些银行家和律师都在利用祖国，就像从前的牧师利用君主政权似的。政府已经感到有应用新旧字眼去迷惑法兰西老百姓，有拿各派哲学家和各时代的伟人来做榜样的必要。问题就是要我们谆谆教诲一个爱国的见解，给我们证明给某些先生所代表的祖国纳上十二亿佛郎三十三参丁的税要给只说‘我’而不说‘我们’的国王纳上十一亿佛郎九参丁的税幸福。总之一句话，一家资金二三十万佛郎的报馆刚刚成立，它的目的就是要提出一种反对的意见，使不满意的人得到满意，而不伤害国王这个公民的政府。”

“因为我们都是一样的嘲笑自由，嘲笑专制，嘲笑宗教，嘲笑异端；因为在我们看来，祖国就是让我们交换意见，一行文稿卖到多少钱，每日宴会看戏的都会。这里聚集有许多淫荡的妓女，一直宴饮到天明，仿佛公共的马车似的每小时都要转换一次爱情。巴黎总永远是一切祖国之中最可尊敬的祖国，巴黎总永远是欢乐的祖国，自由的祖国，精神的祖国，美人的祖国，坏人的祖国，美酒的祖国，这里的人总不容易看到权力的手杖。因为大家都将要掌握它……我们，我们这些真正的梅菲斯多菲斯天神的信徒，我们得洗刷群众的思想，我们得给戏子重新穿上衣服，给政府这店铺钉上新板，给理权派党员一些补药，我们得重新煎烤老共和党人，我们得重新使波拿巴特派出头，我们得接济中间派，只要人家允许我们偷偷的嘲笑国王和民众，允许我们晚上改变早上的意见，度着浪子巴奴慈或东方风俗的欢乐生活，睡在柔软的枕头上。我们要你来指挥这狂热的通俗诗国；所以现在我们就劳你去参加这家报馆创办人的招待宴。他是个退休的银行家，他不知道怎么花钱，就想把黄金点化成精神。你会在那里得到兄弟一般的接待，我们也要在那里把你当做什么也不怕的批评家的国王来致敬！这种秉性聪明的批评家在奥国，英国，俄国还没有定下计谋之前就会知道它们的用意。是的，我们要抬举你来当这些聪明的力量的统帅。这些力量曾经给世界送过许多米拉保、达利兰、毕特、梅特涅克，把玩帝国命运有如俗人把玩纸牌似的一切精明强干的克里斯宾[①]我们给你派来一个一向就放荡的大胆的同伴，这个能够帮助一切聪明人去进行斗争的可敬的怪物；我们甚至于都认为他还没有征服过你。我希望你不至于给我们泄气。我们的东家代叶费答应我们要超过现代的小鲁古卢斯[②]所预备的寒伧菜饭。他相当的富裕，他能够在吝啬里装大方，在恶习里装文雅……你懂了吗，拉发埃尔?”演说家打断自己的话，问他说。

“是呀，”年轻人回答说。他并不惊愕他的愿望的实现，而奇怪这些事情怎么会发生得这样的自然。虽然他不相信一种巫术的影响，他却叹服人类命运的偶然变化。

“可是，你对我们说‘是呀’的神气，就仿佛是想到你祖父的死似的。”一个在他旁边的人答辩说。

“啊!”拉发埃尔接着说，他的腔调是天真的，叫这些代表法兰西前途的作家发笑，“朋友们，我想我们就要变成大光棍啦！到现在为止，我们已经在两次喝酒之间说了些诽谤神圣的话。我们曾经在酒醉时衡量过生命，我们曾经在消化时鉴赏过人和物。我们没有任何的实际工作，却很大胆的说话；但是，今天打上了政

---

① Crispin是意大利戏里一个角色的名称，代表快乐而无忧虑的家伙。

② Lucullus是罗马的将军，以奢华闻名。

治热铁的烙印，我们就要走进这个大监狱，到那里去消灭我们的幻想。只相信魔鬼的时候，我们可以惋惜青春的天堂。我们的青春正是我们对善良的牧师恭敬伸出舌头去吃圣饼的一段贞洁的时期。啊！好朋友们，要是我们就这么高兴的开始犯罪，这是因为我们有许多的悔恨，我们要修饰我们的罪行，要给加上一些刺激，一些风趣；然而，现在……"

"噢！现在，"第一个说话的人接着说，"我们只剩下……"

"剩下什么呀?"另外一个问。

"罪恶……"

"这是一句绞架一般高，赛纳河一般深的话。"拉发埃尔答辩说。

"噢！你没有听懂我的意思……我说的是政治上的罪恶。自从今天早晨起，我只渴望有一条生命，谋反者的一条生命。明天，我也不知道我的幻想到底会不会还存在；但是今天晚上，因为我们的文化而萎靡了的生命，仿佛铁路的凹线似的连接了起来的生命，它却使我的厌烦的心跳跃！我为莫斯科败绩的不幸，'红色海盗'的感情，走私商贩的存在而沉溺于酒色。因为法兰西已经没有布律奴派的修道院，我至少想要一个博旦尼湾[1]，一种特为小拜仑爵士而设的医院。这些小拜仑仿佛饭后撕桌布似的撕破了生命以后，除了放火烧毁他们的国家，开枪自杀，为共和党而谋反，或下战书之外，就没有别的事情可做了……"

"爱弥儿，"拉发埃尔的邻人用发火的口气对说话的人说，"我发誓说，要是没有七月的革命，我就要当和尚，到什么乡下去度野兽一般的生活去了，而且……"

① Botany-Bay是澳洲的一个海湾，最初英国人把罪犯送到这里来，后来就变成了英国人的殖民地。

“而且你每天都要念祈祷文吗?”

“是的。”

“你是一个自负的傻子。”

“我们的确念报纸!”

“这在一个新闻记者方面倒是不错的！但是，你别说啦，我们是在许多订户中间走路哩。新闻，你知道，新闻就是现社会的宗教，而且更有进步。”

“这怎么讲呀?”

“因为它并不强迫教皇，也不勉强民众去相信它。”

他们就像是多年以来就念得烂熟“名人故事”的文士似的闲谈着，到达了儒培尔街的一座公馆。

十一

爱弥儿是一个新闻记者，他能够一点儿事不做而得到比较别的新闻记者在成功方面所接受的更多的光荣。他是大胆的批评家，既兴奋，又激烈，赋有他的缺点所包含的一切性格。他是坦白的，喜欢嘲弄的；他可以在一位朋友面前说上一千句讽刺，而却勇敢忠诚的在背后替他辩护。他嘲弄一切，甚至于自己的前途。他总没有钱；像其他有能力的人物似的，他总懒得不可开交，总朝着不会在书里布置一句话的著作家面前拿一句话去结构一本书。他老是给人家许诺从来没有实现过的允许。他拿幸运和光荣当枕头睡觉，等着年老的时候到救济院去清醒。不过，他倒是一个刎颈之交的朋友，他的夸口是犬儒学派的作风，他跟儿童一样的简单，他只因为偏好或需要而工作。

“根据阿尔古佛里巴斯[①]大师的说法，我们是去参加著名的‘琼林宴’的。”他指着吐露香气而使楼梯变成绿荫的花盆，对拉发埃尔说。

“我喜欢铺有富丽地毡的温暖长廊，”拉发埃尔回答说，“回廊的一片奢华是法兰西所少有的。我觉得我在这里复活了。”

“还有那上面，我们还可以再到那里去喝一次酒，去打一次哈哈，可怜的拉发埃尔。——啊，这个！”他接着说，“我希望我们会变成征服者而跨过这一切的头。”

然后，他就做出一个嘲弄的姿势，指着客人们，走进辉映金光的客厅。巴黎最出色的年轻人也就出来迎接他们。其中一个年轻人刚刚表现过一种才能，拿第一幅画去跟帝政时代的丹青争光。另外一个曾经在前一天晚上偶奖凑成一部充满绿色气味，赋有文学轻蔑的著作，给现代的辞章发现几条新路。更远一点儿，一个雕刻家的粗暴脸孔露出一些强大的天才，他就跟一个冷淡的嘲笑家谈天，这种嘲笑家有时不愿意在任何地方瞧见比自己高明的东西，有时却到处甘拜下风，都要看环境的变化如何而定。这里，最聪明的讽刺画家就睁圆狡猾的眼睛，张开狠恶的嘴巴，窥伺讽刺，等着运用他的铅笔把它翻译出来。那里，这位比任何人都更懂得发表政纲的大胆的青年作家，这位能够运用伟大作家的聪明去提纲挈领的青年作家，就跟这位可以拿著作去打击一切现时著述（要是他的天才有他的愤恨那样大的力量的话）的诗人闲谈，两个人都互相恭维一番，都设法不说真话，也不撒谎。一个著名的音乐家应用他的B降调和一种嘲弄的声音去安慰一个新近跌下政治舞台而没有受伤的青年政客。没有作风的青年作家们就站在没有思想的青年作家们旁边。充满诗词的散文作家们就站在充满

① Alcofribas是法国十六世纪文豪拉柏莱（Rabelais）的笔名。

散文的韵文作家们附近。圣西门派的教徒相当幼稚的相信自己的教义。看了这些不完全的人物，一个可怜的圣西门派教徒一定会拿仁慈的心肠去结交他们，想把他们改变成他们的门生。

最后，还有两三个命中注定要给谈话放进一些氮气的学者和几位杂剧作家。这些杂剧作家都等着给这里投来类似钻石光芒的一些昙花一现的微光，这些微光既不热，也不亮。

几个胡言乱语的人物窃笑着那些敬佩或轻视别人和事物的人，他们已经实行过左右逢源的政策，从中阴谋反对一切的系统，不赞同任何一方面。不以任何东西为奇而在步风戏院里听小调，揩鼻涕的批评家就在大家之先喊“好”，反对任何先说出他的意见的人，在那里设法把聪明人所说的话认为是自己的见解。这些客人之中，有五个人是有前途的，十来个人可以得到什么终身的光荣；其他的呢，他们可以跟一切庸碌的一人似的说出路易十八的著名谎话：让我们团结，让我们忘记从前的嫌怨。主人有一种忧愁的快乐，是一个花费两千厄古的人所有的。他的眼睛时时焦急的朝着客厅的门瞧着，招呼让他等待的客人。一会儿，一个又矮又胖的人出现了，大家都拿阿谀的欢呼去欢迎他。这是当天早上完成创办报纸手续的法律公证人。

一个身穿黑色衣服的仆人走来打开大饭厅所有的门。大家都毫无拘束的走进饭厅，在一张大桌子的旁边寻找他们的座位。离开客厅之前，拉发埃尔给它射去一道最后的视线。他的愿望的确整个的实现了。绸缎和黄金铺满了一切房间。富丽的烛台插着许多蜡烛，使镀金的柱头的一切细节，铜器的精致金雕，家具的华美颜色都发出晶亮。栽在竹制美术花筐里的奇花异草散布甘美的馨香。一切的一切，甚至于挂帘，都呼吸着一种毫不夸张的幽雅气味；总之，整个的景象都有一种我也不知道是那一类的高雅诗意，它的尊严应当能够激励一个没有钱的穷人的幻想。

“十万佛郎的年收的确是《教理问答》的好注脚，它还很巧妙的帮助我们叫道德化作行为哩！”他叹了一口气说，“噢！是的，我绝不能够没有依靠而能实践我的道德。在我看来，所谓恶习就是住上房顶楼，穿上破衣服，冬天戴上灰色帽，短门房的债……啊！我要在这奢华里活上一年，半年，多少时候都成！然后再死去。我至少会认识，消磨，吞灭成千的存在！”

“噢！”听他说话的爱弥儿对他说，“你这真是一个追求幸福的股票经纪人的口气。你就去罢，一旦看到财富给你夺去了可以让你变成高等人物的机会，不久你就会厌烦它。艺术家不是总在富贵的贫困和贫困的富贵之间保持平衡吗？我们之中，有的人不是必须斗争吗？所以，请你预备好你的胃口，你瞧，”他拿英勇的姿势给他指着这有福气的资本家的饭厅给呈现出加倍洁净安详的庄严景象说，“那个人，”他接着说，“真的，他只替我们拼命弄钱。他难道不是生物学家忘记在珊瑚虫类里给列举出来的一种海绵吗？问题就是在于把它拿给承继人们去吸食汁液之前，先设法加以巧妙的榨取。你没有在装饰房墙的浮雕上找到一种作风吗？还有许多的千盏灯，许多的图画，不错，多奢华啦！要是得相信嫉妒的人和自认知道生活法则的人的说法，这个人就曾经在革命时期杀过一个德国人和其他的几个人，据说这几个人就是他的一位好朋友和这朋友的母亲。你能够在这可敬的代叶费的斑白头发下找出他的罪恶吗？他看来很像是好人。所以，请你瞧一瞧银器的光芒，每一道光芒难道不就是他的一个刀刺吗？……这哪成！人家宁可相信穆罕默德。要是群众没有说错的话，这里就有三十来个等着吃人家的腑脏，喝一个家庭的血液的所谓好心肠的天才……我们俩，我们都是充满诚实同情的年轻人，可是我们也要变成这种极端罪恶的同犯！我很想问问我们的资本家他到底是不是一个老实人……”

“不要现在问！”拉发埃尔喊道，“得等他醉得半死才问他；那么，我们也就吃过了酒席了。”

十二

两个朋友哈哈大笑的坐下。每一个客人都先射出一道比较说话还要快捷的眼光，给一张长桌所露的奢华景色献上他的敬佩。这张长桌就像新降的雪花似的洁白，整齐对称的排设着许多食具，食具上面堆着金栗色的小面包。水晶器皿发出红虹、星光似的反射着。无数的烛火交错着。放在银盖下面的佳肴既刺激食欲，又引起好奇。话说得很少。坐在近旁位子上的客人们都互相的瞟视着，怀里斟上了马达尔酒。然后，第一盘菜就在一切光荣的姿态里出现了。它甚至于都可以叫已故的甘巴西勒斯觉得荣幸，布里亚—沙发龙甚至于也可以给它写上一首颂歌。保尔都白酒和布尔岗红酒就轮流的斟着，像是王室的浪费。无论从哪一方面看来，这宴会的第一阶段都可以比拟一出古典悲剧的表演。第二幕戏变成比较的热闹一些。

每一个客人都相当有理性的喝着酒，都依照自己的爱好尝试着各种不同的土产酒。所以，端走第一盘菜的残余时，大家也就热烈的开始谈话了；几个苍白的额头发出红润，许多鼻子都开始变成紫色的，脸孔发亮，眼睛活泼。微醺的时候，谈话还没有越出礼仪；但是，一切的嘴却已经渐渐的吐出嘲笑和讽刺；谤语也就慢慢的抬起它的蛇头，拿委婉如笛的声音说话。这里那里的几个阴险的客人就细心的倾听着，希望能够保持理性。第二盘菜端来的时候，大家的精神都非常的激奋。每一个人都一边吃一边说，一边说一边吃，喝着酒，而没有注意到酒浆的流溢，因为他们都大杯的喝，满口的馨香，因为一个人的榜样就成为传染的实例。

代叶费兴奋劝酒，他吩咐人家递上罗恩烈酒，温热的奥地利黄酒和鲁西昂陈年酒。这些人不耐烦的等待着香槟酒，让人家给他们斟得满满的。他们就像驾驶邮车的奔马断了缰似的，在这香槟酒烈火的鞭苔之下让他们的精神到没有人听的推理的原野里去驰奔，叙述故事而得不到听众，重复发出一百次没有人回应的询问。

只有狂饮放出它的音乐，这音乐是由百来种喧嚣给结构成的，就像罗西尼的渐高调似的越来越响。接着就是恶性的碰杯，大言矜夸和挑战。大家都不拿智慧来互相夸耀，而拿酒量来争雄。每一个人仿佛都有两个人的声音。有的时候，主人们就一齐谈论，仆人们也就同声微笑。似是而非的漂亮论调，粗加修饰的所谓真理就在狂叫的声音，预拟的判断，最高的判词和幼稚的语言里互相的冲撞，宛如战场上的炮弹和各种枪弹的交锋。但是，这种混杂的谈笑，它的怪诞思想一定会叫哲学家感觉兴趣，它的奇异系统一定会叫政治家觉得惊讶。这既是一部书，又是一张画。程度这样不同的各种哲学，各种宗教和各种道德，还有各种政治，总之，智慧的一切大活动都落在一把和“时间”所有的一样长的镰刀之下，你也许都很难决定到底是醺醉了的智慧还是明慧了的醺醉这样的排弄。

这些人在一种风涛的吹打下，就像冲击绝壁的怒潮似的想要摇动一切的文化律则。他们不知不觉的满足了上帝的志愿，因为上帝给自然界留下善和恶，只让自己保守善恶之间的永远斗争的秘密。这谈论是激奋而狂热的，仿佛是一种聪明人的吵闹夜会。革命的子孙对报馆的新生发过许多悲惨的嘲弄，快乐的酒徒对卡尔冈杜瓦的诞生说过许多的闲话。在这两种情形之间，存在有一条分隔 16 世纪和 19 世纪的鸿沟。16 世纪笑着预备破坏，我们的 19 世纪却在废墟里谑笑。

“我在那边看见一个年轻人，您管他叫做什么呀？”法律公证人指着拉发埃尔说，“我好像听见人家管他叫做瓦仑丹。”

“您就拿这样简单的‘瓦仑丹’来唱些什么呀?”爱弥儿笑着喊，“您得说瓦仑丹·拉发埃尔爵士，我请您！我们挂的徽章是黑地黄鹰，白色的冠盖，红色的鹰啄和鹰爪，还有一句美丽的格言：‘精神不死！’我们不是一个路上找到的弃儿，我们是瓦仑丹诺瓦一族的始祖，西班牙和法兰西的瓦仑斯城的创建人瓦仑斯皇帝的子孙，东方帝国的正统后裔。要是我们让马穆德在君士坦丁堡坐上龙位的话，这完全是我们的一种好意，何况我们既没有兵，又没有饷。”

爱弥儿拿叉子在拉发埃尔头上的空中画了一个皇冠的样子。法律公证人细想了一会儿之后，又开始喝酒，做出一个特殊的姿势。他似乎承认要叫瓦仑斯城、君士坦丁堡、马穆德、瓦仑斯皇帝和瓦仑丹诺瓦一族人来当他的主顾是不可能的。

“巴比仑、提尔、卡尔泰慈，或威尼斯，这些蚁穴总是让一个过路的巨人一脚踩坏。这种破坏难道不就是嘲笑世人的力量给人类的一个警告吗?”维昂·克罗德说。克罗德是让人家一行十个大铜苏收买去写文章的一种奴隶。

“摩西、西拉、路易十一、李慈刘、罗布斯皮尔和拿破仑也许只是在各不同文化里重新出现的同一个人，就像是天上的一颗彗星。”一个巴郎赤派回答说。

“为什么要试探上帝呢?”长短句诗人卡拿利说。

“算了罢，这就是上帝！”批评家打断他的话，喊道，“我不知道世界上还有什么东西要比上帝更有弹性；让人家随便解释。”

“可是，先生，路易十四为着开凿孟特农水沟而牺牲的人命比国约会议为着要公平征税，要使法律普遍，要统一法兰西，要平分遗产而牺牲的人命还要多哩。”一个因为没有爵士的衔头而变成共和党党员的年轻人马梭尔说。

“先生，”一个叫做莫路（奥瓦斯人）的地主回答他说，“您拿血当酒喝，这一次您要让每一个人的头都还留在他的肩膀上吗？”

“这有什么好处呢，先生？要维持社会秩序的原则，不是值得我们去牺牲一些人命吗？”

“毕克西乌！嘿！这个共和党党员，他认为这个地主的脑袋就是一种牺牲！”一个年轻人对他的邻人说。

“人和事情都算不了什么，”共和党党员一边打噎，一边继续他的理论说，“在政治和哲学方面都只有原则和思想。”

“说得真可怕！您只因为朋友们说一声‘如果’就毫无悲痛的杀死他们吗？……”

“呃！先生，会悔恨的人才是真正的坏蛋呢，因为他还有什么道德的观念，然而彼得大帝，阿尔伯公爵却只有系统，芒巴尔海盗也只有一个组织。”

“那么，社会就不会禁止您的系统和您的组织吗？”卡拿利说。

“噢！我赞成您的意见！”共和党党员喊道。

“呃！您的傻共和只叫我讨厌！我们就连平静无事的切一片夹大蒜的面包皮也不可能。因为我们会在那里边找到《土地法》。”

“你的原则真不错，我的小布鲁塔斯[①]，你一肚子装满山珍海错！但是你可真像我的听差：这怪人倒有‘洁’癖，要是我让他随便乱刷我的衣服，我就得赤身露体的走路。”

“您真野蛮！您要用牙签剔光一个国家，”共和党党员辩答说，“依您说，法律审判就要比盗贼更危险了。”

“呃，呃！”法律代言人德斯罗慈说。

“他们这样的搞政治，真是烦人！”法律公证人葛尔杜说，“别再说这个了。世间上就没有值得我们流一滴血的科学或品德。要

① Rrutus 是罗马的一个共和主义者，终身忠实于主义，卒以身殉。

是要清算真理的话，我们也许就会发现它已经破产了。”

“啊！让我们在罪恶里逍遥一定要比争论善良来得不费事。所以，我一定要拿我四十年来在讲坛上所说的话来交换一条白鲈鱼，一篇柏罗尔的故事或是一幅查勒的画。”

“您说得对！……请您给我递洒圣水的圣帚来！……因为，说到底，还是自由产生了混乱，混乱引出了专制，专制又带来了自由。牺牲了好几百万人命都没有让这些制度的任何一个系统胜利。道德的世界不就是一个连一环套吗？人家自以为是改良了什么，其实只是搬动了东西的位置。”

“噢！噢！”小戏剧作家古尔西喊道，“那么，诸位先生，我就要为自由的鼻祖查礼十世干杯了！”

“干吗不呀？”爱弥儿说，“专制存在于法律的时候，自由就存在于风俗里；自由存在于法律的时候，专制就存在于风俗里。”

“那么，就让我们为着赐给我们力量去统制愚笨的这种力量的愚笨而喝一杯酒罢！”银行家说。

“呃！亲爱的，拿破仑至少还给我们留下光荣哩！”一个从来也没有离开过布勒斯特军港的海军军官喊道。

“啊！光荣，这真是悲惨的食粮！光荣需要极大的代价，而得不到保证。它难道不就是大人物的自私，就像幸福是傻子的自私吗？”

“先生，您倒是很幸福的……”

“第一个发明礼教的人一定是个弱者，因为社会只对弱者有用处。站在道德世界两极端的野蛮人和哲学家，他们对于贞操都是一样的厌恶。”

“说得好！”葛尔杜喊道。“要是没有财产的话，我们怎么能够签订契据呢？”

“这些豌豆真好吃呀！”

“教士第二天就死在床上……”

“谁说到死人呀？……别说笑话啦！……我还有一个叔叔哩。”

“您一定是听天由命的让他死去。”

“这还成问题吗？”

“听我说，诸位先生！……杀死他叔叔的办法。嘘！（‘听罢！’‘听罢！’的叫声）您得先有一个又大又胖的叔叔，至少七十岁，这是最好的叔叔。（大家都兴奋）请您拿个什么借口，让他吃油腻的猪肝包子。”

“呃！我的叔叔是个干枯、吝啬而又朴素的高个子。”

“啊！这种叔叔都是浪费生命的怪物。”

“然后，”这个谈论叔叔的人继续说，“他消化的时候，您就告诉他银行家破产的消息。”

“要是他反抗呢？”

“送他送一个美女去！”

“要是他……？”另外一个人做出一个否定的姿势说。

“那么，他就不是一个叔叔了……叔叔总是风流的。”

“玛利布兰①的噪音丢了两个音阶。”

“不，先生。”

“是的，先生。”

“噢！噢！‘是’和‘不是’，这难道不就是一切宗教、政治和文学的辩论历史吗？人类实在是在绝壁上面跳舞的丑角！”

“您的意思就是说我是傻子吗？”

“相反的，这正是因为您没有懂得我的意思。”

“教育，这真是说来好听的笑话！海涅费特马哈先生估计过我们出版有十万万册书，但是一个人的一生只能够念上十五万册。

---

① La Malibran 是十九世纪初年生长在巴黎的意大利女歌咏家。

所以，请您给我说说到底‘教育’是什么意思。有的人认为教育就是懂得阿力山大的马，柏里西罗的狗，阿歌尔贵族的名字，而忽略了替我们发明木筏或制造瓷器的工人的姓名。别的人就认为受教育就是懂得烧毁遗嘱，做个忠厚的人，让人爱，有地位，而在受罚之后不再在五个逐步严厉的法律制裁的威胁之下重复偷表，受人仇恨，名誉破产的到沙场去了结生命。”

“拿坦会留名吗?”

“啊！先生，他的同工都很聪明!”

“那么，卡拿利呢?”

“他是个伟人，我们不要再谈他啦。”

“你们都喝醉了酒啦!”

“宪法的结果就是理智的立刻退化。艺术、科学、建筑，一切的东西都让可怕的自私情绪给吞下了，自私实在是我们目前的大毛病。你们的三百个坐在凳子上的资产阶级都只想到种白杨树。专制拿违法的手段做下许多大事情，可是自由就连做些合法的小事都觉得麻烦。”

“你们彼此之间的教训都是要拿一百苏的钱币去造成人肉，”一个极权主义者插嘴说，“在一个因为受教育而大家平等化了的民族里，个性并不存在。”

“可是，社会的目的不是要给每一个人预备幸福吗?”圣西门派的信徒问。

“要是您有五万佛郎的年收，您就不会想到民众了。您是不是溺爱人类呢？请您到马达迦斯迦去：您可以在那里找到一个小巧玲珑的民族让您感化成圣西门派，让您去分类，去把它装在葫芦瓶里。但是，这里的每一个人都很自然的走进他的地位，仿佛栓子插进窟窿似的。门房和笨汉都是些傻子，用不着教会学校来提拔。啊！啊!”

“你是个卡尔里派[1]!”

“干吗不是呀？我喜欢专制，它对人类表露一种轻蔑。我不恨国王们。他们都很有趣！他们就坐在一间房子的宝座上，离开太阳有三千万里欧[2]的距离，这难道就等于零吗？”

“我们无妨再从大处来概括的谈谈文化的问题罢，”一个学者说——他是为着指拨一个不注意听人说话的雕刻家而谈到社会的起源和初民的生活的，“国家起源的时候，它所有的都是物质的力量，统一的，粗暴的力量；但是基础巩固了之后，政府就开始用巧妙的方法去分解最初的权力。所以，上古时期的力量是属于僧侣阶级的；牧师一边手拿香炉，一边手提宝剑。后来就有两个司铎：教皇和国王。现在，我们的社会到达了文化的最后一端。它根据结合的成分而分配权力，我们因此也就有了人们给叫做‘工业’、‘思想’、‘金钱’和‘言论’的力量。这时候，不再统一的权力就不断的走上社会解体的路，除了利益之外，没有其他的防卫堵墙。所以，我们既不能够依赖宗教，也不能够依赖物质力量，只能够依赖理智。书本抵得上宝剑吗？言论抵得上行动吗？问题就在这里。”

“理智伤害了一切！”卡尔里派喊道，“算了罢，绝对的自由要叫国家走上自杀的路，国家会因为胜利而受到灾害，仿佛一个英国的百万富翁。”

“您还有什么新鲜的话跟我们说吗？今天您已经鄙笑过一切的权力。这就跟否认上帝似的庸俗！您已经没有信仰了。所以，这世纪就像是堕落灭亡的老苏丹！总之，您的拜仑爵士就在最后的哀歌里颂扬过罪恶的情绪。”

① Cariste是指拥护查礼十世的法国政治党派。

② 里欧（lieue）即法里，约合五十英尺。

“您知道，”烂醉如泥的毕安仓回答他说，“您知道多了一粒鳞片或少了一粒鳞片就会叫人变成天才或流氓，聪明人或白痴，有品德的人或罪犯吗？”

“您可以这么谈论品德吗！？”古尔西喊道，“品德是一切戏剧的题材，一切悲剧的结局，一切法庭的基础……”

“呃！请你别嚷嚷，你这野兽！你的品德就是没有脚踝的阿契尔①！”毕克西乌说。

“喝酒罢！”

“我能够一口气喝一瓶香槟酒，你要打赌吗？”

“真起劲！”毕克西乌喊道。

“他们就醉得跟车夫似的，”一个要让背心喝酒的年轻人严肃的说。

“是呀，先生，现在的政治就是要让舆论来统治国家的艺术。”

“舆论吗？舆论就是最淫荡的妓女！你们这些谈论道德和政治的人，听了你们的话，就必须不断的选择你们的法律而放弃天性；就必须不断的选择舆论而放弃良心。算了罢，一切都是真的，一切也都是假的！要是社会给我们送上枕头，它就一定会让我们生风痛病来补偿它的恩惠，好像它拿诉讼的手续来减少审判，它拿伤风来责罚披着卡慈米尔肩巾的人似的。”

“怪物！”爱弥儿打断愤世主义者的话说，“你怎么能够在这佳肴美酒之前，坐在这张桌子上谩骂文化呢！请你咬咬那只小母鹿的脚和金色角，可是你可别咬你的母亲……”

“要是天主教甚至于都把一百万个天神装在一包面粉里，要是共和国总要捧出什么拿破仑，要是我们总必须到亨利四世的被刺

① Achille是荷马史诗《伊利亚特》中的英雄，只有脚踝可以受到伤害。

和路易十六的受审之间去寻找国王的势力，要是自由主义变成了拉发叶特[1]，这难道是我的错过吗?”

“您在七月里拥抱过他没有?”

“没有。”

“那么，您就别胡说啦，你这怀疑主义者。”

“怀疑主义者是最细心的人。”

“他们可没有良心。”

“您说什么啊? 他们至少有两个良心。”

“所以，您要扣回天堂幸福的利息！先生，这是真正的商业观念。古代的宗教只发展物质的快乐；但是，我们这些其他的人，我们却发展灵魂和希望；这是一个进步。”

“呃！好朋友，充满政治气氛的世纪能够让你们等到什么呢?”拿坦说，“《保黑米亚国王和他的七个别宫的故事》有一个最能叫人愉悦的意义，然而它所有的到底是那一种命运呢? ……”

“这个吗?”批评家从桌子的这一头嚷到那一头，“这是偶然间从帽子里抄录下来的句子，这是为疯子而写下的真正的著作。”

“您是傻子!”

“你是混蛋!”

“噢！噢!”

“啊！啊!”

“他们要打架啦。”

“不会。”

“明天见个高低，先生。”

---

① La Fayette是法国革命时代的将军兼政治家，曾帮助美国的独立运动，1789年的法国革命，他曾以自由保王党的资格参加，后来离开法国，为奥国人所获，囚禁五年。1830年的七月革命，他也活跃的参加。

“现在就见个输赢。”拿坦回答说。

“算了罢，算了罢，你们是一对好汉。”

“您是第三个好汉。”挑战的人说。

“他们都站不起来了。”

“啊！也许我都站不直！”好斗的拿坦一边说，一边飞生虫似的飘飘然的站了起来。

他向桌子投去一道呆笨的目光。然后，好像让这努力给弄疲乏了似的，他又朝着椅子坐下，斜着脑袋，一声也不响。

“只为着我从来也没有看过念过的一本书就要打起架来，这不太可笑了吗？”批评家对他的邻人说。

“爱弥儿！小心你的衣服呀，坐你旁边的客人脸色都发青啦。”毕克西乌说。

“康德吗，先生？这又是给傻子们扔去，让他们开心的一个大皮球！唯物论和唯心论是一对好玩的球拍，可以让穿长袍的走方郎中飞着衣裾去打球。但望上帝无所不在，根据圣保罗所说的话……傻子们！开门或关门，这不是同样的动作吗？到底是鸡生蛋呢，还是蛋生鸡呢？……给我递一些鸭肉过来罢！……这就是整个的科学。”

“笨东西，”学者对他喊道，“你提的问题已经让一桩事情给解决了。”

“哪一桩事情呀？”

“教授们的讲座不是为着哲学而设的，倒是为着设立讲座才有哲学，不是吗？请你架上眼镜，念一念预算表。”

“强盗！”

“傻子！”

“骗子！”

“笨家伙！”

“除了巴黎之外，你们还能够到哪儿去找这样热烈快速的思想交流呢?”毕克西乌发出沉音，嚷着说。

“好罢，毕克西乌，给我们演一幕古典笑剧罢！咱们瞧，表演一段笑剧罢。”

“你们要我描写十九世纪吗?”

“听!”

“安静!”

“安静!”

“别大声奏乐啦!”

“别说话，你这家伙!”

“给他一点儿酒，他就不说话啦，这孩子!”

“你表演罢，毕克西乌!”

艺术家把他的黑衣服一直扣到领上为止，戴上一双黄色手套，扮一个老太婆，斜着眼睛，摹仿《两世界杂志》的口吻；但是吵闹的声响压倒他的嗓音，谁也不能够听到他的一句笑话。要是他并没有代表十九世纪，至少他却代表了这杂志，因为连他自己都没有了解自己的意思。

饭后点心仿佛魔术似的端了上来。一个庞大的镀金铜花盘盖住了饭桌，这是杜美尔工厂的出品，由著名的艺术家依照欧洲传统的审美观念给制造高雅的人像雕塑。雕塑手里捧着杨梅、波罗蜜、鲜大枣、黄色葡萄、金栗色桃子，由邮船从西杜巴尔给运来的蜜柑、中国的果子，总之，一切奢华的奇货，珍贵的糕点，最令人垂涎的妙品，最富有诱惑性的美味。这些烹调术图像的颜色因为瓷器的光辉，黄金的光芒，瓶子曲线的辉映而越显得高贵。施维尔瓷器工厂给抄袭的卜森山水画上头垂盖了许多绿色的柔软苔草，就像大西洋的水藻似的幽雅。一个德意志王子的地产也不够付偿这骄傲的珍贵。白银、珍珠、黄金和水晶又在各种新式样下被浪费的应用着；但是酒醉叫这些客人的眼睛麻木，叫他们的口舌发出胡言，这情形好不容易才能够让他们对这一个配得上一篇东方故事的仙境有个空泛的直觉。饭后的葡萄酒给带来香味和烈火，仿佛强烈的春药、巫虫的香烟似的叫他们产生一种脑中的映景，给缚住了他们的脚，使他们的手加倍的沉重。水果的金字塔让他们给拆毁了，声音变粗了，骚动加剧了。这时候已经没有清晰的言词，酒杯一片一片的飞舞，粗暴的笑声就像火箭似的射击。古尔西抓到一个喇叭，他就吹了一段军乐，宛如魔鬼的信号。这疯狂的会场就这样的呼唤着，吹叫着，歌唱着，呐喊着，咆哮着，叱咤着。您看了这些人众变得跟克礼比恩戏剧的悲剧似的悲惨（他们本性是快乐的），看了这些做梦的人跟车里的水兵似的，一定会微笑的。狡猾的人对好奇的人述说他们的秘密，然而好奇的人却置若罔闻。悲哀的人仿佛跳过圆舞的舞女似的微笑。维昂·克罗德就像笼里的熊似的摇来摆去。几个知心的朋友也就打起架来了。表现在人面上的兽性，经过生理学家这样奇怪指示出来的兽性就在他们的姿态和身体习惯里空泛的出现。这简直是为着什么毕查[①]打开的一部书，毕查一定会冷漠的待在那里，不吃饭。家里的主人觉得自己醉了，不敢站起来，但是他那一副呆定的怪脸相却批准了客人们的放肆，企图保持款待客人的一种端庄的气度。他那一副大脸孔就变得又红又蓝，几乎发紫，非常的难看。这脸孔就前后左右的摇荡，仿佛帆船的动作似的配合了大众的姿态。

“您杀死了他们吗？”爱弥儿问他。

“据说为着纪念七月革命，政府还要废除死刑哩。”代叶费回答说。他拿又像精细又像愚笨的神色皱起了他的眉毛。

---

① Bichat 是法国的著名生理学家。

“可是，有的时候，您没有在梦里看见他们吗?”拉发埃尔坚持的说。

“这其间有个限制!”拥有大量黄金的刺客说。

“那么，”爱弥儿用冷笑的腔调喊道，“墓园的业主一定会在他的墓上刻下这句话：来往客人，请为纪念他而抛下一滴清泪……噢!”他接着说，“我要给任何一个拿代数方程替我证明地狱的存在的数学家送上一百苏。”

他就把一个钱币朝着空中掷去，嘴里喊道：

“要是有上帝的话，就是人头那一面!”

“您别瞧!”拉发埃尔一边说，一边接住钱币，“谁知道，偶然的机遇就是这么样的有趣。”

“唉!”爱弥儿用滑稽的悲愁神气说，“我不知道在不相信宗教的人的几何学和教皇的‘我们的天父’之间应当把脚放在什么地方。嘿！咱们喝罢！我想《酒经》就是古代神杯的卜辞和班达古鲁埃尔[1]的结论。”

“我们的艺术，我们的建筑，也许还有我们的科学，”拉发埃尔回答说，“这些都是‘我们的天父’的赐予，此外恐怕还有更大的恩惠！这就是我们的现代政治。在这种政治里，一个庞大而丰富的社会是由五百种智慧来代表的，互相冲突的力量也彼此的调和起来，让文化有一切的权力。文化是伟大的王后，它代替了国王，因为国王是古代的一种可怕的人物，是人类在上天和自身之间给创造出来的一种错误的命运。在这么多人类的工程之前，无神论就像是一架不会生育的骨骼。你要说它什么呢?”

“我想到天主教所流的许多血，”爱弥儿冷冷的说，“它拿我们

① Pantagruel是拉柏莱著作中的人物，以纵欲著名，后人就拿他作为纵欲主义的代表。

的血管和心脏去制造虚构的洪水。可是，这是不要紧的！一切有思想的人都得在基督的旗帜下前进。只有他可以使精神战胜物质，只有他曾经给我们富有诗意的揭开分隔我们和上帝之间的居中的世界。”

“你相信吗?”拉发埃尔一边说，一边给他投去一道无法形容的醉态的微笑，“好，为着不受累，我们无妨喝一杯酒，说一句著名的祝词：Diis ignotis（无名的神明）!”

于是，他们就喝干了充满科学、炭气、香味、诗意和邪说的酒杯。

“要是这些先生们要到客厅里去的话，那里已经有咖啡等着他们喝。”仆人说。

十三

这时刻，差不多一切的客人都在这甜蜜的阴府里辗转。在这里，精神的光辉熄灭了，身体让它的暴君交给自由的疯狂快乐。一些醉到最后阶段的人还在忧郁苦恼的设法擒获一个可以给他们证明有他们的存在的思想。另外一些人由于加重消化而显得憔悴，停止动作。几个大胆的演说家还在说几句连自己都不懂的空泛言词。几声叠句就像被迫去完成没有灵魂的虚假生命的机器似的回响着。岑寂和喧嚣怪异的配合着。不过，听到一位仆人背着主人给他们大声的说些有趣的故事，这些客人也就互相扶持的站了起来。整个的队伍一动也不动的愣在门限上一些时候。

主人给客人们的最刺痒的感觉贡献悦人的景象，宴会的过分享受就在这景象之前渐渐的平淡下来。在金制千盏灯的晶亮烛火之下，在一张镀金的桌子周边，一群女郎忽然出现在昏头昏脑的客人们面前。她们的眼睛就像金刚钻似的发光。她们有富丽的装饰品，但是更富丽的倒是这种异彩夺目的美貌。这座宫殿的一切华贵都在这美貌之前失去存在。这些女郎的钟情眸子就像仙女的眼睛似的媚人。反映绸帘的光彩，使云母石的白光和铜器的色泽晶亮的光芒也没有这样的活泼。看了她们这各种摇荡的头饰，她们的姿仪都有各种不同的吸引力和性格的对比，心脏就起了燃烧。这是饰有红玉、蓝玉和珊瑚的花篱；黑色的缎带围住雪白的颈项。轻飘的披肩仿佛灯塔的火光似的浮荡着，头巾是华丽的，衣裳带有一些挑拨性。

这是一群诱惑一切眼睛，满足一切情欲的“土耳其妓女”。一个舞女有一副窈窕的姿仪，仿佛在浪纹状围巾的折痕下一丝不挂似的。那里有一条透明的丝织物，这里有一块光润的绸缎，都盖住或露出一些神秘的完美。细嫩的脚说出情语，新鲜的朱唇却缄默不言。柔弱端庄的少女，这些冒充的处女，她们的美丽头发都发散着一种宗教的贞洁气味，看来仿佛是让风一吹就要消散殆尽的显灵似的。此外还有一些贵族的美女。她们有骄傲的神色，然而却是闲散、纤弱、清瘦而幽雅的。她们就斜着脑袋，仿佛她们还有王室的保护让别人来购买似的。一个白嫩贞洁的英吉利女郎就像是奥西恩[①]史诗所描写的天上下凡的仙女，就像是悲哀的天使，就像是避免犯罪的悔恨。巴黎女郎的美丽隐藏在难于形容的娇态里。她的服装和精神都很浮华。她拿全能的温柔来武装自己，既软弱，又坚硬。她是一个没有心灵，没有情感的妖妇；但是她却懂得假造情感的宝库，懂得摹仿心弦的声音。这危险的会场也并不欠缺这种巴黎女郎的出现。这里还光耀着一些外表装做安详、内心只想幸福的意大利女人，肥胖丰满的诺曼地女郎，黑头发、宽眼睛的南国美女。您一定会说她们是勒伯尔所召集的凡尔赛美人，一清早就设置一切的陷阱，仿佛东方的奴隶妇女让商人的声音给唤醒，天一亮就出发走路似的来到这里。她们一句话也不说，总是含羞的在桌子的周围忙成一气，仿佛在窝里嗡嗡作响的蜜蜂似的。这种恐惧的拘泥态度，发嗔骂人的神气，和妖冶的表现加在一起，不是含有计算的诱惑，就是不由自主的贞操。她们躲在道德的外衣里，希望能够因此而给放荡的恶习献出更多的蛊惑，更多的刺激；这说不定正是受了女人从来也没有完全解脱过的一种情绪的指挥。所以代叶费计划的阴谋就似乎非失败不可了。因为这些不能自己克制的男人一开头就让女人所有的一种伟大力量给征服了。一道赞欢的声音好像悦耳的音乐似的回响着。爱情并没有跟醉酒一同旅行，客人们也并没有发出一阵情感的飓风；他们都在一刹那的柔弱状态里受到惊愕，因此也就献身给一种昏迷的肉欲的快乐。艺术家们在永远驾御他们的诗神的呼召之下，研究着区别这些上选的美丽的细致色调。

也许是因为香槟酒散发炭酸而生的一个思想的提醒，一位哲学家想到这些从前值得恭敬的女人竟然遭遇不幸而来到这里，不

① Ossian是苏格兰的一个国王，写过许多史诗。

禁发起抖来。她们之中的每一个人无疑的都有一幕血腥的悲剧让她去叙述。她们几乎都在前面带有许多悲惨的苦痛，后面牵着没有信用的男人，受骗的许诺，让穷苦给逼出的欢乐。客人们谦恭有礼的走近她们；随着不同的性格而有的不同的谈话也就开始了。许多小会议就这样的形成了。您一定要说这是高等社会的沙龙，您一定要说年轻的少女少妇就是在这沙龙里给饭后的客人们一些援助，正如咖啡、甜酒、糖果对苦于消化的贪婪的客人们所有的效果。可是，没有多少时候，几个笑声就发出来了，叫声就增多了，嗓音也就提高了。停止过一些时候的狂饮又间断的热烈起来了。这一阵缄默一阵喧哗的变动就有点像贝多芬的交响曲。

两位朋友坐在柔软的沙发上。他们先看见一个高大合宜的女郎挨近他们走来。女郎的态度非常的风雅，她的身姿相当的奇怪，但却伶俐、轻捷。她拿显著的对照去吸引人们的精神。梳得轻飘的黑色头发好像曾经在爱情的奋斗里受过蹂躏似的，一小团一小团的落在引人注目的阔肩膀上。悠长的棕色发卷遮住了一半她的端庄颈项，光线就在这颈项上不时不时的掠过，叫它露出最美丽的轮廓的细致姿容。她的皮肤是糙白的，使鲜艳的容颜发出热烈活泼的色调。盖有长眉的眼睛射出大胆的光芒，爱情的火焰！半开着的红润潮湿的嘴唇让人想到接吻。这位女郎的身体是强旺的，但却有弹性；胸脯和手臂都非常的发达，宛如卡拉西所画的人像；不过，她又显得轻快、柔软。她的活泼叫人想到一只母花豹的敏捷，强壮的体格让人想到剧烈的性欲。虽然这女郎应该懂得发笑和戏弄，她的眼睛和微笑却使人家的思想退避三舍。仿佛女先知受到魔鬼的激动似的，她也更能够叫人惊讶，不能够那样的叫人快乐。一切的表情都一片片的闪电似的掠过她的摇动的脸孔。她也许曾经取悦过萎靡的人，但是一个年轻人一定会害怕她。这就仿佛从希腊寺院的顶梢降落下来的巨大雕像似的，远处看来非常的超凡，挨近一看却非常的粗糙。然而，她那惊人的美丽却应当唤醒软弱的灵魂，她的声音却应当诱惑聋子，她的秋波却应当使死人的骸骨复生；所以爱弥儿就拿她来空泛的比拟莎士比亚的悲剧——让快乐在上呼号，让爱情有我也不知道是那一种的蛮性，让风流的巫术和幸福的烈火继着愤怒的血腥骚扰而来的一种令人敬服的花卉形图案；既懂得咬人又懂得摸抚人，既懂得魔鬼似的狂笑，又懂得天使似的啼哭，同时也懂得在一次紧抱里歌颂女人的一切诱惑（除了悲哀的叹息和一位处女的柔和的蛊惑以外）的一种怪物；能够霎时间勃然大怒，扯破自己的胸脯，毁坏自己的爱情、情人，总之，能够跟暴动的群众似的毁灭自己的一种女人。她穿一件红色的丝绒袍子。她拿一只毫不在意的脚随意踩上已经从同伴头上散落下来的花朵。她拿一只傲慢的手给两位朋友端上一个银盘。她自负她的美丽，也许是自负她的恶习，就露出一只在丝绒上面特别显得明晰的白色手臂。她就站在那里，仿佛一个欢乐的女王，快乐的偶像似的。就是这种快乐使人类耗费三代的财富积蓄，使人类朝着尸体狂笑，使人类嘲弄祖先，使人类散失珠宝和王位，使人类由青年变成老年，往往又由老年变成青年；这种快乐只是厌倦权力，受到思想的折磨，或把战争看作游戏的巨人们所有的。

“你叫什么呀？”拉发埃尔问她。

“阿桂铃娜。”

“噢！噢！你是从《得救了的威尼斯》[1] 来的！”爱弥儿喊道。

“是呀，她回答说，“就像教皇们登极的时候都起个新名字似的，我也在超过一切女人的时候取了一个另外的名字。”

---

① Veniss Sauvee 是奥特威（Otway）的一部悲剧，其中也有一个女主角名叫阿桂铃娜。

“那么，你也跟你的守护神似的有一个爱你而懂得为你而死的高贵可怕的谋反者来当你的情人吗?”爱弥儿兴奋的说，这诗境使他清醒。

“我从前有过，”她回答说，“但是断头台当了我的情敌。所以，我总在我的装饰里放上一些破红布，叫我不要过分的快乐。”

“噢！要是您让她讲罗栖尔的四个年轻人的故事，她就说不完。——你别说啦，阿桂铃娜！女人们不是都有一个爱人让她们去哭吗？可是，一切的女人都没有你这样的幸福，只有断头台才能够让你丢掉爱人。啊！我宁可知道我的爱人躺在克拉马的沟道里，我可不愿意看见我的爱人躺在我情敌的床上!”

这句话是由一个最天真，最窈窕，最大方的娇小女人的温和的音乐一般的声音发出来的，这种女人是受仙女神杖的指挥而从蛋壳里钻出来的。她一声不响的走来，露出一副甘美的脸孔，一只细长的纤腰，一双醉人的蓝色眼，一对洁净的新鲜鬓角。水中出来的河神也不会比她更含羞，更白皙，更天真。她好像只有十六岁的模样，好像不知道苦痛，不知道爱情，不认识生活的风波，好像曾经在教堂里祈求过天使召她回天而从这教堂里走了出来似的。只有巴黎才能够让人遇到这些把深刻的双性和精炼的恶习隐藏在诚实的脸孔里，柔和如花的额头底下的女人。这位少女的甘美脸纹含蓄着天使一般的品质，这品质首先就骗住了这两位朋友。爱弥儿和拉发埃尔接受她在阿桂铃娜给递来的杯子里斟上的咖啡，开始跟她闲谈。她又拿一种可怕的印象，在两位诗人眼前，完成了我也不知道是哪一种人类生活面的变形，拿腐败无情的肖像去和她的同伴的粗暴任性的表情相对比。这肖像表现出她在情欲方面是残忍的，她的愚笨可以让她犯罪，她的强旺可以让她鄙笑罪行。她是没有心灵的魔鬼。这种魔鬼拿自己所缺乏的情感去责罚温柔丰富的灵魂，总有一副出卖爱情的脸相，白天对牺牲的棺材流泪，晚上却快乐的念读牺牲品的遗嘱。一个诗人能够敬佩美丽的阿桂铃娜，但是整个的世界却要躲避动人的欧发拉丝：一个是罪恶的灵魂，一个是没有灵魂的罪恶。

“我很想知道，”爱弥儿对这位美女说，“到底你是不是有的时候也想过你的前途。”

“我的前途吗？”她笑着回答说，“您管什么叫做前途呀？我为什么要想到还没有存在的事情呢？我从来就没有瞧过我的背后，也没有瞧过我的前头。我一天只注意一天的事，这不已经太多了吗？何况，前途，我们知道前途，前途就是救济院。”

“你怎么能够从这里就看到救济院，而不想方法避免到那里去呢？”拉发埃尔喊道。

“那么，救济院有什么可怕的呢？”可怕的阿桂铃娜问，“我们既不是母亲，也不是妻子的时候，老年叫我们在脚上穿黑袜子，在额头上长皱纹，使我们所有的女人特性萎靡，使朋友们眼睛里的快乐干涸的时候，我们还有什么用处呢？到了那个时候，你们就要把我们和我们的装饰看作只是一个两条腿的泥人，冰冷、干枯、松散的走路，枯叶一般的响着呢。最美丽的布料在你们看来就会变成褴褛，修饰化妆室的琥珀就会发出死人的气味，闻着仿佛是一架骷髅，要是这泥人居然有一颗心，你们就要在那里侮慢一切了。你们甚至于都不会让我们有个回忆。所以，无论哪个时候我们是在阔公馆里给人家养狗还是在救济院里给人家看管破衣服，我们的生活不都是一样的吗？把我们的白头发藏在红条或蓝条头巾或薄纱里，拿枫树枝来打扫街道或拿绸缎来打扫杜伊勒利花园的层级，坐在镀金的火炉旁边或朝着红泥罐的火灰取暖，参观沙场的景象或到国立音乐厅去，这又有什么大不同呢？”

“我的阿桂铃娜啊，你从来就没有在失望里说过这么多有道理的话，”欧发拉丝接着说，“是的，围巾啦，小羊皮啦，香水啦，黄金啦，绸缎啦，奢侈啦，一切的荣华，一切让人喜欢的东西都只在年轻时有用处。只有时间有理由反对我们的疯狂，可是幸运却赦免我们。——你们笑我说的话。”她给两位朋友投去一道恶毒的微笑，嚷着说：“我说的不对吗？我宁愿因为快乐而丢掉生命，不愿意因为生病而死去。我既不希望有什么不朽，也不对人类有什么重大的尊敬，因为上帝就是这么样创造人类的！给我几百万钱财，我就要吃光它；我不愿意给明年留下一文钱。要为享乐，要为统治而活着，这是每一次心跳给我说出的断案。社会赞同我；社会不是不断供给我浪费吗？为什么每天早晨上帝都付给我每天晚上我所花费的收入呢？为什么人家要替我们设立救济院呢？因为上帝不是把我们安放在善和恶之间，让我们去选择伤害或扰搅我们的东西，要是我不寻寻开心，我就太傻了。”

“那么，其他的人呢？”爱弥儿说。

“其他的人吗？好，让她们自己安排自己好啦！我宁可嘲笑她们的苦痛，不愿意痛哭我自己的苦恼。我讨厌给我一丁点儿苦楚的任何一个人。”

“你受过什么苦痛，让你有这种思想呢？”拉发埃尔问。

“我，人家因为娶老婆就把我丢了！”她一边说，一边做出一个表露一切诱惑的姿势，“然而，我却日夜的工作来养活我的情人！我不愿意再受什么微笑，什么许诺的欺骗，我要让我的生命变成一个长期的欢乐。”

“可是，”拉发埃尔喊道，“幸福不是来自灵魂吗？”

“唉，”阿桂铃娜接着说，“这不就是要看看自己怎么样的让人敬慕，让人阿谀，胜过一切女人，甚至于最有德性的女人，拿我们的美丽和财产去压服一切女人吗？何况我们活一天要比资产阶级活十年还有意思呢。这句话就说明一切了。”

“一个没有品德的女人不是很可恶吗？”爱弥儿对拉发埃尔说。

欧发拉丝给他们射去一道蝮蛇一般的眼色，用一种无从效仿的讥笑腔调回答说：

“品德！我们让丑妇和残废的女人有品德。这些可怜的妇女，要是没有品德，她们就要变成什么样子的呢?”

“算了罢，别说啦!”爱弥儿喊道，“别说你不知道的事情。”

“啊！我不知道品德!”欧发拉丝答辩说，“一辈子献身给一个讨厌的男人，懂得抚育抛弃了您的孩子们，孩子们打击您的心坎，就对他们说：‘谢谢!’这些就是你们命令女人遵守的品德，还有，为着补偿女人的牺牲，你们就来给她加上许多苦痛，设法诱惑她；要是她反抗，你们就害她。真是美满的生活！只要还有自由，我们就必须爱恋我们所喜欢的人，年轻的死去。”

“你都不怕总有一天你得付偿这一切的代价吗?”

“唉，”她回答说，“我不要我的生活掺杂着快乐和悲哀，我要我的生活切成两段：靠得住的快乐的年轻一段和我也不知道那一种要让我闲着受苦的靠不住的年老一段。”

“她并没有恋爱过，”阿桂铃娜用深长的声音说，“她从来就没有走过一百里欧路去十分愉快的吞下一个眼色和一个拒绝；她从来就没有把生命挂在一根头发上，也没有刺杀过许多男人，来拯救她的主人，她的国王，她的上帝……在她看来，爱情就是一位漂亮的陆军上校。”

“呃，呃！罗栖尔，”欧发拉丝回答说，“爱情就像是一阵风似的，我们不知道它从什么地方吹来。并且，要是你让一个傻子爱上，你就要讨厌聪明的人。”

“《法典》禁止我们爱傻子。”高大的阿桂铃娜用讥笑的腔调答辩说。

“我相信你对军人比较的宽大一些。”欧发拉丝笑着喊道。

“她们能够这样的放弃理性，多幸福啊!”拉发埃尔喊道。

“幸福吗?”阿桂铃娜不禁因为恻隐和恐惧而微笑的说，给两位朋友投去一道可怕的眼色。“啊！你们不知道心里念着一个死人而还在欢乐的人要受到怎么样的刑罚……”

这时候来欣赏这些大厅，其实就是预先看到米尔顿的“万恶的都会”。五味酒的蓝色火焰叫那些还能够喝酒的人脸上染有一种阴气沉沉的颜色。野蛮的气力所激动的舞蹈引起爆竹一般的狂笑和叫声。化妆室和一间小厅堆满了死人和垂死的人，仿佛是战场的景象。空气因为酒、欢乐和谈话而显得温热。酩酊、爱情、疯狂、忘却人世，这一切的一切都隐在心里，显在面上，写在地毡上边，表达在混乱的环境里头，给一切的眼色投去一层薄纱，使人家看见空中有朦胧的云雾，仿佛太阳反映的光带似的冒出一道晶亮的尘埃，从中产生最奇异的形状，最粗暴的斗争。这里一群那里一群的人互相紧抱着，跟白色的云母石混杂在一起。这些云母石就是装饰房间的雕刻杰作。虽然两位朋友还保留有一些近似清晰的思想和声音，最后的颤抖和不完全的生命外貌，他们却不能够在怪诞的幻象里认识真实的事物，在不断呈现于醉眼之前的超自然图像里辨别可能的背景。让我们的梦幻给充塞的天空，让各种脸孔给收集在我们的视觉里的狂热媚态，特别是我也不知道那一种背负铁炼的奋激动作，总之，睡眠时所有的最奇怪的现象都这样剧烈的攻击他们，叫他们把这放荡的逢场作戏看作一种动作无声，叫唤无闻的凶梦。这时候，亲信的仆人居然能够费尽力量把他的主人拉到前厅接待室里来，朝着他的耳朵说：

“先生，一切的邻居都跑到窗口，抱怨我们吵闹。”

“要是他们怕声音，他们不是能够派人拿草梗堵在门前吗?”代叶费喊道。

十四

拉发埃尔突然发出一声这样不合时宜的狂笑，他的朋友就问他这突如其来的快乐到底是什么缘故。

“你不容易懂得我，”他回答说，“首先，我得承认你们是在我到赛纳河去跳水的时候才在福尔泰尔堤岸上拦住我的，而且你一定要知道我的自杀动机。但是，要是我几乎神话似的偶然加上几句话对你说那时候物质世界的最有诗意的废墟，刚刚好当做一种人类智慧的象征概括的呈现在我的眼前，而这时候让我们在这张桌子上给劫夺殆尽的一切理性宝库的残留都包含在这两个女人（这两个活泼奇异的疯狂的典型）身上，要是我对你说我们对人和物的漠不在意就是给两幅相反的生活图像做个过渡的桥梁，你会懂得更多一些吗？要是你没有喝醉了，你也许可以看出这是一篇哲学论文。”

“阿桂铃娜发出的鼾声就像即将暴发的狂风似的。要是你一双脚不是踩在这迷人的阿桂铃娜身上，”爱弥儿回答说，他自己也不自觉的给欧发拉丝的头发打上卷，又给散开的把玩着，“你就会觉得你的醉态和胡说有点害臊人。你的两个系统可以归纳成一句话，并成一个思想。简单机械的生活可以引导我们走到某种愚笨的智慧路上来，而拿工作来闭塞我们的理性；可是，在抽象的空隙里或在道德的深渊里过的生活却会产生一种疯狂的智慧。总之，消灭情感而享高寿，或年青夭逝而为爱情殉节，这就是我们的格言。这格言而且还得跟制造女妖的粗暴小丑给我们产生的许多品性相格斗。”

“傻子！”拉发埃尔打断他的话说，“请你自己也说短一点儿，你简直要写几部书呢！要是我有意给这两个观念定下公式，我就要告诉你说人是因为练习推理而腐化了的，人是因为朴质无知而纯洁化了的。这就是控诉社会！可是，跟聪明人一同生活或跟疯子一同灭亡，这结果迟早不是一样的吗？所以伟大的归纳家从前曾经用两个字眼来表明这两个系统：Carymary，Carymara。”

“你让我怀疑上帝的力量，因为你的愚笨要比他的力量的程度高，”爱弥儿答辩说，“我们的拉柏莱曾经用一个比这还要简单的字眼来解决这个哲学问题，就是‘也许’。孟泰额的‘我知道什么呀’就是从他这句话引申出来的。再说，这伦理学的最后一个字眼只是处于善恶之间的皮尔郎的叹息；正如布里顿的驴处在两堆荞麦中间似的。这永远不得解决的辩论现在已经走上了‘是’和‘不是’的阶段，咱们就把这问题搁在一边罢。你要跳进赛纳河去找那一种经验呢？你是不是妒忌圣母桥的引水机呢？”

“啊！要是你知道我的生活！”

“啊！”爱弥儿喊道，“我不知道你这样的庸俗，这句话已经说得太烂了。你难道不知道我们都自以为比别人更苦痛吗？”

“啊！……”拉发埃尔叹了一口气。

“可是，你这个‘啊’不太滑稽吗！咱们瞧：心病或身病会迫你每天早晨拿肌肉的紧缩去牵回晚上要把你跟从前的达米恩似的撕成粉碎的野马吗？你在屋顶楼上没有加盐就活生生的吃掉你的狗吗？你的孩子们嚷过‘我饿’吗？你卖过你情妇的头发去赌博吗？你曾经付过一张假支票，假冒地址，冒充叔叔的名义，只怕太晚了吗？好，我听！要是你因为一个女人，一次拒绝使用你的期票或什么麻烦的事情就跳水自杀，我就跟你绝交了。请你坦白，别撒谎；我并不要你写什么历史论文。特别请你说得简单一点，你的昏醉的脑筋能够允许你说多少就说多少。我就像一个教师似的严厉，一个念晚祷的女人似的困。”

“可怜的傻子！”拉发埃尔说，“从什么时候起，容易受感动的人才不会感到更大的苦痛呢？等到我们到达了一种科学的程度，能够允许我们去研究心灵的自然历史，给心灵起名目，给分类，把它们分成种、类、族，甲壳类，化石类，蜥蜴类，微生物类，……我懂得什么呀？然后，好朋友，我们就可以证明世界上存在有柔软的心灵，跟花一样的脆弱，只要轻轻的磨折就要跟花一样的破碎，然而铁石的心肠就对这种磨折毫无感觉……”

“噢！饶了我罢！请你给我免了你这一段序言罢。”爱弥儿拉着拉发埃尔的手，用一种半讥笑半怜悯的神气说。

第二部　没有心灵的女人

十五

经过一些时候的缄默之后，拉发埃尔就做出一个倜傥的姿势说：

“我这会儿有一种明智，它让我把我的整个生命看作一幅图画；这幅图画的人物、颜色、暗影、光线和中间色等都很惟肖惟妙。说句真话，我不知道到底是否不应该认为这明智就是葡萄酒和五味酒的恩赐。这种带有诗意的幻想并不会叫我奇怪，要是它并没有杂着轻蔑我的苦痛和过去欢乐的情绪。从远处看，我的生命就像是让精神的现象给缩小了似的。十年的长期隐痛现在可以用几句话把它说出来，不过在这几句话里，苦痛只会是一个观念，快乐也只会是一个哲学的思考罢了。我是在判断，不是在感觉……”

“你就像给我解释悔改似的讨人厌。”爱弥儿喊道。

“这也可能，”拉发埃尔毫无怨叹的接着说，“所以，为着不叫你浪费耳朵起见，我就不给你讲我十七岁以前的生活了。一直到那个时候为止，我的生活也跟你，跟其他成千的人似的，学校生活的假痛苦和真快乐都值得甜蜜的回忆。虽然我们的口味已经腻了，我们却向这种生活重新要求星期五的素食，因为我们就没有再尝过这种滋味。这是美丽的生活，这生活里的工作看来很无聊，但却教我们懂得工作……”

“你就来讲一讲你的悲剧罢，”爱弥儿一半滑稽，一半抱怨的说。

“出了中学之后，”拉发埃尔接着说，做出一个姿势，表示他有继续说话的权利，“我父亲就强制我有一个严格的训练；我就住在一间接连他的办公室的房子里；我晚上九点钟之后才睡觉，早晨五点钟就起床，他要我用功研究法学；我到法学院去，同时又到一个法律代言人家里去读书；但是时间和地点都这样的限制我的课业和工作，然而我的父亲却在吃晚饭的时候总要这样严厉的问我功课……”

“这跟我有什么相干呢?”爱弥儿打断他的话说。

“呃！让魔鬼带你走！”拉发埃尔回答说，“要我不告诉你影响我的灵魂，使它带有恐惧，让我长时间有年轻人的淳朴天真的看不见的事实，你怎么能够懂得我的情绪呢？所以，一直到二十一岁，我都屈服在一个跟修道院的规章一样冷酷的专制家教之下。为着给你揭露我生活的悲痛起见，给你描写我的父亲也就够了。他是一个身材高大的人，干枯的，清瘦的，脸孔就像是刀锋。他的颜色是苍白的，说话简单，有点像老小姐似的喜欢戏弄人，跟衙门的长官似的细心。他的家教总在我的俏皮快乐的思想上飞翔，

把这些思想给关闭在一个铅制的屋盖下边似的。要是我想给他表现一种温和的感情，他就把我当做一个要说傻话的孩子来看待；他比我们的老师还要叫我害怕得多。在他看来，我总是八岁的孩子。我现在还觉得他就在我面前。他穿栗色礼服的样子就有点像褐色的鲞鱼包在咖啡色的书皮里似的，笔直得就像是复活节的蜡烛。然而我却爱我的父亲：他到底还是公正的。要是严厉配合着伟大的性格，纯洁的风俗，善良的用心，我们也许就不会埋怨严厉了。要是我父亲老是监督着我，要是一直到我二十岁的时候他还给我十个佛郎，十个让我放纵乱花的佛郎（这是我还羡慕不到的大宝库啊!）让我在梦里去想象不可言传的幸福，他至少总还想点法子给我寻觅一些消遣。答应我好几个月之后，他就带我到步风戏院去，到音乐会去听音乐，到跳舞场去跳舞，我都希望能够在这些地方遇到一位情妇。一位情妇！这在我看来就是独立。可是，我既害臊懦怯，又一点儿也不懂得沙龙的语言，我也没有在那里认识任何一个人。回来的时候，我的心还是一样的空虚，一样的充塞没有满足的欲望。第二天，我就让我父亲跟马一样的络住，一清早就回到我的法律代言人家里去，或上法学的课，或到法院去。

“要走开我父亲给我指定的齐整划一的路，这就是让我父亲对我发怒。他威胁我说，要是我做出第一个错处，他就要把我当做学习航海的幼童送上船，运到安提尔群岛去。所以，要是我敢出门到娱乐场去玩这么一个钟头或两个钟头，我身上就生出一种可怕的战栗。请你想象一下，最漂泊无定的幻想，最富有情感的心坎，最温和的灵魂，最含有诗意的精神竟不断的碰到世界上最坚硬的心灵，最忧愁冷酷的人，总之，把一位年轻少女嫁给一个骷髅，你就会懂得这种生活。这生活只能够让人家对你说它的奇怪幕景。那就是——一看到我的父亲就不敢实行的逃亡计划，让睡梦来平静的失望，被压制的情欲，让音乐来消散的暗淡的悲哀。我把我的不幸倾吐在旋律里。贝多芬或是莫查尔往往就是我的知己。现在，我一想到这扰搅我的天真洁白时代的良心的一切偏见，就不禁微笑了：要是我的脚跨进饭馆一步，我就认为我毁灭了；幻想叫我想到咖啡馆是个放荡的所在，人们都在那里丧失名誉，抵押家财；至于拿钱去赌博呢，我却必须先有钱。

“噢，就是要让你睡觉，我也要给你讲一讲我生活里的一个最可怕的快乐。这是一种武装着许多爪牙的快乐，仿佛热铁放在囚犯肩上似的刺进我们的心坎。我到我表叔拿发莲公爵家里去跳舞。但是，要你了解清楚我的地位，我就是得让你知道我穿的是褴褛的衣服，粗制的鞋，一条车夫用的领带，一双已经戴过的手套。我躲在一个角落里，让我能够从容不迫的吃些冰淇淋，欣赏美丽的女人。我的父亲看见了我。他对我的信任叫我大为惊慌失措，因为我一直没有猜出他这举动是什么理由——他拿他的钱包和钥匙交托给我，叫我替他保守。离我十步路远的地方，有几个人在赌博。我听见黄金摇撞的声音。那时候我二十岁，我愿望能够用一天的日子整个儿的沉溺在我的年龄所能有的罪恶里。这是一种精神上的放肆，任何妓女的偏好，任何少女的梦幻都不能够和它相比拟。一年的光景，我都梦想穿上一身华丽的衣服，坐上车子，身边有个美丽的女郎，摆出大贵族的架子，在维利饭馆里吃饭，晚上到戏院里去，决定第二天才回父亲的家，拿一个比《菲迦罗的结婚》还要复杂的冒险行为去反抗父亲，不让他发现我的秘密。我估计这小小的快乐需要五十厄古钱。这难道不还是天真的逃学念头蛊惑了我吗？

“于是我就到一间化妆室里去。我一个人用痛涩的眼睛和颤抖的指头数着我父亲的金钱；一百厄古！一想到这个数目，逃学的快乐就现在我的眼前，仿佛马克柏特的女巫在镬鼎周围跳舞似的。这是多么诱人的快乐啊！这是多么令人战栗的快乐啊！这是多么甜蜜的快乐啊！我变成了一个有决心的无赖。我没有听见耳鸣的声音，也没有听见急促的心跳，就拿了两个二十佛郎的钱币，现在我好像还看得见它！钱币上的年月已经模糊了，波拿巴特的头像在那里做出鬼脸。把这钱币放进口袋之后，我就回头走上赌场，把这两块金币握在潮湿的手里。我在赌徒身边徘徊，仿佛鸡埘上的鹰鸟似的。一种不可言说的忧虑叫我忽然给周围投去一道半透明的目光。我看准没有任何认识我的人；就跟一个既肥胖又快乐的矮个子对赌，朝着他的头上堆去在海中遇到三次风涛也还没有说出的那么多的祈祷和祝愿。然后，本能的直觉就使我体会到叫我这样年龄的人惊讶的罪恶和权谋，我就走去站在一扇门的旁边，眼直直的瞧着各厅，什么也没有看见。我的灵魂和眼睛就在一张定命的绿色桌布的周围飞翔。这一个晚会是我第一次对生理现象有所观察的日期。这种观察使我有一种深入的眼光，让我去认识双重人格的神秘。我转过我的背，朝着决定我的将来幸福的这张桌子走来。这幸福也许竟是罪恶，竟和罪恶一样的深远。两个赌徒和我之间有一道人众堆成的篱笆，是由四五排喜欢聊天的人给凑成的。纷乱的人声叫人听不清杂有乐队演奏的金币的声响；虽然有这一切的障碍，由于一个可以让嗜好消除空间和时间的权利，我却听得清楚两个赌徒的谈话，我认得清楚他们的‘点’，我知道两个之中那一个转过王牌，仿佛都看了他的牌似的；总之，我站在距离赌桌十步路的地方，想到胜负的难定就叫我的脸色发青。我的父亲忽然在我面前走过；于是，我就懂得《圣经》的记载：‘上帝圣灵走过他面前！’我赢了。

“我穿过围绕赌徒的人海，仿佛一只冲破渔网逃走的鳗鱼似的快步跑近赌桌。苦痛的纤维变成快乐的了。我就像是一个让人送上刑场而于路上遇见国王的囚犯似的。突然间，一个挂有勋章的人宣称丢了四十佛郎。我受到忧惧眼睛的怀疑，我的脸色发青了，汗珠流下我的额头。偷窃我父亲金钱的罪过仿佛得到了报应了。肥胖的矮个子就用一道天使似的声音说：‘这些先生都拿钱下过注。’他付了四十佛郎。我仰起额头，朝着赌徒们投去一道胜利的目光。给我父亲的钱包送还让我偷走的金币之后，我就把赢的钱交给这位诚实高贵的绅士，跟他一同赌博。他又继续赢钱。我看见自己有了一百六十佛郎，就把它包在手绢里，让它在我们回家的时候不会动、不会响，我也就不再赌博了。

“‘你到赌场去干些什么呀?’我父亲登上马车的时候，对我说。

“‘我瞧瞧。’我颤抖的回答。

“‘但是，’我父亲接着说，‘要是你因为自尊心的催促在绿毡上压下几个钱，这倒没有什么奇怪。在社会人士的眼睛里，你好像有了相当的年纪，可以让你做些傻事。所以，拉发埃尔，要是你利用了我的钱包，我也可以原谅你……’

“我什么话也没有回答。我们回到家里的时候，我就把父亲的钥匙和钱包递还给他。走进他的卧室时，他就把钱包里的钱币倒在火炉台上，数着他的金币。他拿一种相当温和的神气朝着我转过身来，每一句话都拿相当长而有意义的停顿给分隔着，对我说：

“‘我的孩子，你不久就二十岁了。我很满意你。你得有一笔费用，这不过是让你学习节省，懂得生活的事情罢了。从今天晚上起，我每月给你一百佛郎。你要怎么花就怎么花。这是今年第一季的钱。’他一边说，一边摸着一堆金币，仿佛要确实数清这金币的数目似的。

“我承认我几乎要跪在他的脚前，对他宣称我是一个强盗，一个无赖，甚至于更坏的，一个骗子！羞愧阻止了我。我走去接吻他，他却轻轻的推开我。

“‘现在，你是一个大人啦，我的孩子，’他对我说，‘我所做的是一桩简单的正当的事情，你不必感谢我。要是你得感谢我的话，拉发埃尔！’他用温和而充满尊严的声调接着说，‘这是因为我曾经保护过你的童年，不让吞噬巴黎年轻人的苦痛来袭击你。从今天起，咱们是两个朋友。一年之后，你就要变成法学博士了。你在苦恼穷困之中已经得到了结实的学识，爱好工作的习惯，这在奉命办公事的人方面是非常必要的。拉发埃尔，你得学会来认识我。我不是要你当律师，当法律公证人，而是要你当一个可以光耀寒门的政治家……明天见！’他用一个神秘的姿势送我出来，加上一句话说。”

十六

“从这一天起，我父亲就很坦白的引导我认识他的计划。我是独生子，我母亲已经死了十年。从前，因为不满意自己把宝剑扔在一边去种地，我父亲就到巴黎来跟魔鬼斗争，他是一个几乎让乌微尔额的人忘记了的有历史的家庭的领袖。他赋有一种能够叫法兰西南方人一加上毅力就会变成超人的精细，所以没有什么支持就在权力的中心得到一个地位。不久，革命推翻了他的财富；但是他却懂得娶上一个大家庭的女继承人，而在帝政时代几乎就要恢复我们这一家的以往的光荣。复辟给我母亲送还相当可观的财产，这却毁了我的父亲。因为从前买了许多皇帝赐给将军们的外国土地，他就不得不跟清算员、外交家、普鲁士和巴伐利亚的法庭打了十年仗，希望能够保持这不幸的嫁资所赐给他的占有权。我父亲把我给扔在这不可清理的诉讼漩涡里，我们的将来都依靠这官司。人家可能罚我们去退回年收和一八一四年至一八一七年之间砍伐的树木的售价；要是这样的话，我母亲的财产就还不够营救我们的家声了。所以，我仿佛让我父亲给解放了的那一天，我就架上了最可恶的肩轭。我得跟上战场似的作战，日夜的工作，拜访政治家，设法袭击他们的观念，叫他们关心我们的事情，引诱他们，他们的妻子，他们的仆人，他们的狗，把这烦腻的职务装在风雅的外表和温和的谈笑里。我懂得叫我父亲萎靡的一切悲哀的痕迹。差不多一年的光景，我表面上度着一个社会人物的生活，但却忙着和爱护我们的亲戚，能够对我们有用处的人众相周旋，这种耗费隐藏有极大的工作。我的消遣还是法律的辩护，我的谈话还是历史的论文。一直到那时候为止，我都很有道德，因为我没有能够染上年轻人的嗜好；但是这时候我已经是自己的主人了，我只怕一不小心就毁坏了我的父亲或我自己，不敢让我自己有任何的欢乐，任何的花费。如果我们还很年青，人和事还没有拿磨折的力量来剥夺情感的甜美的花朵，思想的绿茵，禁止我们跟罪恶相妥协的高洁的良心，我们就要强烈的感觉到我们的责任，名誉就要高声的呼唤我们去听从它，我们就是坦白而率直的。那时候，我就是这个样子的。我要证明父亲对我的信任；不久之前，我还会巧妙的偷他一笔小款，可是和他一同负担事务、名声和家望的时候，我就偷偷的把我的财产和希望献给了他。我为他而牺牲了我的欢乐。我对这种牺牲还觉得是幸福呢！所以，维勒尔先生[①]特别为着我们的利益而颁布取消产权的上谕，结果反而毁了我们的时候，我就签字出卖我的产业，只留下罗瓦尔河中一个不值钱的小岛，我母亲的墓就在这小岛上。今天，论证，遁词，哲学的评判，伦理的讨论，政治的雄辩也许会阻止我去干这些我的法律代言人所谓的'傻事'；但是，我得重复说一句话，二十一岁的时候，我们都是宽厚的，热情的。在我看来，那时候，我在父亲眼里看到的眼泪就是最完美的财富。回想到这些眼泪，我还常常安慰了自己的穷困呢。还清债务之后十个月，我父亲也就因为过度悲伤而死去了。我是他的偶像，然而他却毁了我！这念头杀死了他。一八二六年秋末，年纪二十二岁的我就一个人孤孤单单的送着我的第一个朋友——我父亲的灵柩。很少年轻人像我这样的在柩车后面只有思想作我的伴侣，流落在巴黎，没有前途，也没有幸运。慈善机关收留的孤儿们至少还有上战场打仗的前途，至少还有政府或检察官当做他们的父亲，至少还有救济院作为他们的避难所。但是我，我却什么也没有！三个月之后，一个拍卖行伙计给我送来一千一百一十二佛郎，这是由父亲的遗产里给清算出来的产物。债权人们曾经逼我售卖我们的家具。我自幼就惯于看重周边的奢侈品，看了这一小笔余款，我不禁都有点惊讶。

"'噢！'拍卖行伙计对我说，'这些东西都是过时货！'

"这是一个吓人的字眼。它使我童年的一切宗教枯萎，它剥夺了我的初期幻想，最珍贵的幻想。我的财产就包含在这一张拍卖账单里，我的前途就隐埋在这个贮藏一千一百一十二佛郎的布袋

① Villèle是法国复辟时期的一个政治家。

里。社会在我看来就是这个戴着帽子给我说话的拍卖行伙计……我母亲从前曾经为一个钟爱我的老仆人约拿达斯存过一笔四百佛郎的养老金。我童年的时候也曾常常喜气洋洋的坐车出门。约拿达斯离开这房子的时候，就对我说：

"'您得好好的节省，拉发埃尔先生！'

"这位好好先生，他都哭了。"

十七

"亲爱的爱弥儿，这些就是统治我的命运，改变我的灵魂，不顾我还年青就把我放在最虚伪的社会环境里的事变，"拉发埃尔歇了一口气，又接着说，"疏远的家庭关系让我跟几个富裕的人家有联系，但是我的傲慢却禁止我到他们那里去，纵使他们的轻蔑和漠不关心还并没有给我关上大门。虽然和我有亲戚关系的人非常有权势，随便浪费精力去保护外人，但是我却没有亲戚，也没有保护人。灵魂的发展不断的受到阻碍，它就向内收缩。我的本性是天真的，率直的，然而我却显得冷淡、矫饰，父亲的严厉使我动摇我对自己的一切信仰；我是懦怯而别扭的，我不相信我的意见能够有什么力量，我讨厌自己，觉得自己长得丑，我的目光使我惭愧。无论内心的声音应当怎么样的支持天才去夺断，怎么样的对我说：'勇敢些！向前走！'无论我怎么样的在孤单的生活里突然的揭露我的力量，无论比较了一下一般人崇拜的新著作和那些在我思想里飞翔的著作就怎么样的鼓起我的希望，我总跟孩子似的，老怀疑着我自己。一个强大的野心袭击我，我相信自己是生来做大事情的，然而却觉得自己悬在虚无缥缈之中。我需要人，然而我却没有朋友。我得在世界上打开一条道路，然而我却孤单的留在那里，羞惭甚于恐惧。

“那一年，我父亲把我拥进大社会漩涡里去的时候，我是带着一颗淳朴的心，新鲜的灵魂到那里去的。我也跟其他的大孩子似的，偷偷的呼吸着美丽的爱情空气。我在跟我同样年龄的一群年轻人中间遇到一些夸口的人。他们走起路来总要昂着头，说些空话，毫不战栗的坐在女人们的旁边（我觉得这些女人都叫我害怕）。他们无礼的胡言乱语，咬着手杖头，做出媚态，自认占有漂亮的女子，把他们的头，或夸口把他们的头靠在一切的枕头上面过。他们装做拒绝欢乐的神气，他们认为最有道德最虚假的女人容易勾搭上；只要一句话，一个大胆的姿势，第一个傲慢的眼色就可以获得她们！我依良心跟你说句实话，我觉得夺取权力或享受文名都没有在一个高尚、年青、聪明、风雅的女人身边到得成功来得难。所以，我就发现我的心灵的昏乱，我的情绪和我的信条都和社会的规律相违反。我有胆量，不过这胆量只存在于灵魂，不存在于举动。后来我才知道女人们不在意让人家恳求；我遇过许多这种女人，我都远远的崇拜她们，我给她们献出经得起一切试探的心，等着破碎的灵魂，不怕牺牲受苦的毅力：然而她们却是傻子们所占有的。这些傻子就是要当我的门房，我也不要。

“我没有在跳舞场里缄默痴呆的崇拜梦想的女人多少次呢！我心里想要把我的生命献给永久的柔情，要拿一个眼色来表达我的一切希望，要在出神坐忘的时候给她献上欢迎受骗的年青男子的爱情。有些时候，我甚至于都可以拿我的生命去换一夜的风流。唉，我从来也没有找到一对让我投射我的情语的耳朵，一双可以吸收我的眼色的眼睛，一个可以包藏我的心灵的心灵，我就生活在一种自行吞噬的柔弱毅力的一切苦恼里。这毅力所以会自行吞噬，为的是缺乏胆量，或没有机会，没有经验。也许我的悲哀是要人家了解我，我的发抖为的是让人家过分的了解。不过，每一次遇到人家能够给我送来的多礼的眼色时，我都等着要暴发一场风波。我虽然等着立刻接受这种秋波或表面上这样温和的情语，我却从来也不敢说出一句话或保守一个恰当的沉默。因为了情绪的激奋，我的语言没有意义，我的缄默也变成了愚笨的。虚伪的社会只看到浮华，只由流行的语句或时髦的语词去说明一切的思想。无疑的，在这种社会看来，我就未免太天真了。还有，我简直就不懂得怎么样的不说话而说话，或说话而不说话。

“总之，因为我心里有燃烧我的烈火，因为我有一个仿佛女人们想要逢遇的灵魂似的心灵，因为我受到她所贪求的激奋生活的袭击，因为我赋有傻子们所夸耀的毅力，一切的女人都非常残忍的出卖我。所以，会党的英雄们庆祝胜利的时候，我就羡慕他们，没有怀疑他们的撒谎。当然啰，我也有一个错误，我的错误就是要求一种口头上的爱情，要在一个贪求奢侈，醉心虚荣的轻佻儿戏的女人心里去找这广阔的情感，这给我在心里掀起惊天怒涛的海洋的伟大和强力。噢！我觉得自己是天生的钟情，天生要让一个女人幸福，然而却没有找到任何一个女郎，甚至于没有遇到一位勇敢高贵的玛色琳，或什么年老的侯爵夫人！我在背囊里背着实贝，然而却不能够遇到一个小孩，一个什么好奇的少女，叫她羡慕这宝贝！我常常愿意为失望而自杀。”

“今天晚上真是一幕悲剧。”爱弥儿喊道。

“呃！让我谴责我的生活。”拉发埃尔回答说，“要是你的友谊没有力量来倾听我的挽歌，要是你都不愿意偿我一个面子，听我半个钟头的啰唆，你就睡你的去罢！但是你可别再问我关于这向我咆哮，对我直立，呼唤我而让我致敬的自杀。要批评一个人，至少得设身处地，知道他的思想，他的不幸和他的情感的秘密；只想认识他的生活的物质事变，这只是编制纪年，编纂傻子们的历史！”

这些话的悲恻声调感动了爱弥儿。从这时刻起，他就全力注意拉发埃尔，呆呆的瞧着他。

“但是，”叙述家接着说，“现在，给这些事情染上颜色的光芒又给它加上了一个新的色调。我从前认为事情的结果是不幸的，然而这结果也许竟给我产生我后来引以为荣的伟大机能。

“哲学的好奇，过度的工作，读书的癖好，自从七岁起到我进入社会的时候止，都经常的使我的生活忙碌，这不是让我赋有一种方便的力量吗？要是我得相信您的话，我就可以说，有了这力量，我就懂得表达我的思想，懂得在人类知识的旷野里向前行走。我受到让人抛弃的责罚，我有克制自己的情感，生活在自己心里的习惯，这不是给我灌注比较的力量，思索的能力吗？人世的纠纷都叫最美丽的灵魂紧缩，都叫它缩小到一文不值的地步，我未曾为这人世的纠纷服务而毁灭了自己，我的感性不就是这样的集中了起来，变成了一个比较愿望感情还要高尚的意志的完美机关吗？

“女人们误解我。记得我曾经用受人漠视的爱情敏悟去观察过她们。现在我看得清楚，就是我的诚恳性格叫她们不喜欢我。大约女人们都要一点儿虚伪，不是吗？我，我在同一个时间里一会儿是大人，一会儿又是孩子，一会儿琐碎，一会儿又多思多虑，一会儿没有任何的偏见，一会儿又满脑筋的迷信。我常常跟她们似的带有女性的气味。她们不是会把我的天真看作犬儒学派的作风，把我的纯洁思想看作放荡吗？她们觉得科学讨人厌，跟女性似的神思恍惚是软弱。这过分动荡的幻想力，这诗人的不幸的确都叫人家把我看作是个不懂爱情的东西，没有恒定的思想，没有毅力。不说话的时候，我就是白痴，设法让她们喜欢的时候，我也许就吓坏了她们。我算是受过女人们的责罚了。

“我悲哀的挥泪接受社会给我加上的判决书。这苦痛产生了它的结果。我要向社会报复。我要在统制我的理智下占有一切女人的灵魂。我要看见一个仆人在沙龙的门口通报我的姓名而叫一切的视线都集中在我的身上。我自幼就决心要做一个伟人，我曾经拍着我的额头，跟陈匿埃·安得利似的对我说：‘这里有点东西哩！’我觉得心里有一个思想让我去表达，有一个系统让我去建立，有一个科学让我去解释。

“噢，我亲爱的爱弥儿！我好不容易今天活上了二十六岁，我确信我一定会死去而还没有成名，还没有当过我梦想的女人的情人。让我告诉你我的疯狂罢！一切的人不是多少都会把我们的欲望看作事实吗？啊！我绝不希望一个没有在梦里戴上冠冕，建上一个座柱，占有几个悦人的情妇的年轻人来做我的朋友。我，我常常梦想当将军，做皇帝；我曾经当过拜伦，然后……我就谁也不是。在人世的绝顶峰上闲游之后，我又觉得还有一切的山岭，一切的困难让我去攀爬。我心里沸腾着一个巨大的自尊心。我对命运有个超凡的信念。一只绵羊走过荆棘时往往被刮下羊毛。一个人不叫自己的灵魂仿佛绵羊刮下羊毛似的让事情的交错这么容易给切碎了的时候，这种信念也许竟会叫他变成天才。这一切的一切都救了我。我愿意满载荣誉。我希望总有一天能够占有一个情妇。我愿意静静的为她工作。一切的女人都结成一个独一的女人。我相信在我第一眼看到的女人身上遇到这个女人。但是我却看见每个女人都是王后。正如王后们都得走向情人面前似的，一切的女人都得来到我这样穷苦、可怜而懦怯的人前面。

“啊！那个怜惜过我的女人，除了爱慕她之外，我心里对她还十分的感谢，我得一辈子崇拜她。但是不久之后，我的观察却叫我知道许多残忍的事实。

“所以，亲爱的爱弥儿，我就冒险要永远单独的生活。女人们都有某种倾向，只要在一个才子身上看出他的许多缺憾，只要在一个傻子身上看出他的许多优点。她们非常同情傻子的优点。这优点其实就是对她们的缺憾的经常赞美，然而高卓的男子就没有给她们贡献出相当多的欢娱，来弥补他的缺憾。才能是一种间歇的热病，没有女人愿意分担这麻烦。一切的女人都要在情人身上去找满足虚荣心的动机。其实在爱恋我们的时候，她们还是爱恋她们自己的！一个穷苦、骄傲而赋有创造力的艺术家，他不是有刺人的自私心吗？在他身边存在有一种我也不知道是哪一类的思想旋风；他把一切都包裹在这旋风里，甚至于应当跟这旋风的动作转的情妇。一个让人阿谀的女人能够相信这一种人的爱情吗？她要找他去吗？这种情人没有闲工夫让他坐在沙发旁边，献身给女人们所喜欢的肉感的嬉笑，然而这种嬉笑却是没有感觉的伪君子的胜利。他都缺乏工作的时间，他怎么能够花费光阴来自卑，来打扮呢？我等着一下子献出我的生命，但我可不能够慢慢的消磨它。

“还有，在证券经纪人的巧妙行为里存在有我也不知道是那一种叫艺术家讨厌的卑鄙。这种经纪人往往替脸色苍白、惯作媚态的女人奔走。抽象的爱情不能够满足一个穷苦的伟人，他要求爱情的一切忠诚。浪费生命去试披羊皮围巾或自愿给时髦服装当衣架的女人并没有什么忠诚，然而却要求男子的忠诚。她们觉得爱情就是颁发命令的快乐，不是服从命令。真正的妻子，在心灵上、肉体上、骨骼里都是妻子的女人，她总要跟随她的丈夫。她的生命，她的力量，她的光荣和她的幸福也都存在于丈夫的身上。高超的男子们需要东方的女子。她们的唯一思想就是要研究他们的需要，因为在他们看来，不幸的来源就是欲望和手段之间的矛盾。我，我相信自己是个天才，我恰好喜欢这种小情妇！我养成一些和我所接受的见解这样相反的观念；我希望没有天梯而登上穹苍；我占有没有市价的宝藏；我赋有叫我的记忆负担过重的广泛知识，我还没有对这些知识加以分类，加以消化；我既没有亲戚，又没有朋友；我一个人单独留在最叫人害怕的沙漠里；这种沙漠铺有路子，有生气，能思想，有生命；那里的一切不只是您的仇敌，不只是对您漠不关心！我的决定虽然是疯狂的，却也很自然；它包含着我也不知道是那一种叫我鼓起勇气的不可能的东西。我就好像自己跟自己打赌似的，既是赌徒，又是赌金。下面就是我的计划。”

十八

“我的一千一百佛郎应当能够让我对付三年的生活。我估计在这期间著出一部书，来引起群众对我的注意，使我发财或享受文名。我快乐的想到要靠面包和牛奶来养活自己的生命，仿佛特巴伊德①的隐士似的，埋头在书本和思想的世界里，沉没在骚动的巴黎社会所不能到达的一个工作和寂寞的国度里。我可以跟虫蛹似的在那里给我自己筑上了一座坟墓，希望能够从中光荣的复活。我要为着‘活’而冒‘死’的危险。

“我缩小我的生活范围到真正的需要，最低的必要。我觉得三百六十个佛郎很够得我一年的穷苦生活的花费。事实上，这一笔小款已经够得满足我的生活，因为我愿意遵守我自己所订的寺院式严规。”

“这简直是不可能的！”爱弥儿喊道。

“我就这样的过了差不多三年的生活！……”拉法埃尔用一种骄傲的神气回答说，“——咱们算一算看！”他接着说，“三苏钱的面包，两苏钱的牛奶，三苏钱的肉就叫我不至于饿死，就叫我的神经发出奇异的光亮。你知道，我观察过节食给幻想产生的奇妙

① Thebaide 就是上埃及。

效果。我每天花费三苏房钱，每夜点上三苏钱的油，我自己打扫房屋，我穿薄绒布衫衣，让我每天只花两苏钱的洗衣费。我烧土煤，一年平均每天只花两苏钱。我有三年穿用的衣服、衬衫和鞋子。我只在听公开演讲或到图书馆去的时候才穿得整齐。

“这些费用凑在一起只要十八苏，我还有两苏钱作为不时之需。我没有记得在这长期的工作里曾经走过艺术桥，曾经买过水；我清早亲身到格勒斯街的街角上，圣米赤儿广场的喷泉上去取水。噢！我骄傲的忍受我的穷苦。一个忙于实现美丽前途的人在穷苦的生活里走着就像是走上刑场的无辜的囚犯，他一点儿也不惭愧。我不愿意预先看到疾病。跟阿桂铃娜似的，我也毫无畏惧的面对着救济院。任何时候，我都没有怀疑过我的健康。而且，穷人也只能够为着死而睡觉。我什么时候理发呢？是在一个爱情的天使或仁慈的天使……但是我不愿意预先想到我要到达的情景。亲爱的朋友，你只要懂得：因为没有情妇，我就生活在一个伟大的思想，一个梦幻，我们大家起先多少都相信的一个谎语里。今天，我笑我自己，这个‘自己’也许是圣洁而高超的，然而却不存在了。

“靠近来看，社会、世界，我们的风俗和我们的习惯都给我揭破我的天真信仰的危险和我的热烈工作的过分疲劳。这些粮食对一个有野心的人是毫无用处的。追逐幸运的人，他的行李应当是轻飘的！高士的错误就是花费青春的年华去让自己博得人家的垂青。穷人积蓄力量和学识去肩荷重责的时候，花言巧语而毫无思想的阴谋家就走来走去，惊动傻子，求得一知半解的人的信任；前者研究，后者行走，前者谦虚，后者大胆；天才压制自己的骄傲，阴谋家却趾高气扬，而且死心要达到目的。有权势的人必得相信已有的功绩，相信厚颜的才士，真正的学者甚至于都有点幼稚，希望能够得到人世的补偿。我并不是要推敲道德的共同性质，被人误解的天才所永远歌咏的‘圣颂之圣颂’：我只要演绎这些庸俗的人所以常常得到成功的理由。唉！学问有母亲一般的仁慈，向它要求它拿来养育子女的纯洁温和的快乐之外的补偿也许竟是罪过。我记得有的时候我曾经把我的面包浸在牛奶里，坐在窗口，吸着空气，俯视棕色的、灰色的、红色的、青石砖的、土瓦的，长有黄色或绿色苔草的屋顶给构成的风景。要是这风景起初似乎显得单调的话，不久我却在那里发现有奇异的美丽。

“有的时候，在夜里，没有关紧的门扉给发出的光线就照应着这怪诞国度的深沉的黑暗。有的时候，路灯的苍白弱光就在下面从浓雾里射出灰黄的光芒，在街中轻微的反映出这些彼此紧靠着的屋顶的波纹，一片呆定的海涛。最后，有的时候，在这忧郁的沙漠里出现有稀奇的人物；我在几个空中的花圃里瞥见一个灌溉金莲花的老妪的棱角形的钩曲侧面，或在一个腐烂的天窗里瞥见一个少女在梳妆，自以为只有她一个人，我只能够看到她的美丽的额头和她拿雪白的手臂给撒在空中的长头发。我欣赏水管里生长的几棵寄生植物，不久就会让狂风刮去的可怜的野草！我研究苔草。它的颜色受到雨水的滋养而鲜艳，它在太阳的光照之下变成了配合光线的棕色的干枯丝绒……总之，白昼的暂时的诗意效果，云雾的悲惨色调，阳光的突然迸射，夜晚的岑寂和神秘，晨曦的奥妙，每一个烟囱的浓烟，这奇异的自然界的一切偶然事态都变成我所熟识的，都让我得到消遣。我爱我的监狱，它是我的自愿的囚牢。这些巴黎的沙凡草是由一片仿佛遮盖着有人烟的深谷的平原似的屋瓦给形成的，它就步入我的灵魂，来配合我的思想。我们在高空里探索科学的知识。从这高空下凡，而突然重新发现世界的时候，我们就未免太疲倦了；所以，那时候，我就完全懂得寺院的空虚生活了。”

十九

“决定实行新生活的计划之后，我就到巴黎最荒凉的地区去寻找我的住宅。一天晚上，我从哀思特辣柏德广场回来，路过戈尔地挨街，想到家里来。

“我在克龙尼街的转角里看见一个十四岁左右的少女。她跟朋友们一同踢毽子，嬉笑伶俐的举动都使邻人快乐。天气很好，晚上很热，九月还没有过去。各家门前都坐着许多女人，好像外省城市的节庆日子似的闲谈着。我先端详这位少女：她的姿仪非常的窈窕，她的体态正是画家的模特儿。这是一个悦人的景象。我追究为什么巴黎城中居然有这种淳朴的嬉戏。我注意到这条街没有通路，来往客人一定不会多。我一边回想卢梭曾经住过这地方，一边找到圣甘唐旅馆；这旅馆的破损状态使我希望租到便宜的公寓，我要进去瞧瞧。走进一间矮房间的时候，我看见缀有蜡烛的古典式铜烛台，每一个烛洞都规规矩矩的插着蜡烛。其他的旅馆平常都是很脏的，但我却因为这厅子的洁净而感到惊异，我发现它就油漆得跟一张杰作的图画似的，蓝色的睡床，器皿和家居都有一种人工造作的娇冶。

“旅馆的老板娘有四十岁模样的年纪。她的脸纹表露出她的不幸，她的眼色好像让眼泪给泡得晦昧了。她就站了起来，朝着我走来。我很谦虚的给她说明我所能付的房钱，她也并不惊讶，就在许多钥匙里找出一把，带我到屋顶楼来，给我指示一间房屋，可以让我从挂满几长竿衣服的窗口看到邻居的屋顶和院子。这屋顶楼的墙壁又黄又脏，任何东西都没有这样的可怕；它让人家闻出穷苦的气味，它在呼唤学者来居住。屋顶平匀的低落下来，瓦缝可以让人看到天空。那里有地方让我放上一张床，一张桌子，几条椅子；我可以在屋顶的尖角底下放上我的钢琴。

“这穴洞配得上叫做威尼斯的布伦布斯监狱。这位穷苦的女人没有钱来陈设，所以也就始终没有把它租出去。我刚刚好从拍卖里给留下一些所谓我个人的东西，一会儿，我就跟女店家订立合同，第二天就搬到她店里来居住。我在这空中坟墓差不多住了三年，日夜不懈的工作，非常的快乐，因为我觉得最美的工作，决定人类生活的最妙的方法就是读书。学者所必要的安静有一种我也不知道是哪一类的甜蜜，仿佛爱情似的醉人。思想的训练，观念的探索，对科学的镇静的欣赏，这一切的一切都给我们许多不可磨灭的滋味，跟一切理性的活动一样，都是不可言传的。它的现象不是我们的外在感觉所能看到的。所以，我们就不得不拿物质的比较来解释精神的秘密。把我的灵魂浸浴在我也说不出是哪一种的光辉之中，让我倾听灵感所有的可怕混乱的声音，叫我的印象由一道不知何来的源泉流进我的跳悸的脑海，这些事情都使我幸福。我们常常在许多岩石、树木和花朵中间的一池清水里游泳而感到快乐，这种快乐就能够叫无知的人了解一些我的幸福。看见一个思想仿佛清晨的太阳似的竖立在人类的抽象观念的旷野里，和朝阳似的上升，和婴儿似的长大、成年，慢慢的变为大人，这比起人世的其他快乐都还要快乐，或说得更确切一点，这简直就是神圣的快乐。

“研究给围绕我们的一切事物都加上一种惑人的巫术。我在上面写字的这张桌子和盖上这张桌子的棕色羊皮，我的钢琴，我的卧床，我的交椅，奇怪的裱墙纸，我的家具，这一切的东西都有了生气，都变成了我的谦卑的朋友，我的前途的无声的共谋人。多少次了，我不是瞧着它们，给它们倾吐我的灵魂呢！我常常游目于弯曲的剜形饰之上，在那里遇到许多新颖的发展，这发展就是我的思想系统或字眼的一个醒目的证明。我自信能够拿这些字眼来快乐的表达几乎无从翻译的思想。我欣赏着我周边的物品，我发现每一个物品都有它的姿仪，它的特性；这些物品常常对我说话；要是屋顶上的夕阳给我的狭窄窗户投进几道秘密的弱光，它们就生出了颜色，或发灰或明亮，或惨淡或活跃，总要拿新的效果来叫我惊异。

“这孤单生活的微末事故是社会人士所忽略的，然而却是囚犯的安慰。我难道不是一种观念的俘虏，一个系统的囚徒，只因为一个光荣生活的希望而能够坚定不移吗？每一次克服一种困难之后，我就仿佛吻着眼睛美丽的一位风流富贵的女人的柔软的手，她总应当有一天抚摸我的头发，温柔的对我说：

“‘你太苦痛了，我的天使！’

“我从事于两个伟大的工作。没有多少的日子，一部喜剧就应当使我出名、发财、叫我走进让我在中间重新出现，让我在那里施展天才特权的社会。你们大家都在这杰作里看到一个初出学校的年轻人的第一次错误，真正的童稚行为。你们的笑谑已经切断了富有幻想的翅膀，从此之后，这些幻想也就不再出现了。

“只有你，爱弥儿，只有你一个人能够平静其他的人给我心灵刺入的深伤！只有你一个人可以崇拜我的《意志论》。这是让我学习许多东方语言、解剖学、生理学的长篇的著述，花去我大部分时间的工作。要是我没有说错，这部书可以补充梅斯麦、拉发特、迦尔、毕查的著作，给人文科学开辟一条新的道路。我的美丽生命，我的每天牺牲，人世所不认识的春蚕的工作就停留在这上面。这工作的唯一报酬也许竟是工作本身。自从理性初开的年龄到完成《意志论》的一天止，我曾经观察过，学习过，写作过，不懈的阅读过；我的生活就像是一个长期的补课。

“我酷爱东方的柔情，我爱恋我的梦幻，我富于性感，我不断的工作，我拒绝尝味巴黎生活的欢乐。我是好吃的，但我的欲食

却有节制。我既喜欢走路，又爱好海上旅行，我希望游历各国；仿佛一个儿童似的，我还觉得拿一块石片向水上撇去，让它在水面上跳跃得很有趣味。我经常的坐着，手里拿着一根笔；我喜欢聊天，我到图书馆和博物院去静听公开的演讲；我就像圣朋诺瓦派的教徒似的睡在孤单粗陋的床上，女人是我的唯一妄想；我抚摸这妄想，然而它却一味的躲开我！总之，我的生命是个残忍的‘矛盾’，永远的撒谎。那么，就请你们批评批评男人罢！

“有的时候，我的天生嗜好就像久蓄的热火似的爆发出来。我是我所愿望的一切女人的鳏夫，我是居住艺术家的屋顶楼的穷小子。我，我却因为某种海市蜃楼而觉得身边围绕着许多媚人的情妇！我穿跑巴黎的街道，躺在一辆华丽马车的柔软坐垫上！我受恶习的消磨，我沉醉在放荡生活里，我愿望一切；总之，我就像受诱惑的圣安提阿似的不喝酒而醉酒。侥幸得很，睡魔终于消灭了这些吃人的幻想；第二天早晨，科学又笑着呼唤我，我也就对它忠实了。

“我想所谓有道德的女人应当常常受到这种疯狂的漩涡，这种欲望和情感的袭击。这种漩涡往往不顾我们而在我们身上发生。这种幻梦并不缺乏魔力；它难道不像是冬夜从桑梓之乡扯到中国去的闲谈吗？但是，思想冲破一切障碍而去进行这甘美的游历时，道德会变成什么东西呢？”

二十

“幽居的最初十个月，我度着我刚给你描写的这种穷困孤单的生活；我一清早就亲身走去寻找一日所需的食品而没有让人看见；我整理我的卧室，我既是主人又是佣工，我拿一种难于相信的骄傲态度去进行犬儒学派的生活。这时期，女店家和她的女儿总侦查我的生活习惯，研究我的性格，了解我的穷苦，也许因为她们也是不幸的女人。但是，过了这时期之后，她们和我之间就建立了不可避免的联系。

“这动人的女人叫做保琳。也许就是她的天真沉默的风韵把我引到那里去的。她给我帮了许多忙，都是我所无从拒绝的。一切的不幸的女人都是同一个母亲的同胞，都有同样的语言，同样的婆心，一无所有而浪费情绪，牺牲时间，耗费精力的婆心。保琳当了我的保护人；她愿意帮助我，她的母亲也并不反对。我看见她的母亲自己也替我缝补衣服，一让我发觉，就涨红了脸。无可奈何的受到了她们的保护之后，我也就接受她们的帮忙了。

“为着了解这奇怪的情感，我们就必须认识工作的紧张，思想的暴虐，富于思想的人对物质生活的本能的疏忽。保琳看见我七八个钟头没有吃过东西，就蹑手蹑脚的给我端来淡泊饭食。我能够拒绝她的好意吗？她拿女人的娇态和儿童的天真笑着给我做出一个手势，叫我不要瞧她。这简直是阿里埃尔天神踏进我的屋瓦下面，预先看到我的需要。

“一天晚上，保琳拿动人的天真态度给我叙述她的故事。她的父亲是帝国禁卫军的骑兵少校。横渡柏勒西那[①]的时候，他让戈萨克[②]人给俘虏了；后来，拿破仑提议交换俘虏的时候，俄国当局就在西伯利亚到处寻找他而没有找到；其他的俘虏说，他已经逃走了，计划到印度诸地去了。自从这个时候起，我的女店家古丹夫人就没有能够得到任何关于丈夫的消息。一八一四和一八一五年的惨剧到来了；她是一个孤单的女人，她没有任何的财源，没有任何的救援，就决定开一所带家具出租的旅馆，来养活她的女儿。

---

① Beresina 是河名，流贯在俄国在欧洲的土地里。

② Oosaques 是西伯利亚一个民族的名字。

她总希望再看到她的丈夫。她的最大悲哀就是让她的保琳失学。她的保琳是保尔格斯公主的干女儿，她不应当辜负公主的威严保护所能得到的美丽前途。

"古丹夫人给我叙述这一段叫她伤心的苦楚故事，她拿破碎的声音对我说：'要是我能够送保琳到圣登尼斯去受教育，我都愿意拿册封古丹为帝国男爵的上谕和我们在维齐奴所有的财产的特权来交换！'听她说到这里的时候，我就突然的战栗着。为着报答这两位女人给我的照应，我心里就起了一个念头，要完成保琳的教育。两位女人接受我的建议，她们就诚实的跟我说出这建议的天真态度。于是，我就有许多消遣的时间。这少女天分很高，她很容易学习。没有多少的时候，她在弹奏钢琴方面就比我还要高明。她养成了在我身边产生高尚思想的习惯，她展开心里的成千同情，仿佛花朵在阳光之下慢慢的开放似的。她沉思而快乐的听我讲解，用她那一双丝绒似的带笑的黑眼睛盯着我；她拿一种甜蜜的声调温习她的功课。我满意她的时候，她就露出儿童一般的快乐。虽然她的母亲一天胜似一天的忧愁，只怕这位越长越美丽的女儿发生什么危险，她却高兴的看见她的女儿整天关在家里读书。我的钢琴是她懂得应用的唯一的一架，她就利用我出门的时候练习钢琴。

"回家的时候，我发现保琳在我的房子里，打扮得很素朴；但是她的一举一动都把她的纤腰和体态从粗制的布料下揭露出来。就像《驴皮的故事》所述的女主角似的，她让我在庸俗的鞋子里看到一双娇小的脚。但是这美丽的宝库，这少女的丰艳，这美丽的一切奢华都对我失去作用。我只允许自己把保琳看做我的妹妹，我很怕让她的母亲对我失去信用；我把这动人的少女当做一张图画，当做已死的情妇的塑像来崇拜，总之，她既是我的婴儿，又是我的偶像。我是皮革马里昂[①]第二，我要把一位活泼、鲜艳、敏感而喜欢谈笑的处女雕成一块云母石；我对她很严厉，但是我越对她表现老师的威严，她就越变得温和、体贴。要是我鼓起勇气拿高尚的情绪去节制我自己，我却没有缺乏谨慎的考虑。我想，没有思想上的清白也就不能够有金钱上的廉洁。

“我总觉得欺骗一个女人和破产是一样的事情。爱上一位少女或让一位少女爱上才算是订立真正的盟约，其中的条款都应当是明白清楚的。我们有权利摈弃那些出卖自身的女人，我们却不能够摈弃献身于爱情的少女，因为她还不知道牺牲的范围。所以，我得娶上保琳，这是一个疯狂的举动。这难道不就是把一个甜蜜的纯洁灵魂交托给可怕的不幸吗？我的穷苦总给我说出自私的论调，总伸出一只铁手来把我和她隔开。说来惭愧，我得承认我不相信在穷困里能有什么爱情。也许这在我方面是一种腐败，是人类的病态——我们所谓的文化——所生的结果。但是一个可以比拟荷马的迦拉蒂，美丽的黑莲的媚人的女人却对我再也没有任何的诱惑，虽然她并不怎么样的污脏。啊！爱情万岁，但愿爱情永远存在于绸缎和披肩，但愿爱情受到装饰合宜的美妙奢侈品的包围，因为它自己也许也竟是一种奢侈品！我喜欢在我的欲望下撕破艳装，折毁花朵，伸出破坏的手到馨香娴雅的发饰里去。藏在花边面帕底下的晶亮眼睛就像火焰冲破火炮的烟雾似的透了出来，给我许多奇异的引诱。我的爱情方式应当是在岑寂的冬夜里去攀登丝梯。

“全身披满白雪，走到一间香光明澈，铺有画锦的房子里来，在那里找到一个同样抖散白雪的女人，这该是多么快乐啊！我们说白雪，因为我们还能够拿什么其他的名目来称呼这些白色的绸

---

① Pygmalion是希腊神话里的一个著名雕刻家。

衫吗？她就在这些白色绸衫里边仿佛云中的天使隐约的出现，要从其中走着出来似的。然后，我还得需要一种带有恐惧性的幸福，一种安全的保证。总之，我要重新看见这位神秘的女人，不过她应当是光灿的，站在人众的中央，有道德，接受许多的赞颂，穿着花边，亮着钻石，给全城发号施令，占有这样崇高而重要的地位，叫大家都不敢向她说出心愿。她在她的宫廷里偷偷的给我送来一道秋波。这秋波否定虚伪，这秋波使我牺牲社会和人众！

“当然啰，我曾经发现过一百次，觉得爱上几尺丝罗，丝绒，细麻，理发匠的技巧，蜡烛，一辆马车，一个衔头，玻璃匠给绘画或金匠或银匠给制造的冠徽，总之，爱上女人身上的一切缺少女性的虚假物品，未免太可笑；我嘲笑自己，我对自己辩论，一切都是落空的。一个贵族的女人和她的精致微笑，她的特殊举动，她的自尊态度都叫我迷惑；她给她和世界之间筑上一道隔墙的时候，她就唤醒了我的一切虚荣心。这些虚荣心其实只是我的爱情的一半成分。我的幸福似乎有更多的风味，它是一切的人所羡慕的。要是我的情妇并不效仿其他的女人，不走路，也不像她们似的生活着，穿上一件不是她们所能有的外衣，呼吸着自己的香气，她就好像更应当在我之上。她越是离开地上远，甚至于在世俗的性爱方面离开地上远，在我看来，她也就越显得美丽。幸而法兰西已经二十年没有王后，要不然我一定会爱上她！一个女人要有公主的风趣，就得有钱。在我的荒谬幻想之前，保琳算是什么呢？她能够卖给我必须由我拿生命来付偿的夜间快乐，能够给我带来一个杀害人类的一切机能，舞弄人类的一切机能的爱情吗？我们不能够为着献身给我们的穷苦女人而牺牲我们的生命！我从来也没有能够毁灭这些感觉，也没有能够毁灭我的诗人的幻想。我是为着不可能的爱情而生在世上的，偶然的机遇使我不能实现我的愿望。多少次了，我没有给保琳的娇嫩细脚穿上丝袜，把她的纤腰仿佛细嫩的白杨似的裹在绸袍里，给她的胸脯投去一条轻飘的阔带，叫她践踏她的旅馆的地毯，引她登上一辆华丽的车子呢！我应当这样的崇拜她。我给她灌入一种她所缺乏的骄傲，我给她剥下她所有的一切道德，天真的娴雅，动人的本性，质朴的微笑，来把她浸进我们的罪恶的斯提克斯河[①]里，使她的心灵变成不可伤害的，来拿我们的罪恶去装饰她，使她变成沙龙的偶像，变成一个早晨睡觉，等着晚上在烛光之前复活的女人。保琳是整个的情绪，她是整个的新鲜，我要她干枯、冰冷。在我最后的疯狂日子里，我的回忆给我指出保琳，就像它给我们描绘我们的童年似的。不止一次了，我都保持着大受感动的样子，想到甜蜜的时刻——或是重新看见这个可敬的女郎坐在我的桌边，忙着缝补，安闲的，平静的，专心的，轻微的受到投进天窗的阳光的照耀，这阳光就在她的美丽的黑色头发上反射出银色的光芒；或是听着她的年青的狂笑或她的浑厚的嗓音唱出由她随意编成的幽美小曲。我的保琳常常兴奋的奏乐，她的脸孔非常刺目的肖似杜尔齐·迦尔罗拿来表现意大利的一个贵族的头。我的残忍回忆总把这少女在我的放荡生活当中，仿佛道德的符号似的，给我投来，但是，我们无妨把这可怜的女郎交托给她的命运！无论她要变成怎么样的不幸，我至少能够使她避免一个可怕的风涛，没有把她拉进我的地狱里来。”

二十一

“一直到去年冬天为止，我的生活都是一种平静勤学的生涯，我已经对你描写这种生活的具体而微的图像。一八二九年十二月

① Styx是地狱里的河名，译成鬼河亦可。

上旬，我遇见拉斯迪额。虽然我穿得一身的褴褛，他却一样的给我伸过手臂，用真正一家兄弟似的关切问到我的景况。因为他的态度勾引了我，我就对他简略的叙述我的生活和我的希望；他哈哈的笑了起来，认为我既是天才，又是傻子。他那卡斯岗的口音，他的社会的经验，他的聪明才智让他产生的豪华生活，就用一种不可抵抗的姿势影响了我。拉斯迪额说我会穷死在救济院里，没有人知道我，由我自己来给自己执绋，把我的棺材扔在穷鬼们的墓穴里。他对我说到许多诡计，拿一种叫他变成这样让人羡慕的可爱的兴致告诉我天才们怎么样的都是些魔术家。他对我说要是我还一个人留在戈尔地挨街，我就算是少了一种感官，我就算是有了一个死的原因。依他的说法，我得到社会里去，让人家习惯来听我的姓名，由我自己去禁止人家叫我做'先生'，因为'先生'这个称呼对一个活着的伟人很不相称。

"'傻子们管这个勾当叫做阴谋，'他嚷着说，'道德家管它叫做浪费生活；咱们不要只管别人！咱们无妨问问结果怎么样。你，你工作吗？唉，你一辈子也做不出什么。我，我什么也能做，什么也干不好，跟海蟹似的懒；可是我可以到处成功。我到处交游，我到处冲撞，人家都给我让出地方；我吹嘘，人家也相信我；我短了许多债，人家就替我还！浪费，亲爱的，浪费就是一种政治的系统。一个忙于吃财产的人的生活往往会变成一种投机；他的朋友，他的欢乐，他的保护人，他的知识都是他的资本。一个商人会拿一百万来冒险吗？他会二十年睡不着觉，喝不下酒，没有心情娱乐；他要'孵'他的一百万，他要使这一百万在全欧洲巡行；他自寻苦恼，让人类发明的一切魔鬼愚弄，然后，就像我所看到的，一个清算往往就会叫他连一个钱、什么名望、什么朋友也没有。浪费家就不然了，他享受生活的快乐，他让他的马奔跑。要是他偶然丢了资本，他倒有任命当税务局总局局长，娶一个阔太太，当那一个部长的部属或哪一个大使的随员的机会。他还有朋友，还有名誉，总有金钱。他懂得社会的机关，他能够为自己的利益去利用它。这系统是不是符合逻辑的呢？或者，我是不是一个疯子呢？这难道不是每天在世上扮演的喜剧的教训吗？——你已经著完书，’他歇了一口长气之后，又接着说，‘你真有大才！好，你只到达了我的出发点。现在你得自己努力去叫它成功，这是更靠得住的。你得跟会党结成联盟，你得争取人家的赞美。我，我要给你凑成一半的光荣，我要变成给你在冠冕上镶嵌金刚钻的珠宝商人……为着开始起见，明天晚上请你到这里来，我可以给你介绍到一间出现我们的整个巴黎的房子里去。这是漂亮的人、百万富翁、名人，和克里苏斯顿似的谈论黄金的人的巴黎。只要这些人推崇一部书，它就会变成流行的；要是它真的是一部好书，他们就要说它是天才的作品，而不认识它。要是你有点聪明，亲爱的孩子，你就会更加明白发财的理论，来发你的《意志论》的财。明天晚上你可以看到美丽的福多拉伯爵夫人，她是一个时髦女人。’

“‘我从来也没有听见过人家说到她……’

“‘你简直是非洲的土人，’拉斯迪额笑着说，‘你都不知道福多拉！？一个等着结婚的差不多富有八万佛郎年收的女人，一个不要任何人，任何人也不要她的女人！简直上一种有关女性的哑谜，一个一半俄国式的巴黎女郎，一个一半巴黎式的俄国女郎！一个在家里自行刊印一切没有出版过的小说的女人，巴黎最美丽的女人，最温柔的女人！你连非洲的土人都不是，你是非洲土人和野兽之间的一种怪物……再见，明天见。’

“他没有等到我的回答，就一转身失踪不见了。他不准一个有理性的人拒绝让人介绍到福多拉前面去。我们应当怎么样的解释一个姓名的魔力呢？福多拉！……这个姓名就仿佛要叫我们设法让步的坏思想似的追赶着我。一道声音对我说：‘你得到福多拉家里去啊！’我徒劳无功的跟这声音辩论，我对它嚷着说是它骗了我，是它用‘福多拉’这名字来粉碎我的一切推理。

“然而这姓名，这女人，这难道不是我的一切欲望的符号，我的生活的要旨吗？这姓名叫人想起社会的虚伪诗章，使巴黎上等社会的欢乐和虚荣的幻影发亮。这女人就跟昏迷我感情的一切问题同时出现在我的眼前。站在我的灵魂里而重新来诱惑我的也许既不是女人，也不是她的姓名，而是我的一切恶习。没有情人的富裕的福多拉伯爵夫人，她反抗巴黎的引诱，她难道不就是我的希望，我的幻想的轮回吗？我就给我自己创造一个女人，我把她描写在我的思想里，我梦见她。我夜里不能睡觉，我变成了她的情人，我在几个钟头内度了整个的一生，爱情的一生，我尝味着它的丰富的热烈的快乐。第二天，我不能忍受久待夜晚到来的苦楚，我就出去租了一部小说，整天的阅读，让我不能够想到或测量时间。

“阅读的时候，福多拉这姓名就在我心里荡漾，仿佛远处的声响似的。这种声响并不扰搅您，然而却让您听到。我幸而还有一件黑色礼服和一条白色背心，都相当的贵重；而且，我的一切财产还给我留下差不多三十佛郎。我曾经把这些钱藏在我的衣服里，我的抽屉里，让我能够在一个一百苏的钱币和幻想之间给放上一个困难的障碍，使我在房子里到处寻找，到处周游。穿衣服的时候，我就在一堆纸里追寻我的宝库。有限的银币可以让你想到我的手套和我雇用马车的花费夺去了我多少钱；它吃掉了我一个月的面包。唉！我们从来也不缺乏钱去应付我们的偏好，我们只为有用的必需品而讨价还价。我们毫不吝啬的把黄金扔给舞女，然而却跟一个全家饿着肚皮等着付清账目的商人辩论。多少人有一件值得一百佛郎的礼服，有一颗手杖头上的金刚钻，而吃一顿二十五苏钱的破饭呢！我们仿佛从来就没有花过昂贵的价钱去购买虚荣的快乐似的。拉斯迪额没有失约，他笑我的变形，他笑话我；但是，在前往伯爵夫人家里去的路上，他却给我许多宽厚的训诫，教我应当拿什么举止去结交她。他把她给我描写成一个悭吝、虚荣、多疑的女人；不过，她的悭吝却带有奢侈，她的虚荣却带有素朴，他的多疑却带有仁慈。

“‘你知道我有情约，’他对我说，‘你知道要是我改变了爱情我要怎么样的损失。我是拿毫无利害关系的冷静心情去观察福多拉的。所以我对她的批评应当是公允的。我想到你的幸运，才想把你介绍给她；所以你得小心对她说话，她是强记的。她的机智可以叫外交家失望，她能够立刻猜出他什么时候说真话。别让别人知道，我可以告诉你我相信她的婚姻并没有得到皇上的承认，因为我谈到她，俄国大使都笑了起来。他没有接待她，而且在森林里遇到她的时候也只随随便便的给她致敬。不过，她总算是塞利西夫人的社会的一个人物，常常到儒僧庄夫人和勒斯村夫人家里去。她在法兰西的声望是完全无损的。波拿巴特会党里最有架子的元帅夫人卡里格里安诺公爵夫人也常常到她别墅去跟她一块儿过夏天。许多年青的纨绔子弟，甚至于一个法兰西世卿的儿子，都曾经给她献过一个贵族的家姓去交换她的财产；她都客客气气的辞谢。也许至少得有一个伯爵的衔头才能够动她的心！……你不是侯爵吗？要是她喜欢你，你就得向前进攻！这就是我所谓的一些训令。’

“这一段笑话让我相信拉斯迪额要取笑我，要刺激我的好奇心。结果，我们停留在饰满花朵的列柱前面的时候，我暂时的情感都到达了最苦痛的地步。我登上铺有地毡的大楼梯，看见那里有一切的珍贵的英吉利设备，我的心都跳了起来；我的脸发红了，我否定了我的血统，我的情绪，我的骄傲，我简直是一个傻头傻脑的资产阶级。唉！经过三年的穷困生活之后，我竟走出屋顶楼而还不知道把我所收获的这些宝库，这些伟大的理性资本给放在生活的琐事之上。权力落在您手里而不毁坏您的时候，这些理性的资本就会使您立刻发财，因为学问已经预先给您训练好，让您去进行政治的斗争。”

二十二

“我看见一个二十二岁模样，中等身材，穿得一身白色的女郎。她的身边围绕着许多男人。她手里拿着一个羽毛的扇子。她看见拉斯迪额进来，就站了起来，朝着我们走近。她温和的笑着，用音乐似的声音对我说出一句预先准备好的寒暄。我们的朋友说我是一个才子。他的机智，他那卡斯岗人的吹嘘都叫我受到热烈的欢迎。我变成了人家所注目的特殊对象。这使我不知所措。幸而拉斯迪额说我谦虚。我在那里遇到许多学者，许多文士，许多卸职的部长或大臣，许多法兰西的世卿。我到来之后一些时刻，人家又继续谈话。我觉得我需要保持我的声誉，就鼓起勇气，有机会说话就正确的运用我的口才。我努力拿中肯的语句，深刻机敏的言辞去归纳我的谈论。我居然引起了人们的注意。拉斯迪额又在他生命里当了第一千次的先知。每一个人因为客人来得相当多而重新得到自由的时候，我的介绍人就给我伸过手臂，我们也就到各房间里去散步去了。

“‘别露出过分欢赏公主的神气，’他对我说，‘要不然，她就会猜出你的来意了。’

“各厅的陈设都非常的雅致。我看见有上选的图画。正如英吉利最豪华的家庭似的，每一间房屋都有它的特殊风趣，绸缎的帘幕，房里的装饰，家具的形状，最小的装饰品都跟创造的思想相调和。在一间房门让绣花门帘给遮住的峨特式化妆室里，布框、摆钟和地毡的图案都是峨特式的；雕刻的棕色椽所构成的天花板给眼睛呈露非常幽雅，非常新奇的木盖，装壁板富有艺术的意味；任何的东西都没有破坏这美丽的装饰，就是装有各种颜色的珍贵花玻璃的十字窗也不能例外。我看到一间小小的现代式客厅，不禁大为惊叹。我不知道哪一位艺术家曾在这里消耗殆尽我们的装饰术。它是这样的轻松，这样的新鲜，这样的柔和，没有浓光，而有淡泊的镀金。这仿佛是一首德意志的情歌，这简直是一 间特为一八二七年的爱情而建筑的正牌小室，里边播满着种植奇花异草的花盆给吐出的声香。在这客厅之后，我看见连着的一间房屋，里边挂满了镀金的路易十四时代的图画的复本。这些图画和现代的作品不同，它产生出一种奇怪的有趣的对照。

“‘你会在这里住得相当的舒服，’拉斯迪额用杂有嘲弄的微笑对我说，‘这不太迷人吗？’他一边加上一句话说，一边坐了下来。

“他忽然站了起来，拉住我的手，引我到一间卧室里去，给我指出一张挂有洋纱和白色花绸制成的帐子的床——真的，这是一位天神的未婚妻，一个仙女的睡床。

“‘叫我们来观看这爱情的宝座的难道不是极端的无耻，过分的厚颜，格外的妖冶吗？’他低下声调说。‘不委身给任何一个人，然而却让一切的人在这里给放上一张名片！要是我没有牵挂，我倒很想看着这个女郎啼啼哭哭的屈服在我的门前……’

“‘你就这么样肯定她的德性吗？’

“‘我们的最大胆，甚至于最能干的大师也得承认曾经在她身边失败过，承认还爱她，还是她的忠实的朋友。这个女人不是一个谜吗？’

“这些话使我迷醉，妒忌心已经使我害怕过去。我快乐得只管发抖，我快步回到客厅里来。前些时刻我在峨特式化妆室里遇到的伯爵夫人，她就留在这里。她拿一个微笑让我停步，叫我坐在她旁边。她问到我的工作，仿佛对我的工作很感兴趣似的，尤其是在我拿笑话的方式，不是拿学究的口气把我的理论说了出来的时候。她听我说到人类的意志就像是蒸气似的物质力量，听我说到要是一个人惯于集中和制御这种力量，不断的给灵魂放射这种液体，道德世界的任何东西都不能够抵抗它，听我说到这个人能够随意改变人为的事物，甚至于绝对的自然律时，似乎觉得很有意思。福多拉提出的反驳给我启示她有相当的聪明。我很自得能够找到理由来阿谀她几分钟。我拿一个语词打翻了她的女性的推理，让她注意到日常生活的一个事实——睡觉。这事实表面看来很通俗，压根儿却是学者所不能够解答的问题。我刺激她的好奇心。我告诉她我们的思想就是一些生活在形而上的世界而能影响我们的命运的完全的有机体。我又拿控制全世纪的笛卡儿、迪德罗和拿破仑的思想来证明这理论。这时候，伯爵夫人甚至于都静静的听了一会儿。

"我荣幸能够叫这位女郎感觉兴趣。她请我再来看她，就离开了我。用宫廷的语言来说，她盛大的欢迎我加入她的社会。也许得意的习惯让我把这客套看作心话，也许福多拉看出我不久就会成名而要增加她的文苑的人数，我相信她已经喜欢我了。我唤起了我对生理学，我从前对女人的研究所有的一切学识，在整个的晚会时间来详细的观察这个奇异的女郎和她的举止。我躲在一个窗角里，从她的态度里去侦探她的思想。我研究着这位女主人怎么样的走来走去。指挥调动，忽而坐下，忽而闲谈，忽而呼唤一个男人，问他许多话，靠在门框上听他述说。我注意到她的步伐有一个非常甘美的轻快动作，她的袍衫有一个非常幽雅的荡漾。她这样有力的引起人们的欲望，我甚至于都很怀疑她的道德。要是福多拉今天不懂得爱情，她以往一定非常富于感情，因为她在对话人前面所有的态度就一直的表露出她的欢乐经验。她娇媚的靠在装板壁上，仿佛一个等着倒下，同时又等着让一道活泼的目光来恫吓就要逃走的女人似的。两只手臂软绵绵的叉着，仿佛在呼吸人家的话语，甚至于拿眼睛和情态去听，她吐露情绪。她那鲜艳的朱唇正和洁白的颜色相对照，棕色的头发使杂有青脉管的橘红色眼睛更加美丽，宛如福罗兰斯的宝石，眼睛的表情仿佛要使她的话语更加精致。还有，她的胸脯也赋有最诱人的温存。一个情敌也许会骂她太凶恶，因为她的两道厚眉似乎要通连在一起；这情敌也许会谴责在她脸部轮廓上长着的看不见的软毛。我到处看到情感的征候。爱情就描写在这个女人的意大利式眼皮，配得上米罗的‘维纳斯神像’的美丽肩膀，她的脸纹，她那略为粗厚阴黑的下唇上。她不只是一个女人，她是一篇小说。

“是的，这些女性的丰丽，这整个线条的调和，这富艳的结构给情欲所有的许诺，这一切都因为一种经常的矜持，格外的谦卑而减弱了。这两种性质跟她的整个人格表现正好相反。得有像我这样尖锐的观察才可以在这女人身上发现情欲的象征。为着把我的思想说得更明白起见，我可以说福多拉实在是两个人，也许是由她的胸脯给分开。其中的一个是冷淡的，只有头部仿佛带有爱情的意味；在她瞧一个男子之前，她总预先准备好她的目光，仿佛心里有我也不知道是哪一种的神秘似的，您甚至于都会说她的晶亮眼睛发生痉挛。总之，也许我的学问还不完全，还有许多精神世界的东西让我去发现，也许伯爵夫人占有一个美丽的灵魂，这灵魂的情绪和气味都给她的身姿传染上这种可以征服我们，迷惑我们的娇媚，既富有德性，又极有力量，因为它感应欲望。我神怡心悦的出来，受到这个女人的迷诱，陶醉于她的奢华，摸抚着我心灵的一切机能，无论是高贵的，卑劣的，良善的，或凶恶的。我觉得自己是这样的受了感动，这样的活泼，这样的热狂，我就自信懂得这些艺术家，外交家，权贵，仿佛钱柜似的包有双重铁皮的投机商人所以到这里来的缘故——他们一定是到这里来在她身边寻找这种使我的一切力量发生振动，把我的血液灌入一切血管，激荡我的一切神经，在我脑中颤抖的奔放的情绪！她并不委身给任何一个人，为的是能够这样的守住一切的人。不恋爱的时候，一个女人总是娇冶的。

"'好，'我对拉斯迪额说，'人家也许曾经把她嫁给或卖给什么老头儿。回想到这初次的婚姻，就让她厌恶爱情。'

"我从圣奥瑙利镇步行回家，福多拉就住在这镇里。在她的公馆和戈尔地埃街之间，差不多有整个巴黎的距离，然而我却觉得路短。天气很冷。我口袋里没有三十佛郎，我跟她之间又有这么长的距离，可是我却想要在这严冬里来征服福多拉！只有一个穷苦的年轻人懂得爱情需要花费多少车钱，手套钱，衣服钱，布钱等等。要是爱情有点过分的停留在理想的阶段里，它就会变成毁人的。真的，法学院有不少的罗桑，他们都不可能接近住在第二层楼的女人的爱情。我是一个苍白憔悴的文弱青年，我穿得一身的简朴，我就像艺术家完工之后，刚刚恢复精神似的，我怎么能够跟头发卷曲、面貌清秀、服装华美、领带胜过戈落提亚人、家有豪华的马车、态度傲慢的阔少爷们竞争呢？

"'嘿！得不到福多拉，就宁愿死去！……'我在一座桥上徘徊的时候，就这样的嚷着说，'福多拉，福多拉就是财宝！'

"美丽的峨特式化妆室和路易十四时代的客厅又出现在我的眼前。我又重新看到伯爵夫人穿着白色的袍子，幽雅的大袖，迷人的步伐和诱人的胸脯。我头发凌乱得跟一位动物学家的假发似的回到冰冷空虚的房顶楼来的时候，我的四周还出现着福多拉的奢华影像。这个对照是一个恶劣的参谋，所以罪恶也就应当这样的产生。于是，我就疯狂战栗的咒诅我的端正忠厚的贫穷，给我产生许多思想的丰富的房顶楼。我向上帝，向厌鬼，向社会，向我父亲，向整个的宇宙追问我的命运和不幸的责任；我饿着肚子上床就寝，嘴里喃喃的发出许多可笑的咒骂，然而却下了一个决心，要引诱福多拉。这个女郎的心是负责决定我的命运的最后一张彩票。”

二十三

“请你原谅我不给你叙述我最初几次到福多拉家里去看她的情形，使我能够立刻谈到我的悲剧。我设法趋奉这位女郎的灵魂，努力争取她的思念，获得她为我而有的虚荣；为着保证的确让她敬爱起见，我就给她说了成千让她更能够自己敬爱自己的道理；我绝不让她留在一种漠不相关的状态里；女人们愿望不顾一切代价的情感，我就尽量给她表露这种情感；我宁可让她发怒，不愿意看她对我漠不关心。要是最初在要求被爱的坚强意志和欲望的激动之下不免对她取了一些庄严端正的态度，不久我的感情却增强了，我也就不能够控制自己了。于是，我就变成了真诚的，我就失去了我的理智，我就过分的沉溺在爱情里。我不大清楚我们在诗词或谈话里所说的爱情到底是什么意思；但是我却到处找不到描写我的双重性格所突然发展的情感的地方，我既没有在卢梭的辞藻里（我也许竟占据了他的住宅），也没有在我们这两世纪的文学的冷淡观念里，或意大利的图书里找到它。

“罗西尼音乐的《动机》，梭尔元帅所收藏的穆里罗《圣母像》，勒岗巴的书札，散见在故事集里的一些字眼，特别是出神打坐的祈祷文和押韵的通俗小说，只有这些东西才能够把我引到我的初恋的神圣境界里去。

“任何人类的语言，任何用颜色，用玉石，用文字或用声音去表达的思想都不能够解释力量，真理，完善，灵魂里所产生的突然的情绪！是的！谁说到艺术，谁就是撒谎。爱情要永久渗进我们的生命而拿火焰一般的颜色来熏染它之前，必得先有许多无穷的变化。这种看不见的渗透，它的秘密是艺术家所没有分析的。真正的感情是由叫唤，是由一个冷淡的人觉得烦琐的叹息来表现的。阅读《哈尔罗·克拉里斯》[①] 的时候，一个人必须真诚的爱恋，才可以同情罗夫拉斯的咆哮。爱情是一个纯洁的清泉，离开了水芹床，花朵，细石，这泉水就变成了小溪、大河，一段落一段落的改变性质，终于流入茫茫的大海。知识有限的人只在那里看到单调的水波，伟大的灵魂却要沉溺其中，无限的欣赏。

“我怎么敢描写这些情绪的过渡的变色，这些有价值的琐事，这些不能由语言的宝库来表现声调的语词，这些比较最艳丽的诗词都还要绚美的目光呢？在那些催促我们不知不觉的逐步接近女人的神秘幕景当中，每一个幕景都展开一个深谷，可以把人类所有的一切诗词消灭其间。唉！我们缺乏语言去形容看得见的美丽的秘密时，我们怎么能够拿注解来描写灵魂的神秘激荡呢？多么迷人的诱惑啊！多少钟头了，我不是神志一恍惚的只想要看她去呢！

“我有什么幸福呢？我不知道，这时候，要是她的脸孔浮出光彩，那里就有一种现象叫这脸孔美艳；装饰她那细嫩精致的皮肤软毛柔媚的画出了轮廓，仿佛融化在阳光里的远处地平线似的幽雅。阳光仿佛跟这脸孔化合在一起似的摸抚它，或在她的灿烂脸孔上发出一道比较光线还要晶亮的光线；然后，一道暗影就掠过这甘美的脸孔，在那里产生一种色泽，随着脸色的变化而改变它的表情。常常的，一个思想好像就描绘在这云母石一般的额头上；

---

① Clarisse Harlowe 是十八世纪英国作家 Richardson 的作品。

她的眼睛好像发红了，她的眼皮动了，她的脸纹也随着微笑而生出了波纹；珊瑚一般的朱唇有了生气，张开又闭上，都含有意义；我不知道她头发的哪一种反光给她的鲜艳鬓角投去棕黑的色调；每一个变化都好像是说了话。

“每一个美丽的色调都给我的眼睛许多新的喜庆，都给我揭示我的心灵所不认识的温存。我要在这脸孔的各方面去读出一个情绪，一个希望。这无声的谈话仿佛声音的回响似的从一个灵魂侵入另外一个灵魂，给我尽量献出许多为我留下深刻印象的暂时欢乐。她的声音使我发狂，叫我难于抑制。要是我效法我也记不清是哪一位罗兰的王子，当她伸出手指摸我的头发时，我就会感觉不出握在我手掌里的热炭。这已经不是崇拜，不是欲望，而是着魔，而是气运。回到我屋瓦底下的时候，我常常模模糊糊的看见福多拉在她的家里，我也仿佛参与她的生活。要是她生了病，我也感到苦痛。第二天，我就对她说：‘您生了病啊！’

“多少次了，她不是响应我的坐忘力量的呼唤，在肃静的夜里到我这里来呢！有的时候，她就像突然迸发的光线似的忽然打落了我的笔，吓退了抱憾的科学和研究；她又取了我前次看见她的时候所有的姿势，逼我去崇拜她。有的时候，我就亲身到神怪的世界里去，走到她面前，仿佛面对着一个希望似的给她致敬，请求她让我听她的莺声；然后，我就带哭的醒了过来。有一天，答应陪我一块儿去看戏之后，她又忽然偏私的拒绝我，不出来，请我让她一个人待在家里。这逆忤使我失望，让我花费一天的工作时间，和我的最后一个厄古，（我可以说这个吗？）我就到她本来应当去的地方来，要看一看她想看的那出戏。

“刚坐下位子，我心里就受到一下电击。一道声音对我说：‘她在那儿！’我转过身来，看见伯爵夫人坐在地面楼她的包厢里，躲在暗影里。我的目光并不犹豫，我的眼睛立刻拿一种灵光去发现她，我的灵魂就像是扑花昆虫似的飞向她的生命。到底是什么东西告诉我的感觉呢？内心的颤动有一些浅薄的人所觉得惊异的东西，但是这种精神的现象，就跟我们所习惯的外发视觉一样的

简单；所以，我并不是奇怪，而是懊恼。我对人世不大认识的精神力量所下的研究至少是帮助了我，让我在爱情里遇到一些关于我的理论的证据。学者和钟情男子，情痴和科学爱好者之集结在一个人身上，有一种我也不知道是哪一类的别扭。科学往往满意那些叫钟情男子失望的事物，而钟情男子自信胜利的时候，就会把科学驱出运方，而觉得幸福。福多拉看见了我，她变在了严厉的，因为我妨碍了她。第一次休息的时候，我去看她去；她只有一个人，我也就留下来了。虽然我们从来也没有谈过爱情，我却预先猜到一个解释。我还没有跟她说到我的秘密，然而我们之间却已经存在有一种了解：她常常告诉我她的娱乐计划，第一天用一种友情的急躁问我第二天是不是要去看她。说一句俏皮话的时

候，她总拿一个秋波来请教我，好像特别要让我快乐似的。要是我赌气，她就抚摸我；要是她发怒，我也有一种追问她为什么发怒的权利；要是我做错了一桩事，她就让我给她赔了半天不是才宽恕我。我们已经喜欢这些争吵，这些争吵是充满爱情的。她在这里施展多少的温存和娇媚啊！我，我又在这里找到多少的幸福啊！然而这时候，我们的亲热都整个的停止了，我们就像陌生的人似的对立着。伯爵夫人冷冰冰的；我呢，我只害怕不幸的来临。

“‘您陪我来。’”演完戏的时候，她对我说。

“天气忽然改变了。我们出来的时候，都已经下了带雪的雨。福多拉的车不能够到达戏院的门。讨酒钱的浪人看见一位华丽装扮的女人必得穿过大马路，就在我们头上张开雨伞。我们上车的时候，他就向我们讨酒钱。我什么也没有，我真愿意出卖十年的生命来换两苏钱。我的丈夫气和成千的虚荣心都因为一个致命的苦痛而粉碎了。‘我没有钱，朋友！’这句话是由一个仿佛是受挫的感情给产生的涩硬声调说出来的，是来自逆忤的感情，由我给说出来的。我，我就是这个人的弟兄！我就是清楚这种不幸的人！我就是从前曾经轻易拿出七十万佛郎的人！仆人推走了浪人，马也就飞驰而去了。回到她的公馆时，福多拉精神涣散的拿一些轻蔑的单音缀的语词来回答我的问话，也许她是做作忙于别的事情。我也就不再说话了。这是一个可怕的时刻。来到她的公馆之后，我们就坐在壁炉台前面。仆人拨旺火退出去的时候，伯爵夫人就用一种难于笔述的神气转过身来，朝着我，严厉的对我说：

“‘自从我回到法兰西来之后，我的财产诱惑了几个年轻人；我接受过许多可以满足骄傲的求爱宣言；我碰见过不少诚恳痴情的男子，就是发现我跟从前一样的穷，他们甚至于也可以跟我结婚。总之，瓦仑丹先生，您得知道人家都已经给我献出新的财富和新的衔头；但是，您也得明白我可从来也没有再见过这样不知趣来跟我讲爱情的人们。要是我对您的交情不厚，我也就不会给您这个忠告了。这忠告是出诸友情，不是出诸骄傲。一个女人假设有人爱她而预先拒绝倾听阿谀的言辞，她就等着接受侮辱。我认识阿尔西诺埃和阿拉闵特的景况，所以我也熟识在这同一环境里我所能听到的回答；但是我希望我今天不至于让听我坦白吐露真情的男子误解我。'

"她用法律代言人，法律公证人对主顾解释诉讼步骤或契约条文时所有的冷静态度说出这些话。清越媚人的声音并没有表露她的任何情感；不过，她的脸色和姿态总是高贵而端庄的，总叫我觉得她有外交家的冷静和干燥。她一定是预先想过这些话，预先准备好这幕景的程序。噢！我亲爱的朋友，要是某些女人喜欢扯破我们的心来寻开心，要是她们认为可以给我们的心插进一把尖刀，再拿刀在伤痕里转，这些女人就真值得崇拜，她们不是迷于爱恋，就是愿意被爱！她们总有一天要补偿我们的苦痛，就像人家所说的，上帝总应当报酬我们的完美工作似的；她们总要拿一百倍的快乐来偿还她们所同情的剧烈苦痛；她们的恶意不是充满爱情吗？但是，一个女人拿漠不在意的态度来刺杀我们的时候，我们所受的难道不是一种极刑吗？这时候，福多拉就不自知的踩踏我的希望，蹂躏我的生命，破坏我的前途，仿佛冷酷天真的儿童因为好奇而残忍的扯断蝴蝶的翅膀似的。

"'将来，'福多拉接着说，'我希望您会认得我给朋友们献出的情感是怎么样的切实。您一定会觉得我对他们总有好意，忠诚。我可以为他们而牺牲生命，但是，要是我接受他们的爱情而不分担它的话，您就可以轻蔑我。我不再说了。您是唯一还可以让我说这最后几句话的人。'

"起先，我不知道说什么话，我很难抑制心里所起的飓风。但是，一会儿，我就把我的感觉压在灵魂的基层里，开始微笑了：

“‘要是我告诉您我爱您，’我回答说，‘您就要赶我走；要是我承认我对您漠不关心的罪过，您就要责罚我。牧师们，法官们和女人们从来就没有整个的脱过他们的袍子。缄默可以免除一切偏见；夫人，希望您乐于让我对上嘴。您给我说了这么亲切的劝告，您一定害怕丢了我，这种思想也就可以满足我的骄傲了。但是，我们别谈个人的问题啦。也许您是唯一的女人，可以让我拿哲学家的资格来谈论一种违反自然律的原理。关于女性的其他问题，您就是一个奇怪的例子。好罢，让我们大家好意的研究一下这变态心理的原因罢。

“‘许多女人都自傲，都喜欢自己的完美，您是不是跟她们似的也有一个自私的情绪，叫您厌恶嫁给男人，叫您不愿意放弃您的意志而屈服在一个向您进攻的风俗的权威之下呢？我觉得那样的话，您就可以更美上一千倍！您是不是第一次有恋爱的苦痛呢？也许您对您身姿的风韵，您对您甘美的胸脯的评值叫您只怕当母亲所要给您的损害：这不是您的一个最好的秘密理由，让您拒绝叫人过分的爱慕吗？您有没有一些缺点让您不顾自己的美丽而要变成一个有道德的女人呢？……您别生气；我是讨论，我是研究，这些都离开爱情很远。先天可以叫人生来盲目，可以叫女人当个爱情的聋子，爱情的哑巴，爱情的瞎子。真的，您是一个宝贵的医学的研究对象！您不认识您的一切价值。您有合法的权利讨厌男人；我赞成您，我觉得他们都是丑陋可恶的。可是，您有道理，’我觉得我的心脏都膨胀了起来，就加上一句话说：‘您应当轻蔑我们；世界上就没有一个配得上您的男子。’

“我不必告诉您我笑着对她说的一切讥讽。好，最尖刻的话，最锐利的讽刺都不能够引起她的一个动作或反对的姿势。好一边听我说话，一边在她的嘴唇上，在她的眼睛里保留着她的微笑习惯。在她方面，这习惯就像是穿衣服似的，无论是对她的朋友，对她的初交，对她不认识的陌生人都是这同样的微笑。

"'我不是很好，让您这样的抬上舞台吗？'我冷静的瞧着她的时候，她就抓住这机会对我说：'——您看得出来，'她笑着接上说，'我在友谊方面并没有愚笨的怀疑。许多女人都要责罚您这无礼的态度，让您尝尝闭门羹。'

"'您用不着说明您的理由就可以严厉的把我赶出您的家门。'

"说这句话的时候，我心里想要是她赶我走，我就等着杀死她。

"'您发疯了。'她笑着说。

"'您曾经想过强烈爱情的效果吗？'我接着说。'失望的男子往往刺杀他的情妇。'

"'宁可死，不要不幸，'她冷冷的回答，'这样富于感情的男子，吃光妻子的财产之后，总有一天会抛弃她，使她漂泊无依的。'

"这个计算叫我手足失措。我清楚在我和这个女人之间有一道鸿沟。我们绝不能够互相了解。

"'再见。'我冷冷的对她说。

"'再见。'她一边回答，一边用友情的气度点一点头，'明天见。'

"我瞧着她一些时候，把我所放弃的整个爱情都掷还给她。她伫立着，给我投来一道平淡的微笑，类似表现爱情而又显得冷酷的云母石塑像的可恶的微笑。"

二十四

"朋友，您想象得出我冒着雨雪走过堤岸的薄冰，经过一里欧路，什么希望也没有的回到家里时，心里所有的一切苦痛吗？噢！

知道她简直就没有想到我的穷苦，以为我也跟她似的富有，养尊处优！多少的毁灭，多少的欺罔啊！这已经不是钱，而是我的灵魂的一切气运的问题了。我糊里糊涂的走着，心里拿这奇异会谈所用的字眼来跟自己辩论；我怎么样也弄不明白我的注解，我甚至于都怀疑语言和思想的字面价值。然而我却一味的爱慕，爱慕这个随时要人来征服心灵的冰冷的女人，这个老是第一天取消许诺，第二天又显得像个新的情妇似的女人。

“在研究院的门洞里转弯的时候，我忽然发起烧热。于是，我记起我已经一天没有吃饭。我一个钱也没有。雨水打坏了我的帽子，使我更加不幸。没有一顶戴得出去的帽子，此后怎么能够接近一位风流的女郎，跨进一个沙龙呢！谢谢我的极端谨慎，虽然我咒诅责罚我们去把帽子随时拿在手里让人参观帽里的愚笨幼稚的风气，我却一直保留我的帽子在两可的状态里。它既不特别的新，也不枯燥的旧，既没有掉毛，也不过分的光润，可以让人家看来是顶谨慎的人的帽子；但是它的虚假存在已经到达了最后的阶段，它已经受伤了，弯曲了，完了，它是十足的破布，主人的正牌的代表。因为缺乏三十苏钱，我损失了我甘苦保留的时装。啊！三个月以来，我会为福多拉做了多少没有人知道的牺牲呀！

“我常常花费一星期的面包钱去看她一会儿。牺牲我的工作，牺牲我的饭食，这还算不得什么！但是穿行巴黎的街道而不至于喷得一身的泥水，到处的奔跑免得受雨水的淋湿，穿得跟她身边的花花公子似的整洁而来到她的公馆，啊！让一个满腔痴情，性格疏忽的诗人做来，这简直是万分艰难的事情。我的幸福，我的爱情都会受到我唯一的白色背心上面的一块泥斑的影响！要是我染上泥土，淋上雨水，我就得放弃看她的权利！身上没有五苏钱让我请刷鞋工人给我刷掉长靴上的一个最小的泥斑！这一切的小苦痛在我这么一个神经敏感的人看来简直就是极大的苦刑，这也只有增高我的爱情。穷苦的人有一种忠诚，是他们没有能够对豪华的女人解说的；这种女人是拿带颜色的眼镜去窥视世界的，这眼镜就把男子和事物染上黄金铁色调。

“自私使她们变成乐天主义者，时髦使她们变成残忍的女人，她们并不拿她们的享受来考虑，而拿欢乐的调剂来赦免她们对穷苦的漠不关心。在她们看来，一个铜钱绝不能是一百万，倒是一百万仿佛是一个铜钱。要是爱情得拿伟大的牺牲来控诉，它也得巧妙的拿一张布幕把这些牺牲给盖上，给埋在缄默里，但是，富人浪费金钱生命，忠诚求爱的时候，就可以利用人世拿来称颂他们的疯狂爱情的偏见；在他们看来，缄默就是说话，布幕就是恩情，然而我的穷困却责罚我受了许多罪，没有让我说一句‘我爱你’或是‘我死了’。这到底是不是忠诚呢？为她而牺牲一切的快乐不是给过我丰富的报酬吗？伯爵夫人给我生命的庸俗事故加上最昂贵的价值，附上最高度的快乐。从前我不注意装束，现在我却把我的服装当做第二个生命来敬重。在身体受伤和扯破燕尾服之间，我的选择也用不着犹豫！你应当设身处地来了解我的狂热的思想，路上激动我而因为走路更使我激动的越来越猛的癫狂！我心里觉得有一种怪异的快乐让我去发现自己的最大不幸。我要在这最后的变动里来推测未来的幸运；可是不幸的可能性是无止境的。我的旅馆的门半开半闭着。我看见一道灯光穿过遮窗板上的心形裂缝，射到街上来。保琳和她的母亲一边在聊天，一边在等我。我听见她们说出我的名字，我听着。

“‘拉发埃尔比第七号房间的那个学生好得多哩！’保琳说，‘他的金栗发的颜色真好看！你发现他的声音有种特殊的性质吗？我也不知道是什么性质，但是它会震动您的心弦。好，他虽然有点骄傲的神气，但是他可太好了，他的举止真大方啊！噢！他真的太好啦！我相信一切的女人都会发疯的爱他。’

"'你这么说，好像你都爱上了他似的。'古丹夫人说。

"'噢！我是跟爱我的兄弟似的爱他的，'她笑着回答，'要是我对他没有友谊的话，我就太忘恩背义了！他不是教过我音乐，图画书，语法和我的一切知识吗？你没有注意到我的进步，好妈妈；可是我已经很有学问了，不久，我就可以给人家教书了，那么，我们也就可以雇一个仆人了。'

"我蹑手蹑脚的退了回去；然后，弄出一些声音之后，我就走进厅里来取保琳要给我点上的灯。可怜的孩子，她是来给我的伤痕敷上药膏的。她这一段对我的天真称颂叫我增加勇气。我需要自信，也需要人家对我优点的公允批评。我就这样的恢复了我的希望，这希望也许就给我所看见的事物反映出特殊的颜色。

"也许我还没有严格的考究过这两位女人常常在这厅里给我的眼睛送来的景象；但是，这时候我就崇拜佛兰德画家这样真实给我们描绘出来的这个景象，崇拜它的真切。母亲坐在半明半灭的火炉旁边编织袜子，她的嘴唇颤动着一个善意的微笑。保琳给屏风着色；陈列在小桌上的颜料和画笔拿刺人的效果来给眼睛说话；但是，离开了她的座位，站起来给我点灯的时候，她的洁白脸孔就接收了整个的灯光。要是人家不崇拜她那双透明的玫瑰色纤手，她的理想的脑袋和她的处女的姿仪，人家一定是受到一个可怕的感情的压迫！深夜的岑寂使这勤紧的夜工，使这家庭的和平空气更为动人。这不断的快乐所支持的工作证明有一种充满高尚情绪的宗教坚忍。那里，人与物之间存在有一种难于形容的调和。福多拉家里的奢华是干燥的，它使我想出许多恶劣的念头；然而这廉卑的穷困，这善良的天性却使我的灵魂清爽。也许是奢华使我自卑，但是在这两位女人身边，在这棕色的厅里，素朴的生命却仿佛是躲在心灵的感情里，我也许倒因为设法来施行男子们渴望让人知道的保护而谅解了我自己。我走近保琳的时候，她就给我投来一道几乎是母亲一般的眼色。她战栗着手，立刻把灯放下，嚷着对我说：

“‘好家伙！您的脸怎么这样的发青呀！——啊！您全身都湿了！——我妈妈要给您擦一擦……拉发埃尔先生，’她歇了一会儿，又接着说，‘你喜欢喝牛奶：今天晚上我们有奶油，瞧，您要尝尝吗？’

“她跟小猫似的朝着一只装满牛奶的磁碗跳去，赶紧给我递来，用这么仁慈的态度拿它放在我的鼻子下，我甚至于都犹豫了。

“‘您拒绝我吗？’她用变化了的声音说。

“两个人的骄傲都彼此了解了：保琳好像因为穷困而苦恼，她好像责难我对飞黄腾达的渴望。我受了感动。这奶油也许就是她第二天的早餐，然而我却接了过来。可怜的女郎尽量的遮掩她的快乐，但是她的眼睛却发出闪灼的亮光。

“‘我需要喝牛奶，’我一边坐下，一边对她说，（一道怀疑的表情掠过她的额头。）‘您记得包胥埃的一段话吗，保琳？他给我们描写上帝酬报一杯水的恩惠要比报酬一个胜利还要丰富。’

“‘是的，我记得。’她回答说。

“她的胸口就跟孩子手里的秀眼乌似的跳悸着。

“‘好罢，因为我们不久就要离别，’我用懦怯的声音加上一句话说，‘让我感谢你们娘儿俩对我的一切照应。’

“‘噢！咱们别算这个账罢。’她笑着说。

“她的笑容隐蔽着一种使我苦痛的情感。

“‘我的钢琴是爱拉尔的一个最好的乐器，’我装着没有听见她说话的神气，接着说，‘您就留下它罢。您不必考虑，就拿着去罢。我计划要到外面去旅行，我的确不能够把它带在路上。’

“也许是我说话时的悲哀声调使她们明悟，这两位女人好像是懂得了我；她们就拿惊惧的好奇心瞧着我。我到大世界的冷冰地区去寻找的感情原来就在这里。它是真切的，素朴的，然而却是油润的，也许是经久的。

“‘别这么多心，’这位母亲对我说，‘留在我们这儿罢。我丈夫这时候正在路上哩。今天晚上，我念《约翰福音书》的时候，保琳拿挂在《圣经》里的钥匙夹在手指里，钥匙转了方向。这预兆说明古丹还很健康，还很旺盛。保琳也为您和那一位第七号房间的年轻人卜了一卦；但是钥匙只为您而转。我们大家都会发财。古丹一定会带回一百万：我做梦看见他站在一条堆满蛇的船上；幸亏水是浑的，这意思就是有黄金和殖民地的宝石。’

“这些富有友情的空虚话语仿佛一个母亲催眠生病的孩子时给唱的空泛歌词，给我送来一种平静的气象。这位善良女人的声调和眼色都吐露诚挚，虽然不能够消愁，但却可以平静它，哄骗它，减轻它。保琳比她的母亲还要聪明。她忧虑的端详我。她的慧眼好像猜出了我的生活和我的前途。我用点头来答谢母女两个人；随后就逃走了，只怕受到感动。我一个人来到房顶下面的时候，我就睡在我的不幸里。我的可怜的幻想给我结构成千没有根基的计划，给我传授许多不可能的决策。一个人在财产的灰烬里挣扎的时候，他还可以在那里遇到一些财源；但是我，我却空无所有。

“啊！亲爱的，我们未免太容易责骂穷苦了。我们应当宽恕一切社会腐败的最明显的效果。穷苦的地方既没有贞操，也没有罪恶，既没有道德，也没有精神。那时候，我既没有思想，也没有力量，就像一个跪在老虎前面的年青少女似的。没有感情，没有金钱的男子还能够控制自己；但是一个讲爱情的不幸的人却不属于他自己，也不能够自杀。爱情给我们送来一种为我们自己而有的宗教，我们尊敬自己的第二个生命；于是它就变成了最可怕的不幸，这不幸却有一种希望，这希望就使我们接受苦痛。我计划第二天把福多拉的决定告诉给拉斯迪额，也就这样的入了睡乡。”

二十五

"'啊！啊！'拉斯迪额看见我清早九点钟到他家里去，就对我说，'我知道你为什么来了，你一定让福多拉刷了。几个妒忌您在伯爵夫人身上成功的好人都说到你们的婚事哩。上帝知道你的情敌们怎么样的说到你的疯狂，怎么样的把你当做毁谤的对象看待！'

"'这可以解释一切！'我喊道。

"回想到我的一切无理举动，我就觉得伯爵夫人是高超的。我很惬意的想到我是一个还没有怎么样受苦的无赖，我也只在她的宽恕里看到爱情的长期怜悯。

"'咱们别走这么快，'谨慎的卡斯岗人对我说，'福多拉有一个非常自私的女人所有的明慧天性。你只看到她的财产和奢华的时候，她也许都已经判定你了；不管你怎么样的巧妙，她都已经读出你的心绪。她懂得矫饰，任何的假装都不能够在她面前挺威。我想我已经带你走上一条错路，'他加上一句话说。'无论她怎么样的精明，她的举止怎么样的精细，我总觉得这个女人是任性的，跟其他只用脑筋去感觉快乐的女人一样。在她看来，幸福的整个基础就是生活的舒适和社交的快乐；她的情绪只是一种造作；她会让你不幸，你会变成她的第一个侍从……'

"拉斯迪额简直是对牛弹琴。我打断了他的话锋，装做快乐的样子给他解释我的经济情况。

"'昨天晚上，'他回答我说，"'厄运给我带走了我能够自由处置的一切钱财。要是没有这桩倒霉事儿，我一定很愿意把我的钱包拿出来跟你一块儿花。可是，我们就到酒楼去吃饭去罢，傻子们也许能够给我们出些好主意呢。'

“他穿上衣服，下令驾上他的豪华马车；随后，我们就跟两个百万富翁似的，摆出买空卖空的大胆投机家的荒唐架子，到巴黎咖啡店来。这个卡斯岗怪人的轻快态度和他的沉着平稳叫我惊讶不止。我们吃完一顿非常甘美的佳肴，正在喝咖啡的时候，拉斯迪额就给同样幽雅，同样穿着一身漂亮服装的一群年轻人点头；他一边看着一位花花公子进来，一边对我说：

“‘这就是你的事情。’

“他说完就对一个寻找合意的桌位，结得一条整齐领结的绅士做个手势，叫他来说话。

“‘这个荒唐人，’他朝着我的耳朵说，‘他曾经得过奖状，因为他出版过许多连他自己也不懂的著作；他是一个化学家，又是历史学家，又是小说家，又是舆论家；他是我也不知道到底有多少剧本的四分之一，三分之一和一半的作者，然而他却跟米居埃尔爵士的拖鞋似的无知。他不是一个人，而是一个名字，群众所熟识的一个标记。所以，他到这些书斋里来都是很小心的，因为这些书斋上面写有一句话：这里，人家能够自己写作。他的精明可以让他要整个的会议。总之两句话，他是道德的杂拌，既不是完全的诚实，也不是完全的骗子。可是，嘘！他已经奋斗过了，社会并不要求更多的东西，人家说他是一个令人敬佩的人物。’

“‘喂，好朋友，我的伟大的朋友，阁下贵体如何呀？’这位陌生人坐在附近一张桌边的时候，拉斯迪额就对他这样说。

“‘既不好，也不坏呀……我工作太多了。我手里有一切的必要材料去写奇怪的历史记事，但是我可不知道得让谁来写。这真叫我伤脑筋；我得赶快办，因为历史记事快要过时了。’

“‘还是现代的历史记事呢，还是古代的呢，关于宫里的事吗？……关于什么题目的呢？’

“‘关于项链的事情。’

“‘这不很凑巧吗？’拉斯迪额笑着对我说。

“然后，他又转过身，朝着投机家说：

“‘瓦仑丹先生是我的一个朋友，’他指着我接着说，‘我把他当做我们的一个未来的文豪介绍给您。他从前有个姑母，在宫里很红的一个侯爵夫人，两年以来，他都在努力写一部王党立场的革命史。’

“然后，他又朝着这位怪商人的耳朵上，对他说：

“‘他是个才子，同时也是个能够给您写历史记事的傻子，他可以用他姑母的名义出版，一部书要您一百厄古。’

“‘这条件倒可以，’那人一边回答，一边挺高他的领结，‘——伙计，给我端蛎蚝来！’

“‘是呀，可是您得给我二十五路易介绍费，还得先给他付一部书的钱。’拉斯迪额接着说。

“‘不，不，我只能够先付五十厄古，这么一来，我就更有把握早拿到稿子。’

“拉斯迪额低声对我重复这个商业的谈判；然后，没有问过我，他就回答这个人说：

“‘我们同意了。我们什么时候可以看您去，给结束这个事情呢？’

“‘好罢，明天晚上七点钟请你们到这里来吃晚饭罢。’

“我们站了起来，拉斯迪额给伙计递过钱，把账单放在口袋里，我们也就出去了。我看他这样轻佻，这样毫不在意的出卖了我的姑母孟巴郎侯爵夫人，不禁怔住了。

“‘我宁可坐船到巴西去给印第安人教教我一个字也不懂的代数，不愿意污玷我的家声！’

“拉斯迪额哈哈的笑了起来，打断我的话。

“‘你不太傻吗！先拿这五十厄古，再写这记事。写完之后，你可以拒绝用您姑母的名义，傻子！孟巴郎夫人死在断头台上，她的围裙，她的地位，她的美丽，她的脂粉，她的拖鞋还不只值六百佛郎哩。那时候，要是书商不愿意付她所应得的价值，他就可以找一个什么冒险家，或什么污浊的伯爵夫人来顶这个名儿。’

“‘噢！’我喊道，‘我为什么要离开我纯洁的房顶楼呢？这世界真有不少脏污的恶场面！’

“‘好，’拉斯迪额回答说，‘这是一首诗，但是我们的问题却是事业！你是一个孩子。你听：关于记事，群众可以判断它；关于我在文学界的拉皮条工作，它不是叫他花费了八年的生活，付上了惨痛经验的代价去求得他和出版界的关系吗？跟他分担著书的工作，你是吃亏的。但是关于稿费一方面，你这一分儿不是最好的吗？给你二十五路易要比给他的一千佛郎还有价值。好，你能够写历史记事，这是迪德罗为着一百厄古而写下六篇教理之后从来也没有人做过的一个艺术工作。’

“‘总之，’我大受感动的对他说，‘这在我方面是个必要：所以，我可怜的朋友，我得感谢你。二十五路易可以使我变成富翁……’

“‘而且比你所想象的还要富，’他笑着回答，‘要是菲诺在这桩事情里给我一笔介绍费，这钱也是给你的，你猜不着这个吗？——咱们到布仑树林去罢，’他说，‘我们可以在那里看到你的伯爵夫人，我也可以给你介绍我得娶上的美丽的小寡妇，一个动人的女人，稍微胖一点儿的阿尔萨斯姑娘。她念康德、席勒、约翰、保罗和许多看了叫人掉眼泪的书。她有个癖好，就是喜欢老问我的意见：我得装做懂得这德意志的假感情，认识许多歌曲——这些都是医生禁止我吃的药。我还不能够叫她改变这种喜欢文艺的习惯，她念了歌德的书就哭得跟泪人似的，我也不得不为着她献殷勤，陪她流泪，因为这是五万佛郎年收的问题，亲爱的，而且还有世界上一只最娇嫩的脚，一只最纤丽的手呢！……啊！要是她没有把'天使'说成'天西'，把'搅乱'说成'掉乱'的话，她就是一个完全的女人了！'

"我们看见伯爵夫人艳丽的坐在华美的豪富马车里。这位娇冶的女人十分多情的向我们行礼致敬，给我投来一阵微笑，那时候我觉得这微笑是神圣的，充满爱情的。啊！我真幸福，我相信她爱我，我有了钱，又有了爱情，我不再穷苦了！我非常的轻松，非常的畅快，我满意一切的东西，我觉得我朋友的情妇非常的动人。树木，空气，天色，整个的自然界都好像给我重复福多拉的微笑。从苍细莉西回来的时候，我们到拉斯迪额的帽店和裁缝铺里去。'项链'的事情允许我离开悲惨的和平的脚步，踏进伟大的战争的道路。从此之后，无疑的，我可以跟包围福多拉的年轻人在风流场中决斗。我回到我家里来；我把我自己关在那里，表面上很镇静的靠在天窗的附近，然而心里却跟我的屋顶说了一声永别，我生活在将来里，我把我的生涯戏剧化了，我预支爱情和它的快乐。啊！一个人的生活居然能够在屋顶楼的四道墙里变得这样的激荡啊！人类的灵魂是一个女神，她把一堆草点化成一堆金刚钻；在她的神杖之下，快乐的迷宫就给建立了起来，仿佛花朵生长在太阳热光下的田野里似的。"

二十六

“第二天中午，保琳轻轻的敲打我的房门，给我带来，你猜带来什么呀？带来福多拉的一封信。伯爵夫人请我到卢森堡公园来接她，再由那里一块儿到博物馆和植物园去参观。

“‘信差等回话。’一会儿的岑寂之后，她就对我说。

“我立刻涂鸦一封谢函，让保琳带走。我打扮，我相当满意自己。装束完毕，一道冷战就给我带来这个思想：

“‘福多拉是坐车来呢，还是走着来呢！天气要下雨呢，还是要晴天呢？……可是，’我对自己说，‘不管她坐车来也好，走着来也好，人家能够猜准女人的幻想吗？她可能一个钱也没有，也可能愿意给一位沙芜瓦小孩一百苏，因为这孩子穿得一身破衣服。’

“我连一个黄铜板也没有，我晚上才能够得到一笔钱。噢！在这种青春时代的窘迫里，一个诗人是怎么样的给节省衣食，勒紧工作得来的智慧能力付出代价的啊！一霎时，成千剧烈的苦痛思想就好像锋芒似的刺着我。我从天窗仰望天空，天气很靠不住。要是情景不好，我可以雇一辆包整天的车，但是这样的话，我不是得在幸福当中随时随刻的颤抖，只怕晚上碰不到菲诺吗？我觉得我不够强壮来支持这些快乐中的恐惧。虽然我确信我不会找到什么，我却翻箱倒柜在我房子里到处的寻找空想的钱币，一直找到我的草褥底下。我翻动了一切，甚至于我的一双旧长靴。我在狂热的袭击下，给翻动过的一切家具报以愤恨的怒眼。我无精打采的走近我的写字台，第七次打开我的抽屉，看见一块洁净光亮得像晨星似的美丽高贵的一百苏钱币阴险的贴伏在侧板上的时候，你能够懂得我心里所起的是怎么样的疯狂吗？我既不追问它这样一声不响的躲了起来的原因，也不责骂它这样蛰伏的残暴的罪恶，我就像患难之交似的吻着它，用一声反送回响的狂叫给它致敬。我突然转过身来，看见保琳脸色发青。

“‘我以为您伤害了您自己！信差……（她打断了她自己的话，好像闭着气似的）可是，我母亲已经给他钱了。’她加上一句话说。

“然后她就逃走了，好像一个自有主张的滑稽孩子似的。可怜的小姑娘！我祝福她能够分享我的幸福。这时候，我觉得我的灵魂有人世的一切快乐，我都愿意给不幸的人退还我相信我自他们身上偷窥来的一部分。我们对困难的预感往往是有道理的，伯爵夫人送走了她的车。因为了美丽的女人们所不能自解的一个偏癖，她要步行经过马路，走到植物园。

“‘不过，我看要下雨呢。’我对她说。

“她喜欢跟我别扭。我们穿过卢森堡的时候，天气居然是晴朗的。我们走出卢森堡时，天上的乌云就下了几点雨，这乌云的飞驰都叫我焦虑，我们跳上了雇用的马车。到达马路的时候，雨又停止了，天又放晴了。到达博物馆的时候，我要遣走车，但是福多拉却要我留住它。真是苦死我了！但是，一边抑止几道呆滞的微笑表现在我脸上的秘密的疯狂，一边就跟她谈天；一边在林荫小径里奔跑，觉到她的手臂靠在我的手臂之上，一边就在植物园里走来走去；这一切的一切都有一种我也不知道是哪一类的幻景；这简直是白天做梦。不过，尽管她表面上怎么样的多情，她在走路时或在我们停步时的动作都并没有任何的温柔成分，也没有任何的爱情。我努力参与她的生命的活动时，我却发现她心里有一种秘密的活力，我也说不出来是哪一种的突如其来的乖僻的活力。没有灵魂的女人，她们的姿仪没有任何柔美的成分。所以，我们两个人既没有同一的意志，也没有同一的步伐。没有语言可以描写这两个人的物质上的矛盾，因为我们还没有习惯于认识动作里的思想。这种人性的现象只能够拿本能去感觉，不能言传。”

“我的情感这样沸腾的时候，”一会儿的缄默之后，拉发埃尔又接着说，好像是回答他对自己所提出的反驳似的，“我并没有解剖我的感觉，分析我的快乐，计算我的心跳，仿佛一个吝啬人察究衡量他的黄金似的。绝不！现在，经验已经给这些过去的事情投去几道悲惨的光芒，回忆也给我带来这些印象，好像天气清朗时海波把轮船遇险的残物一阵一阵的飘到沙滩上来似的。

“‘您可以给我办一桩相当要紧的事儿，’伯爵夫人古怪的瞧着我说，‘给您说明白我怎么样仇恨爱情之后，我就觉得可以自由拿友谊的名义请求您给我办一桩事儿了。今天给我帮忙，’她笑着接着说，‘您不是会有更大的功劳吗？’

“我苦痛的瞧着她。她在我身边是毫无感觉的；她是谄媚的，但可不是多情的；我觉得她是跟内行戏子似的唱戏。然后，她的声调，她的眼色，她的一句话又突然的唤起了我的希望；但是，虽然我的爱情复活了，我的爱情活泼的表现在我的眼睛里，她却支持它而没有更变她自己的眼色，因为她的眼睛就像虎眼似的，好像有一层铁板在里边。在这种时刻里，我往往是讨厌她的。

“‘拿发莲公爵的保护可以使我在俄罗斯的一个大人物身边得到宠幸，这保护对我太有用，’她接着说，她的声音充满着阿谀的曲折，‘这人物的帮忙是我所必要的，要是我要在一桩有关我的财富和我的社会地位的事情里得到公平解决的话。这就是皇帝承认我的婚事的问题。拿发莲公爵是您的表哥，不是吗？他的一封信可以决定一切。’

“‘我是属于您的，’我回答她说，‘您就给我下命令罢。’

“‘您真可爱，’她拉紧我的手，接着说，‘您来跟我一块儿吃饭罢，我可以把您当做忏悔师似的告诉您一切的事情。’

“这位这样多疑，这样谨慎，没有人听见她说过一句关于她的真话的女人，她却请教我来了。

“‘噢！现在我才喜欢您给我强制加上的缄默哩！’我喊道。‘但是我却愿意有些更粗暴的试探。’

“这时候，她接受了我的沉醉的眼色，并不拒绝我对她的崇拜，所以，她是爱我的！我们到了她家里。侥幸得很，我的钱包倒够得让我付车钱。我一个人陪她，在她家里甜蜜的玩了一天；我第一次可以这样的看她。一直到这一天为止，别的人，她的繁琐客套和冰冷礼仪总把我们给隔开，就是在享受豪华餐宴时也是这样；但是这时候，我就跟住在屋顶底下似的留在她家里，我可以说我占有了她。我的荒唐思想冲破了一切障碍，为着我的方便替我布置我的生活，把我沉溺在一个幸福的爱情里。我相信自己已经是她的丈夫，我崇拜她忙着的一切琐事；我甚至于看见她脱下披肩和帽子都觉得幸福。她让我一个人留下一个时候，梳毕头发，又美丽动人的回来。这梳妆是为我而有的！吃饭的时候，她特别注意我，在成千类似渺小而其实是我们的一半生命的事情里舒展无穷的温柔。我们两人坐在融融的旺火之前，丝制的椅垫上面，身边围绕着东方奢华的令人羡慕的制造品的时候，我看见这位美得叫许多心脏跳悸的女人这样的挨近我，这样难于征服的女人这样的对我说话，这样的使我变成她的娇媚对象的时候，我的情欲的快乐几乎都变成了苦痛。我又烦闷的记起我得办理手续的那一桩重要的事情，我要去履行前一天人家给我定好的约会。

“‘怎么，已经?’她看见我拿帽子，就这样的说。

“‘她爱我！’至少我这样的相信，因为我听见她用这样妩媚的声调说这一句话。为着延长消魂的时间起见，我真愿意拿我两年的生命来交换她要贡献给我的几个钟头。我的幸福随着我的金钱的损失而增加！她送我走的时候，已经夜里十二点钟了。”

二十七

“不过，第二天，我的英雄行为却使我生出不少的悔恨，我只怕丢了出版历史记事的事情，因为这是我的重大事情；我跑到拉斯迪额家里去，我们也就一块儿到我的未来著作的名义上的作者家里去，发现他刚刚起床。签完字给我数了五十厄古钱之后，菲诺就给我念读一段小契约，里边没有谈到我的姑母。我们三个人一块儿吃早点。我买了一顶新帽，付了六十张每张三十苏的饭票钱和我的欠债，剩下的只有三十佛郎了；但是一切生活上的困难都消除了几天。要是我愿意听拉斯迪额的话，我就可以坦白的效仿英国人的办法，有了许多财宝。他要我记账，叫我借债，说是借债可以支持记账。依他的意思，前途是世界上最大最可靠的资本。这样的拿我偶然的前途来抵押我的债务，他就让我给他的裁缝实行这办法，这裁缝是一个了解年青人、可以让我安静到结婚的日子为止的艺术家。从这一天起，我跟我三年来所有的寺院式的勤学生活绝交了。我黾勉到福多拉家里去，我在那里努力表现，要超过到那里去的浪子和会党英雄。我相信已经永远逃出穷苦的境地，我又恢复了我的自由精神，我粉碎了我的情敌，变成了一个非常富有诱惑性，非常有声望、难于抵抗的人物。然而，能干的人们还这样的说到我：‘这样聪明的孩子只能够在脑子里有爱情！’他们仁慈的吹嘘我的智慧，而抨击我的感情。他们说：‘要是他不谈爱情，他不是很幸福吗！要是他谈爱情，他还能够这样的快乐，这样的活泼吗？’

“然而在福拉多面前，我却真的太痴呆了！一个人跟她在一起的时候，我就不知道对她说些什么，要是我说了话，我就咒诅爱情；我很快乐，然而却是悲惨的快乐，好像敢怒不敢言的臣子似的。总之，我设法使自己变成她的生活，她的幸福，她的虚荣所不可缺少的东西；我每天都在她身边当她的奴隶，不断的当了她的命令的玩具。这样的消磨了我的白天，我就回到家里来夜间工作，只在早晨睡上两三个钟头。但是我没有拉斯迪额的英国人的办法，我不久就发现自己是一文莫名的。从这时候起，亲爱的，自负而没有财富，风流而一文莫名，爱恋而不具名义，我又堕进了这危险的生活里，这浮华所巧妙遮掩的冰冷深刻的不幸里。于是，我又感到当初的苦痛，不过不是那么样的尖锐的苦痛罢了：无疑的，我已经熟识了这些苦痛的可怕。常常的，客厅里所吝啬献出的糕点和茶水就是我的唯一粮食。有的时候，伯爵夫人的佳肴就养活了我两天。我应用我的整个时间，我的力量，我的观察去更进一步的探究福多拉的不可揭破的性格。

"到此为止，希望或失望都影响了我的意见，我忽而觉得她可爱，忽而觉得她是女性里最无感情的人妖；但是这悲喜的隆替却变成了不可忍受的：我要结束这可怕的斗争，来杀害我的爱情。警告的微光有的时候就在我的灵魂里照耀，使我看到我们之间的鸿沟。伯爵夫人证实了我的一切恐惧；我还没有发现过她眼睛里的泪珠；戏院里的动情的一幕只使她冷淡的谑笑。她为自己保留一切的精细；她没有考虑其他的人的祸福。总之，她要了我！我很快乐能够为她牺牲，我几乎是为着她而穷窘的到我的亲戚拿发莲公爵家里去看他的；公爵是个自私的人，他因为我的穷苦而觉得羞愧。他过分的错看我，不会不恨我。他用冷淡的礼貌来接待我，这种礼貌使他的姿势和话语都带有一种侮慢的色调；他的忧虑的目光引起了我的怜悯。我看到他在这伟大的环境里这样的小器量，在这奢华的社会里这样的寒酸，都替他羞愧。他告诉我他在三分利的公债方面的重大损失；我也就对他说明我的来意。他的冰冷态度渐渐的变成了亲热的，这种变化使我厌腻。好，朋友，他就到伯爵夫人家里来，在那里把我打得粉粉碎碎的。福多拉对他献出许多的妩媚，许多闻所未闻的诱惑；她引诱他，跟他商量一个神秘的事情，一句话也不让我知道，我原来是她的一个工具啊！……我的表哥在她家里的时候，她好像都没有看见我似的，她比第一次看打我的时候都还要冷淡的接待我。

“一天晚上，她在公爵面前，用一个不能言传的姿势和眼色来侮辱我。我哭着出去，心里想着成千的报复计划，设计强奸她……我常常陪她到布风戏院去，在那里整个的沉溺在爱情里，坐在她身边；我倾听音乐，端详她，在爱情和音乐家的歌曲所表现的心灵动作里消磨我的灵魂。我的感情塞满了空气和舞台，它征服了一切，只有我的情妇是例外。我就牵住福多拉的手，研究她的脸纹和她的眼睛，希望我们的感觉能够互相的渗透，因为乐调的激动，这些突然的调和可以使灵魂结合；但是她的手却是僵硬的，她的眼睛没有说出任何一句话。我的心火从一切的脸纹流溢而出，强烈的打击她的脸孔时，她就给我投来这个造作的微笑，一切展览会的人像嘴唇上给发出的机械语言。她不听音乐。罗西尼，西马落沙和辛迦勒里的神圣乐谱都不能够唤起她的任何情绪，都不能够表现她的生活的任何诗意；她的灵魂是枯干的。福多拉就像戏景中的戏景一样。她的小远望镜不断的从一个包厢瞄到另外一个包厢；虽然她是镇静的，但是她却忧愁，因为她是时尚的牺牲品：她的包厢，她的帽子，她的马车，她自己的性格，这都把她整个的吸收了去。您可以常常碰到一些表面上粗暴而在钢铁似的身躯里藏有一颗温柔甘美的心灵的人物；然而她却在脆弱温雅的躯壳里藏着一个铁石的心肠。无情的知识给我撕破了我的一切幻想。如果善良的情调是忘却自己，想到别人，给声音和姿仪加上永恒的柔美，取悦别人，使别人满意自己的话，福多拉却没有消除她的平民血统的遗留，虽然她是精明的。她对自己的忘却只是虚假的，她的姿态并不是天生的，而是勤紧学习的结果；她的礼貌使人觉得有奴才的意味。然而，她的甜蜜言词在她的宠臣们看来却是一个善良的表达，她的过分夸口却是一种高贵的同情。

“只有我一个人研究过她的脸相，我从社会人士所满足的薄皮里剥下了她的内在的性格，她的虚伪再也骗不了我；我彻底认识她那猫儿一般的灵魂。一个傻子称赞她，吹嘘她的时候，我都为她惭愧。然而我却还一样的爱她！我希望她的冰冷雪块可以在诗人的爱情温暖之下融化。要我能够有一天使她的心灵赋有女人的温存，要我能够使她习惯于忠贞，我就会把她看成一个完全的女人，她也就会变成一个天使了。我是用一个男子，一个情人，一个艺术家的资格来爱她的，要是不必为着爱她而占有她的话，一个过分自傲的人，一个冷酷的计算家也许会得到胜利。她是轻薄的，诈伪的，她一定可以倾听虚荣的语言，她一定可以堕入奸计，接受苦痛；她一定可以受到一个干燥冷酷的男子的控制。她天真的给我揭示她的自私时，戮心的苦痛都一直活生生的刺进我的灵魂。我仿佛看见她有一天一个人苦痛的活着，不知道向谁伸出她的手，没有遇到可以让她停留目光的眼色。一天晚上，我鼓起勇气用鲜明的颜色来描写她的荒芜，空虚，悲惨的老年。看了我这一个受骗的人的可怕的报复的景象，她就对我说了一句吓人的话；

“‘我总可以有钱，’她回答我说，‘好，有了金子，我们总可以在我们身边制造一些我们的幸福所必要的情感。’

“这个浮华的逻辑，这个女人，这个人世的逻辑吓坏了我，我走了出去，只骂自己怎么会这样傻的崇拜她。我不爱穷苦的保琳；富有的福多拉难道没有权利来拒绝拉法埃尔吗？要是我们还没有泯灭我们的良心，这良心总是一个不会错误的审判官。一阵诡辩派的论调在我心里喊道：‘福多拉既不爱，也不拒绝任何一个人；她是自由的，但是她曾经因为金钱而把自己出卖了。无论是她的

情人也好，是她的丈夫也好，这个俄罗斯的伯爵总算是占有了她。但是她在她的生活里总还会有一个诱惑！请你等着这个时刻罢。’这个女人既不是有道德的，也不是没有品行的，她生活在人类以外的一个世界里，她自己的宇宙里，无论您说它是地狱或是天堂。这个穿着披肩和绣织品的神秘的女人，她使一切人类的情绪都在我心里发作——骄傲、雄心、爱情、好奇……”

二十八

“因为我们大家都有一种追求时髦或是标新立异的偏好，我们就有赞扬马路上的小戏院的癖嗜。伯爵夫人表示她要观看一个备受聪明人欢迎的戏子的粉墨登场，我也荣幸能够带她去参观我也不知道是那一个无聊滑稽剧的初演。包厢才要一百苏，但是我却连一个铜钱也没有。我还有半部历史记事让我去写，我不敢到菲诺那里去向他要钱，我的救星拉斯迪额也出门去了。这经常的障碍苦了我一辈子。有一次，走出步风戏院的时候，因为下大雨，福多拉给我叫一辆车来，没有让我来得及避免她的好意关心：她不接受我的一切推辞，我喜欢让雨淋啦，我要到赌厅去赌钱啦。她并没有在我的窘迫态度里，在我的甘苦言语里猜透我的贫穷。我的眼睛发红了，可是她懂得一个眼色吗？年轻人的生活往往让一些奇怪的偏向给苦住了。

“坐在车里的时候，每一个车辆的转动都给我唤起烧心的思想。我设法翻开车底的一条木板，希望能够溜到石子路上去；但是，我碰到了许多不可克服的困难，我只好痉挛的笑着，冷静的忧郁着，好像架上铁锁的罪人似的发怔。到达家里的时候，听见我格格口吃的说了几句模糊不清的话，保琳就打断我的说话：

“‘您是不是没有零钱呀？……’

“啊！在这一句话旁边，罗西尼的音乐简直就等于零。但是我们就回到孚南布尔戏院的问题上面来罢。为着能够陪着伯爵夫人到那里去起见，我就想把扎绕我母亲的肖像的金链拿去抵押。虽然在我的思想里，我总把当铺描写得跟一个狱门似的，我却觉得把我的床自己抬到那里去要比向人求乞好一些。向一个人要钱，这个人的眼色会叫您非常的苦痛！某些借债会叫我们失去名誉，就像朋友嘴里说出的拒绝会给我们夺去最后的幻想似的。保琳正在工作，她的母亲睡觉去了。我向床上偷偷的瞧了一眼，帐子略为卷起一点儿，我想古丹夫人一定是熟睡了，因为我在暗影里看见她的平静灰黄的侧面靠在枕头上。

“‘您苦恼吗?’保琳对我说，她把她的笔放在调色板上。

“‘我可怜的孩子，您能够帮我一个大忙。’我回答她说。

“她用幸福的神气瞧着我，使我都发起抖来。

“‘她要爱我吗?’我心里想，‘保琳，……’我接着说。

“于是，我就坐在她身边，好好的研究她。她猜出我的意思，因为我的声调是反问的；她低下眼睛，我端详着她，相信能够念读她的心，仿佛念读我自己的心似的，因为她的姿态是天真纯洁的。

“‘您爱我吗?’我对她说。

“‘一点儿……很痴情的……一点儿也不！’她喊道。

“她并不爱我。她的讥笑口吻，她的雅致姿态只能表现出少女的诙谐的感恩。于是，我就告诉她我的悲惨，我的困难，请求她帮助我。

“‘怎么，拉法埃尔先生，’她说，‘您不愿意到当铺里去，却把我送到那儿去！’

“我的脸发红了，孩子的逻辑使我惭愧。她拉住我的手，好像要用一个抚摸来补偿她的真切的惊叹似的。

“‘噢！我很愿意去！’她说，‘但是这是不必要的。今天早上，我在钢琴后面发现两个一百苏的钱币瞒着您溜进房墙跟铁杆的中间，我已经把它放在您的桌子上。’

“‘您不久就可以收到钱，拉法埃尔先生，’保琳的母亲从帐里探出她的头，对我说，‘等着时候，我可以先借给您几个厄古。’

“‘噢，保琳，’我拉紧她的手，喊道，‘我希望能够发财！’

“‘嘿，为什么呢？’她倔强的说。

“她的手在我的手里颤抖，呼应着我的一切心跳；她赶紧缩回她的手指，查看我的手指。

“‘您可以娶上一位富庶的女人，’她说，‘但是她会给您许多悲哀……啊，上帝！她会杀死您的！……我确信。’

“在她的喊叫里好像有点相信她的母亲的迷信似的。

“‘您未免太轻信了，保琳！’

“‘噢！的确的，’她恐惧的瞧着我说，‘您要爱的女人一定会杀死您的！’

“她又拿起她的画笔，把它浸在颜色里，露出一个强烈的感情，不再瞧我了。这时候，我真想相信谬论。一个人迷信的时候，他并不是完全悲惨的。迷信往往是一个希望。退回我卧室的时候，我果然看见两只高贵的厄古，这出现实在是我所无从解释的。我胡思乱想开始睡觉的时候还在竭力计算我的花费，希望能够证明这意外的发现，但是我却在毫无结果的计算里睡着了。第二天，我出去预备购买包厢票的时候，保琳来看我来了。

“‘也许十个佛郎还不够您用哩，’这位善良可爱的女郎满面绯红的对我说，‘我母亲叫我给您送这些钱来……您拿去罢，您拿去罢！’

“她在我桌上放下三个厄古，就要走了；但是我却拦住她。我对她的崇拜烧干了我眼睛里流转的泪珠。

“‘保琳，’我对她说，‘您是一个天使！这笔借款还没有您给我送钱来的这种纯洁的情绪那样的感动我。我要一个富裕的，漂亮的，贵族的女人，不幸得很！现在我却希望占有好几百万，同时遇到一个像您这样穷，像您这样心灵丰富的少女，我要放弃将要杀死我的残暴的爱情。也许您说得对。’

“‘够了！’她说。

“她逃了，但是她那黄莺似的颤抖的声音却在楼梯里荡漾着。

“‘她还没有恋爱过，这真是她的幸福！’我想到几个月以来所受到的苦痛，就这样的对我自己说。

“保琳给我的十五个佛郎实在是我的珍宝；福多拉想到我们要去逗留几个钟头的人众错杂的地方将要散出臭味，就抱怨没有花束；我替她寻找花朵，给她带来我的生命和我的财富。给她送这花束来的时候，我心里又是懊悔，又是快乐，这一束花的价钱告诉我人世的肤浅的风流韵事所需要的是些什么。一会儿，她却埋怨说一朵墨西哥的茉莉花怎么样的香味太浓。她看见台下的情形，发现自己坐在一条硬凳子上，就装出不耐烦的厌腻；她骂我不该带她到这里来。虽然她坐在我旁边，她却说要出去，也就这样的走了。我好多夜不能够睡觉，我花费了两个月的生活，结果还不能够取悦她！这怪物从来就没有过这样的既不更温柔，也不更生硬。归途坐在小马车里她的身边，我呼吸着她的气味，我摸着她馨声的手套，我明晰清楚的看到她的美丽的宝库，我闻到一道蝴蝶花似的香气：她是整个的女人，然而却一点儿也不是女人。这时候，一道光线让我看出这神秘生活的底蕴。我立刻想到一个诗人最近出版的一部书，波里克勒斯的雕像的作风给表现的真正的艺术家观点。我相信看到这怪物，它一会儿是个军官，驯养悍马；一会儿又是一个少女，讲究服装，使她的情郎们失望；一会儿又是一个情郎，使一个温柔谦卑的处女悲伤。我不能够用别的方法来分析福多拉，就给她叙述这一篇奇异的故事；但是任何东西都不能给她泄露她跟这首不可能的诗章的相似之点，她倒非常的喜欢听，仿佛一个孩子倾听《一千零一夜》的故事似的。

“‘为着抵抗我这年纪的男人所有的爱情起见，为着抵抗这灵魂给传染的热气起见，福多拉一定有什么符咒来保护她！’我回家时对自己说，‘也许她跟德拉古尔贵人似的遭受毒瘤的吞噬吗？她的生活无疑的是个虚假的生活。’

“想到这里，我就觉得发冷。然后，我就想出一个情人所能够想到的广阔合理的计划。我已经研究过这位女人的理性，为着再从物质方面去考察她起见，为着整个的认识她起见，我就决定偷偷到她卧室里去过一夜。下面就是我实行这计划的情形，这计划吞噬了我的灵魂，就像报仇的欲望咬伤了一个科西嘉僧侣的心脏似的。”

二十九

“接待客人的日子，福多拉邀请了太多的客人，甚至于她的门房都没有能够在进来的人和出去的人之间点算一个相等的数目。我确信能够留在房子里而不至于弄出笑柄，就不耐烦的等待着伯爵夫人召开的最近一次晚会。穿衣服的时候，我在我的背心口袋里藏了一把英吉利小刀，因为我没有匕首。要是人家在我身上发现了它，这书房里所用的小刀也不至于引起任何的疑窦，不过因为我不知道我的浪漫计划会让我走到什么地步，我总愿意带上武器。

“客厅里开始拥塞客人的时候，我到卧室里去研究那里的东西，我发现百叶窗和遮窗板都关闭着；这是第一个畅快。因为女仆可能来把挂在窗上的帘幕放下，我就放松了窗帘的悬带；我预先这样胡乱的整理房屋，这是很大的冒险，但是我却接受我的危险地位，冷静的计算着。半夜左右，我来躲在一个窗口里。为着不让人家看出我的一双脚，我就爬上了装壁板的墙脚，背靠在墙上，依傍在启闭窗门的铁梗上。研究了身体的平衡，我的依靠点，测量了分隔我和窗帘的距离之后，我就熟识了我的困难地位，依势留在那里，不至于被人发觉，要是没有痉挛，没有咳嗽，没有打喷嚏的话。

“为着叫我不必无谓的疲劳起见，我就站着，等待我得跟网中的蜘蛛似的悬着的危急时刻。白色印花布和棉纱布的窗帘在我面前形成了类似风琴管的皱纹，我就在那里用我的小刀挖了几个孔洞，让我可以看见一切的动静。我空泛的听见客厅里的叫唤，谈论家的笑声，他们的嗓音。这种轻飘的喧噪，这种低声的激动渐渐的消沉下去。几个男人到我附近的伯爵夫人衣柜上来取帽。他们触碰窗帘的时候，我就发起抖来，只怕这些到处搜索，忙着出去的客人会偶然乱了窗帘。我对我的举动的占卜真不坏，因为我并没有遇到任何的不幸。最后一顶帽子已经让福多拉的一个老情人拿走了，这个情人以为只有他一个人，就瞧着床上，叹了一口气，然后又说了一句我也不知道是什么样的牢骚。伯爵夫人在卧室附近的化妆室里，她身边只有五六个知心朋友，她给他们建议在那里喝一杯茶。于是，现社会不大相信的谤语就跟讽刺和杯匙的声音混合在一起。拉斯迪额并不怜惜我的情敌，他用伤人的机智激起了疯子似的狂笑。

“‘拉斯迪额先生是个聪明人，我们最好别跟他吵架。’伯爵夫人笑着说。

“‘我相信这句话，’他天真的回答说，‘我的愤恨都是有道理的……我的友谊也是这样的，’他加上一句话说，‘也许我的敌人和我的朋友都对我一样有好处。我对现代的语言，我对拿来攻击一切、防卫一切的自然技巧颇有研究。官场的辞令是社会的完美产物。要是您有一个愚笨的朋友，您就说他纯洁，说他率直。另一个人的著作太笨重的话，您就说它是一部细心的著作。要是这部书写得坏，您就吹嘘这书的意识。要是某一个人没有信用，没有主意，随时狡猾，嘿！他就是动人的，有威望的，诱人的。要是他们是您的敌人，您就把他们批评得死去活来；您可以为他们而更改您的语词，您可以一样聪明的发现他们的错处，正如您使您的朋友格外显得有功德似的。这样的应用有色眼镜来观察道德世界，这就是我们的谈话的秘密，这就是做臣子的整个艺术。不用这方法就是要徒手跟穿铁甲的人格斗，仿佛没有武器的骑士似的。然而我倒应用它！有的时候，我甚至于都滥用了它。所以，人家都尊敬我，尊敬我和我的朋友，因为我的剑而且也跟我的舌头似的尖利。'

"一个最热烈崇拜福多拉的人，一个著名的放荡不羁，甚至于都拿无礼的态度来飞黄腾达的年轻人，他却拾起了拉斯迪额这样荒唐投下的手套。他开始谈到我，格外的吹嘘我的才能和我的品格。拉斯迪额忘记了这种诽谤的方法。他的讽刺引起了伯爵夫人的误会，伯爵夫人就毫不留情的牺牲了我；她揭破我的秘密；我的企图和我的希望来取悦她的朋友。

"'他有前途，'拉斯迪额说，'说不定将来他会狠命的报仇呢；他的才能至少是和他的勇气有同样程度的；所以，我觉得那些攻击他的人未免太大胆了，因为他有好记性……'

"'而且还写记事呢。'伯爵夫人加上一句话说，她好像很厌恶大家的缄默。

"'关于一位假的伯爵夫人的记事呢，夫人，'拉斯迪额答辩说，'要写这些记事，还得有另外一种勇气呢。'

"'我相信他有很大的勇气，'她答辩说，'他很忠实于我。'

“我真想忽然跑到这些嘲笑家的面前来，跟《马伯塞》里的班果的显灵似的。我丢掉了一个情妇，但是我却得到了一个朋友！不过，爱情倒忽然给我吹一阵凉风，一阵可以消除我们的一切苦痛的无聊而精致的邪说。

“我想：要是福多拉爱我，她不是得用巧妙的谑笑来矫饰她的爱情吗？多少次了，心灵不是否认舌头的撒谎呢！

“最后，唯一留下跟伯爵夫人在一起的情敌，我的荒唐无礼的情敌也要走了。

“‘怎么！已经？’她用充满阿谀，使我心跳的声调对他说，‘您不可以再留一会儿吗？您没有话再跟我说吗？您不能够为我牺牲您的什么快乐吗？’

“他走了。

“‘啊！’她边说边打呵欠，‘他们全是讨人厌的！’

“然后，她就用力拉着一条绳子，铃声也就荡漾在房子里了。伯爵夫人走进了她的卧室，一边低唱着 pria che spunti 的一句。谁也没有听见过她唱歌，她的沉默而且还引起了许多怪诞的解释。人家说她曾经答应过她的第一个情人不给任何人他愿意一个人独享的幸福。这个情人非常羡慕她的才能，一直妒忌她到坟墓里去。我展开我的灵魂力量来吸收她的声音。她一声一声的越唱越高；福多拉的生命似乎越来越活泼，她的嗓音也渐渐的高扬，这旋律也就带有一种神圣的成分了。伯爵夫人的声音是清脆的。她的声调非常的匀和。有一种可以深入、感动、激荡心灵的震动。音乐家差不多都是多情的种子。所以，这样唱歌的女郎也应当懂得爱恋。于是，这声音的美丽又给这已经是神秘的女郎再加上一种神秘的成分。那时候我就跟现在看你似的看她。她好像在倾听自己的声音，在感觉一种她所特有的情欲；她仿佛在尝味一种爱情的快乐。她来到火炉前面，唱完这高音；但是沉默的时候，她的姿态就改变了，她的脸纹松散了，她的脸孔显出疲乏的神色。她刚刚揭开她的面具；她已经不再扮演唱戏了。不过，艺术家的工作或是晚会的辛劳给她的美丽强加上的萎靡还是很迷人的。

"'这是她的真面目！'我对我自己说。

她好像要烤火似的把一只脚靠在灰盆的铜杆上，脱下她的手套，打开她的镯子，从头上取下她的金链，金链的末端悬着一个饰满宝石的香囊。我心头涌上一个不可克服的欢乐来看她这些富有文雅迹象的动作，这是一只母猫对着太阳梳妆时所有的文雅动作。她从一面镜里瞧着自己，用一种恶性的幽默神气，高声说道：'今天晚上我并不好看……我的面色非常快速的凋落……也许我得早点儿睡觉，放弃这浪费的生活……可是，珠斯丁会笑话我吗？'

"她又拉了一次铃；女仆快步的跑来。她住在哪儿呢？我不知道。她从一个暗梯上走来。我很好奇来侦察她。我的诗人幻想往往叫我控告这位看不见的女仆，这个高大的，像样的棕色女人。

"'太太拉了铃罢？'

"'拉了两次呢！'福多拉回答说，'所以，你现在要变成一个聋子吗？'

"'我忙着给太太弄杏仁奶。'

"珠斯丁跪在地下，打开女主人的鞋，脱下了它。女主人懒洋洋的躺在火炉旁边一张带弹簧的靠椅上，一边打呵欠，一边搔头。她的一切动作都是很自然的，任何的象征都没有给我揭破秘密的苦痛和我所想象的感情。

"'乔治一定迷于爱情，'她说，'我得送他走。今天晚上他不是又拉了窗帘吗？他想些什么呀？'

"听了这句话，我的血液就整个的流进我的心脏；但是她却不再谈到窗帘了。

"'人生是空虚的，'伯爵夫人接着说，'——啊，这个！小心

点，别跟昨天似的抓伤了我。嘿，你瞧，’她一边说，一边给珠斯丁指着一个光润的膝盖，‘我还留有你指爪的痕迹呢。’

“她给她赤裸裸的脚穿上装天鹅毛的丝绒的拖鞋，再解开她的袍子；珠斯丁就拿一个梳子来给她梳头发。

“‘您得结婚啦，太太，您得有几个孩子啊。’

“‘几个孩子！我就差了没有几个孩子来累死我！’她喊道，‘一个丈夫！哪一个男人可以让我……今天晚上我头发梳得好看吗？’

“‘可不是吗，不怎么好看啊。’

“‘你是傻子。’

“‘您梳卷头发，这最糟糕不过，’珠斯丁接着说，‘平光的大发环对您更合式。’

“‘真的吗？’

“‘可不是吗，太太，光亮的发卷只合金栗发女人的式。’

“‘结婚吗？不，绝不！婚姻是一种买卖，我不是为着它而生在世间的。’

“在一个情人看来，这是多么可怕的景象啊！这位孤僻，没有亲戚，没有朋友，反对爱情的女人，她不相信任何的情感；无论她如何的多少也觉到有一切人类所有的倾吐心情的必要，她却只能够跟她的女仆说些干燥无味的话来满足她！……我都觉得怜悯她！珠斯丁给她脱衣服。最后一件衣服脱下的时候，我非常好奇的端详她。她有一个处女的胸脯，使我昏迷；她的洁白红润的身躯在衬衫和烛光下就跟包在薄绸里的银像似的发亮。不，任何的缺点都不能够使她惊吓情人的窥视。唉！一个美丽的身躯总可以胜过最勇敢的决心。女主人坐在壁炉前面，静静的，沉思的；女仆就点上挂在床前的一盏白玉灯的蜡烛。珠斯丁走去寻找一只汤婆子，预备床榻，帮助她的女主人上床睡觉；然后，再花了相当时间细心的伺候女主人，证明福多拉如何的尊重自己之后，这位女仆就走了。伯爵夫人翻来覆去的转了好几次身；她烦躁，她叹气；她的嘴唇发出可以细听得见的轻微声音，说明她是怎么样的焦急；她向桌上伸出手，拿了一只小玻璃瓶，在喝奶之前给奶里倒进了四五滴棕色的药酒；最终，几个苦痛的叹息之后，她就喊道：‘天哪！’

“这一声喊叫，尤其是她所用的声调，破裂了我的心肠。她渐渐的没有动作了。我真害怕；但是不久我就听见一个酣睡的人的平匀强烈的呼吸；我拨开了响动的绸窗帘，离开了我的地位，走来站在她床前，用一种难于形容的情绪瞧着她。她太迷人了。她把脑袋抱在手臂下面，就像一个孩子似的；她那平静的美丽脸孔包裹在花边里，发出一种温柔，只有使我内心焚烧。我太自信，我没有懂得我的苦刑：这么接近她，同时又是这么远离她！我只好屈服在我所准备的一切苦痛之下。她所说的‘天哪！’是我所不了解的思想，然而我却得拿它当做我的火光，它忽然使我改变了我对福多拉的观点。这句话不是毫无意义的，就是非常深刻的，不是毫无内容的，就是富有实在的。它可以解释作幸福，也可以解释做苦痛，可以解释做肉体的苦楚，也可以解释做精神的烦恼。这到底是咒诅呢，还是祈祷呢？这到底是回忆呢，还是前瞻呢？这到底是抱歉呢，还是恐惧呢？这一句话包含着整个的生命，赤贫或富裕的生命；里面甚至于都包藏有一个罪行！隐蔽在这类似女性的美丽身躯里的哑谜又产生出来了。我们可以用各种说法来解释福多拉，因此她也就变成了不可解释的。忽强忽弱忽重忽轻的呼气，经过她的牙齿，构成了一种语言，我也就把思想和情绪附在这语言上面了。我跟她一块儿做梦，我希望钻进她的梦境去了解她的秘密，我徘徊于成千相反的见解，成千的判断之间。我决定再来一个试探。给她叙述我的生活，我的情爱，我的牺牲也许可以使她同情我，使她这个从来也没有哭泣过的女人流下一滴眼泪。街中的喧噪宣告白昼来临的时候，我正想在这最后的尝试里寄以无限的希望。有一个时刻，我居然想象到福多拉在我怀里醒了过来。我可以静悄悄的躺在她身边，溜进手，紧紧的抱住她。这念头未免太苛刻的责罚我，我不能不抵抗，结果就立刻跑到客厅里去，没有来得及设法避免我所做出的声音；幸而我走到了一只朝着小扶梯开的暗门。正如我所愿望的，钥匙还留在锁上；我猛力拉开门，粗暴的走下庭院，没有注意到底有人看见我没有，三步跳入街中。”

三十

“两天之后，一个作家可以在伯爵夫人家里读到一篇喜剧：我到那里去，想要最后一个人留下，问她一些奇怪的问题；我要请求她给我保留第二天的整个夜晚，给其他的客人关上她的门。

“我一个人跟她留在一起的时候，我的勇气又消灭了。钟摆的每一个响声都惊吓了我。这时候是夜里十一点三刻。

“‘要是我不跟她说，’我对自己说，‘我就得拿脑袋撞碰壁炉角。’

我允许自己三分钟的时间；三分钟过去了，但是我却并没有拿脑袋去撞碰云母石，我的心就像海绵花泡在水里似的沉重。

“‘您太可爱了。’她对我说。

“‘啊！夫人！’我回答说，‘要是您能够了解我！’

“‘您有什么事呀？’她接着说，‘您的脸色发青了。’

“‘我犹豫，我不敢请求您给我一个恩典……’

“她用一个姿势来鼓励我，我就请她给我一个约会。

“‘赞成，’她说，‘但是为什么现在不说呢？’

“‘为着对您诚实起见，我得给您说明这约会的范围：我愿意在您身边消磨这个夜晚，好像我们是兄弟姐妹似的。请您别害怕，我知道您的仇恨；您应当相当的认识我，让您相信我不会向您要求什么让您不快乐的事情；何况，男子汉绝不会这样的呢。您已经给我证明您的友谊，您是好人，您非常的仁慈。好罢，你应当知道我明天得跟您说声再见……——别食言！’我看见她要说话，就这样的喊。

“然后，我就走了。

“去年五月的一天晚上，八点钟左右的时候，我一个人跟福多拉留在她的峨特式化妆室里。这一次我并不颤抖，我确信我是幸福的。我的情妇必得属于我，不然的话，我就得避难到死神的怀里去。我咒诅了我的懈怠的爱情。一个人承认弱点的时候，他就相当的强了。伯爵夫人穿了一件蓝色的毛布衫，躺在沙发椅里，两只脚靠在垫子上。她戴一顶东方的便帽，画家们要认为是希伯来人的帽子，这帽子的刺目怪状增加了她的诱惑力。她的脸孔印有一种暂时的艳丽痕迹，好像给我们证明我们每一时刻都是新奇的特殊的物类，跟将来的‘我们’和过去的‘我们’都不一样。我从来也没有看见她这样的焕发过。

“‘您知道您引起了我的好奇心吗？’她笑着说。

“‘我不会抱歉这桩事，’我冷淡的回答，一边坐在她身边，一边拉着她给我伸来的一只手，‘——您嗓子真不错！’

“‘您没有听见过我唱歌啊，’她发出一个惊愕的动作，喊道。

“‘必要的时候，我可以给您证明相反的情形。您的柔美歌声难道还是一个神秘吗？请您放心，我不想追究它。’

“我们差不多有一个钟头的亲热谈话。要是我的声调，我的举止，我的姿势都是福多拉不能够拒绝的男子所有的，我可也有一个情郎所有的一切尊严。这样的扮演使我忘记了吻她的手的恩宠；

她娇滴滴的脱下她的手套，我也就这样兴奋的堕进我的幻想，我尽量相信我的灵魂已经融化倾注在这个接吻里。福多拉放任的让我阿谀她，抚摸她。可是你别骂我傻：要是我要超过这友谊的阿谀一步，我就感到她的母猫似的脚爪。

"我们深沉的缄默了差不多十分钟。我崇拜她，给她灌上她所没有的甘美的丽质。这时候她是属于我的，属于我一个人的……我占有了这个醉人的女人，好像我的直觉允许我去占有她似的；我把她包裹在我的欲望里，我擒住她，握住她，我在幻想里娶上了她。那时候，我是用一种磁力的感应去征服伯爵夫人的。所以，我总抱歉没有整个的占住这个女人；但是，这个时候，我并不愿意占有她的肉体，我只希望占有她的灵魂，她的生命，我只渴望这个理想的完美的幸福，我们不会长期相信的美梦。

"'夫人，'我觉得最后的沉醉时刻到来了，就对她说，'请您听我说。我爱您，您知道，我对您说过了一千遍，您总应该懂得我。我不愿意用花花公子的殷勤，傻子的阿谀或啰唆来给您表示我的爱情，结果您并没有了解我。我没有为您受过多少的苦痛呢！然而您倒并不是这些苦痛的罪魁。可是，几分钟之后，您就可以判断我了。世界上两种穷苦，夫人，第一种是公开穿上破衣在街道里行走，不自知的效仿笛奥庄，吃得少，生活非常的简单；它比富贵还要幸福，没有多大的忧愁，人弃我取，住在有权力的人所不要的一个世界角落里。第二种是奢华的穷苦，西班牙式的穷苦，它在衔头下隐藏着求乞的生涯；这种穿白背心，戴着手套，坐大马车的穷苦是骄傲的、英俊的，会因为缺乏一个铜钱而损失整个的事业。一种是民众的穷苦；一种是骗子，国王和才子的穷苦。我既不是民众，也不是国王、骗子；也许我也不是才子，我是例外的。我的家姓命令我宁可死去，不能够向人求乞……您放心，夫人，今天我是富有的，我占有世界上所需要的一切东西。'

我看见她做出我们突然遇见上等乞丐时脸上所有的那种冷淡态度，就这样的对她说。‘有一天，您要瞒着我到体育场去，以为我并不在那里，您记得吗?’

“她点头做个肯定的姿势。

“‘我花了最后一个厄古，到那里去看您去……您记得我们一块儿到植物园去散步的情形吗？您的车费花去了我所有的财产。’

“我告诉她我的牺牲，我给她描写我的生活，这倒不是像今天这样喝醉了酒对你说的，而是沉醉在高贵的心灵里对她说的。我的爱情溢出了我的言表，它是由此后被我忘却的情态泄露出来的，无论是艺术也好，是回忆也好，都不能够再把它重描。这并不是没有热情的叙述被人憎恶的爱情：我的爱情力量和它的希望都给我感应这些言辞，使我重复发出碎心的喊叫，把我的整个生活反射出来。我的声调简直就是战场上的伤兵临死时给发出的最后祈祷。她哭了，我也就停止了。我的天哪！她的眼泪是我花了一百苏钱在戏院门口买到的假造感情的结果，我所有的是著名的戏子的成功。

“‘要是我知道……’她说。

“‘别说下去啦，’我喊道，‘就是现在，我还爱您爱到可以杀死您的地步……’

“她要拉铃子的绳索。我就哈哈大笑起来了。

“‘别叫人来啦，’我接着说，‘我会让您平平安安的完结您的生命。杀死您就会是错误的了解仇恨！别怕什么强暴的行为啦；我已经在您床脚下过了一个晚上，而没有……’

“‘先生！……’她红着脸说。

“可是，发出了这一个一切的女人，甚至于毫无感觉的女人都应当有的贞洁的动作之后，她就给我投来一道轻蔑的眼色，对我说：

“‘您一定很冷罢！’

“‘夫人，您相信我认为您的美丽这样的宝贵吗？’我一边回答她，一边猜测激动她的那些思想，‘您的面貌在我看来是一个灵魂的表象，这个灵魂比您还要美丽。唉！夫人，只从肉体方面来看女人的男子，他们能够每天晚上购买一些土耳其的宫女似的妓女，用极低的代价来得到幸福……但是我的野心很大，我愿意心心相印的跟您生活在一起，跟您这个没有心灵的女人生活在一起。我现在知道清楚了。要是您要属于别的男人，我就要杀死他。可是，不；因为您会爱他的，他的死会使您苦痛……啊，我太苦痛了！’我喊到。

“‘要是这允许可以安慰您，’她快乐的说，‘我就可以给您担保我不会属于任何的人……’

“‘嗨，’我打断她的话，接着说，‘您甚至于都侮辱了上帝，您会得到责罚的！总有一天，您会躺在沙发上，既不能够忍受声响，也不能够忍受光亮，罚您生活在一种坟墓里，叫您感到无上的苦痛。追问这些悠长的报应的原因的时候，请您回想到您在您的生活过程里所散发的那么多的不幸！您到处种下咒诅的种子，您会找到仇恨的报应。我们是真正的审判官，我们是统制人世，天上人间的公理的执行人。’

“‘啊！’她笑着说，‘我真的因为不爱您就犯了罪吗？这是我的错吗？不，我不爱您；您是一个人，这就够了。我觉得独身幸福。你要说我自私您就说好啦，为什么我得拿我的生活来交换一个主人的私欲呢？婚姻是一种可以使我们互相交换悲哀的神迹。而且，我也讨厌孩子。我不是已经预先忠实告诉过您我的脾气吗？您为什么有了我的友谊还不满足呢？我希望能够安慰我给您产生的苦痛，不过这倒不是要猜想到您所花费的小厄古；我知道您的牺牲范围；但是只有爱情可以补偿您的忠实，您的细心，然而我

却不太爱您，这幕景实在使我厌烦。’

“‘我知道我是怎么样的可笑，对不起，’我温和的对她说，没有能够忍住我的眼泪，‘我爱您，’我接着说，‘我可以畅快的听您说出这些残忍的话。噢！我希望我能够用我的一切血液来签订爱情的盟约。’

“‘一切的男子都多少对我们说些这种经典的名句，’她总是笑着答辩说，‘可是他们似乎都不容易死在我们脚前，因为我到处遇到这种死尸……现在夜里十二点钟了，让我睡觉去罢。’

“‘而且两个钟头之内，您会对您自己喊道：天哪！……’

“‘前天！……是的，’她说，‘我想到我的票据经纪人，我忘记了叫他把我的五分利公债票换成三分利的，那天三分利的公债票正好跌价呢。’

“我用疯狂发亮的眼睛瞧着她。啊！有的时候，罪恶就是一首诗，我懂得这个了。她一定熟识这种动人的爱情宣言，所以她就已经忘记了我的眼泪和我的话了。

“‘您要嫁给一位法兰西的世卿吗？’我冷淡的问她。

“‘也许，要是他是公爵的话。’

“我拿了我的帽子，对她行礼。

“‘让我送您到我公馆的门口罢。’她一边说，一边给她的姿态，她的头势和她的声调放上讽刺的色彩。

“‘夫人……’

“‘先生!’

“‘我不会再看见您了。’

“‘但愿如此。’她一边回答，一边用无礼的表情点一点头。

“‘您要当公爵夫人吗？’我受了她的姿态给我心灵燃烧的狂热的激动，就这样的接着说，‘您发疯的喜欢光荣和衔头吗？好，请您只让我一个人爱您，请您叫我的笔只为您而写作，叫我的声音只为您而回响，请您当我的生命的秘密原则，请您当我的指路星光！然后，只等我当部长，当法兰西的世卿，当公爵的时候才接受我当您的丈夫……我要当您要我当的任何一种人！’

“‘您很会利用您在律师家里的学习时间，’她微笑的说，‘您辩论得很起劲。’

“‘现在是属于您的，’我喊到，‘将来却是属于我的！我只损失一个女人，你却损失一个贵族的家姓，一个贵族的家庭。我的报复时间是长久的：时间会使你丑陋，会给你带来一个孤寂的死亡；光荣属于我！’

“‘谢谢您的结论！’她一边说，一边忍住一个呵欠，用她的态度给我证明她不愿意再看见我。

“这句话逼着我缄默。我用我的眼色给她投去我的愤恨，就走了。”

三十一

“我得忘记福多拉，疗治我的疯狂，恢复闭户读书的生涯，不然的话，就得死去。我强制我自己去做一些过分的工作，我要完成我的著作。我两星期没有离开我的房顶楼，每夜都耗费在苦思里。无论我如何的鼓起勇气，无论我如何的受到失望的感应，我都不大容易工作，我只胡乱的写作。我的文才已经飞掉了。我不能够驱走福多拉的光焕的讽讥的影像。我的每一个思想都盖上了另外一个病态的思想，我不知道有哪一种跟悔恨一样可怕的欲望。我模仿特巴伊德的隐士。我虽然没有跟他们似的祈求，我却跟他们似的生活在沙漠里，挖掘我自己的灵魂，而不是挖掘岩石。必要的时候，我可以运用一条满布尖刺的腰带来捆扎我的腰，让身体上的苦痛来克制精神上的苦楚。

“一天晚上，保琳闯进了我的卧室。

“‘您自杀啦，’她用哀求的声音对我说，‘您得出去看看您的朋友去啊……’

“‘啊！保琳，您的预言说对了！福多拉杀了我，我愿意死。我不能够忍受这种生活。’

“‘那么，世界上就只有一个女人了吗?’她微笑的说，‘您为什么要在这短促的人生里寻找苦恼呢?’

“我发呆的瞧着保琳。她让我一个人留下。我甚至于都没有看见她走了，我听见她的声音，而没有懂得她说的是什么意思。不久，我得把我的记事稿送给我的文字企业家。我只想到我的爱情，我都不知道我怎么能够没有钱而活着，我只知道人家短我的四百五十佛郎够得让我付清我的欠债；于是我就找我的稿费去，我遇到拉斯迪额，他发现我改变了，衰瘦了。

“‘你是从哪一个救济院里出来的呀?’他对我说。

“‘这女人杀了我，’我答辩说，‘我既不能够轻蔑她，也不能够忘记她。’

“‘你最好是杀死她，那么，你也许就不会再想到她了!’他笑着说。

“‘我早就想到这个，’我回答说，“但是我一想到犯罪、强奸或暗杀，或既强奸又暗杀，我就觉得事实上我办不到。伯爵夫人是个令人敬重的怪物，她会求人赦免，然而我却学不会奥特罗!’

“‘她也跟一切女人似的，不是我们所能占有的。’拉斯迪额打断我的话说。

“‘我发疯了!’我喊道，‘我觉得疯狂时时在我脑子里怒哮。我的思想就像鬼怪似的，在我面前跳舞，却不让我抓住。我宁愿死，不愿意这种生活。所以，我就细心的寻找一个可以结束这斗争的最好方法。这已经不是活着的福多拉，住在圣奥瑙利镇上的福多拉的问题，而是我的福多拉，在我这里的福多拉了!’我拍着自己的额头，说，‘你想吃鸦片怎么样呢?’

“‘嘿!吃鸦片太苦痛了!’拉斯迪额回答说。

“‘那么，让煤气熏死呢?’

“‘下流的办法……’

“‘跳赛纳河呢?’

“‘捞尸网跟验尸场都太脏。’

“‘那么，手枪呢?’

“‘要是打不死，你就变成残废的人了。——听我的，’他加上一句话说，‘我跟一切年青人似的。’

“‘听我说，’我回答他说，‘我答应过我父亲永远不上赌场的门。不但因为这答应是神圣的，而且我走过赌场前面的时候心里总会生起不可克服的厌恶；请你拿这一百厄古去罢，请你一个人

到那里去。你把我们的财产拿去冒险的时候，我要料理料理我自己的事情，再到你家里来等你。’

“亲爱的，我就是这样的毁灭了。一个年青人遇到一个不爱他或过分爱他的女人，就够得让他的生活紊乱。幸福消灭我们的力量，就像不幸摧毁我们的道德似的。回到圣甘唐旅馆的时候，我细细的端详我的房顶楼，我会在这里度过一种学者的纯洁生活，可以变成光荣的，不朽的生活，我不应该为着使我陷进深渊的情感而离开了我的学者生涯。保琳让我的悲哀态度惊动了。

“‘哎，您怎么啦?’她说。

“我冷淡的站了起来，数着我得还给她母亲的钱，又在上面加进了六个月的房租。她惊惧的细察我。

“‘我要离开您了，亲爱的保琳。’

“‘我就这么猜!’她喊道。

“‘你听，孩子，我不说我不回来。请您给我保留半年我的房子。要是十一月十五日左右我没有回来的话，您就可以承继我的东西。这密封的文稿，’我一边说，一边给她指着一包纸，‘它是我一部关于意志的大著作的复本：您可以把它存在王家图书馆里。至于我留在这里的东西，您可以自由的处置。’

“她给我投来几道压迫我心灵的眼色。保琳就像活的良心似的站在那里。

“‘我再也没有机会上钢琴课吗?’她指着钢琴对我说。

“我没有回答。

“‘您要跟我写信吗?’

“‘再见，保琳。’

“我轻轻的拉她靠在我身上，然后就在她这爱情的额头上，她这没有落地的雪花似的洁白的额头上接了一个同胞姐妹的吻，一个老年人的吻。她逃走了。我不愿意看到古丹夫人。我把我的钥匙放在常放的地方，就走了。离开克龙尼街的时候，我听见后面有女人的轻快步声。

“‘我给您绣这一只荷包，您也要拒绝不要吗？’

“我仿佛在路灯的微光下看见保琳眼里有一颗泪珠，我叹了一口气。也许我们都是在同一思想的催促之下，我们就跟只怕瘟疫传染的人似的赶快分手告别了。”

三十二

“我恬然在一间房子里等着拉斯迪额回来。这房子似乎把我所愿望进入的放荡生活奇形怪状的表现在我的眼前。漂亮的家具（爱情的礼物）到处的散乱。旧袜子就扔在豪华的沙发上。我坐的一张舒服的弹簧大靠椅就带有许多的伤痕，仿佛一个老兵士似的；椅把破损了，椅背上粘着蜡膏和油垢，这是一切朋友的头发给带来的。豪富和贫穷在床上，墙上，到处天真的结合着。您一定会说这是拿波尔的贱民包围宫殿。这是一个赌徒或一个坏蛋的卧室。这个人的奢华是自私的，他生活在快感里，而且毫不顾虑到底他的生活是不是有矛盾。不过，这个景象也并没有缺乏诗意。生活就在这里表现在褴褛和破布之中，仿佛真正的生活似的突然变化，而不完美，但是它却这样的鲜明，这样的奇异，好像偷窃菜果的人在菜市里抢夺一切可以使他快乐的东西似的。拜仑的诗集缺了几页。这个年青人可以拿出一千佛郎去冒险赌博而没有一根柴。他曾经拆下这诗集去引火烧木枝。这个年青人坐在豪华的马车里，然而却没有完整的衬衣。第二天，一个伯爵夫人，一个女伶或埃卡特牌就可以给他带来一套国王一般的衣装。这一边，蜡烛插在燐酸打火器的绿鞘上；那一边，脱了金框子的一个女人肖像就躺在地上。一个天生贪婪情感的年轻人怎么会抵抗这样富于矛盾的生活的引诱，怎么会放弃这个给他在太平年月里带来战争快乐的生活呢？拉斯迪额拿脚踢开门，跨进他的卧室时，我几乎都要昏睡了。他一走进门，就喊：

“‘胜利啦！咱们可以不慌不忙的死去了……’

“他指给我看他那装满黄金的帽子，把它放在桌子上，我们就跟等着吃人的野蛮人似的围住帽子跳着，呼号，手舞足蹈，我们挥出拳头，仿佛要杀死犀牛似的，我们想到这帽子里所包含的一切人世的欢乐，就唱起歌来。

“‘两万七千佛郎，’拉斯迪额重复着说，他又拿几张钞票加在金币上面。‘要是别人，这金钱就够得让他们生活，但是它够得让我们死吗？噢，是的！我们要在黄金里洗澡，来吸我们的最后一气……哈哈！’

“我们又打了几个筋斗。我们一个钱一个钱的平分，先从双拿破仑分起，从大钱分到小钱，在长期的呼喊“这是你的……这是我的”里，吐露了我们的快乐。

“‘咱们别睡觉了，’拉斯迪额喊道，‘——约瑟，来一点儿五味酒！’

“他给他的忠实仆人扔去一些金币。

“‘这是你的一份儿，’他说，‘要是你能够，你就拿去把你自己埋起来罢。’

“第二天，我在勒沙兹公司买了一些家具，我租了你所认识的特布街的公寓，买了最好的地毡来装饰。我有好几匹马。我沉溺在空虚而真实的欢乐里。我赌博，轮流的赢得极大的数目，又同样的失去。不过，只在朋友的家里，跳舞厅里，不到我还保留有神圣幼稚的厌恶的赌厅里去赌罢了。我无意中交了许多朋友，有的是由于争吵，有的是由于轻易的信托和共同的堕落而交上的。我们就是拿这轻易的信托去彼此互相泄漏秘密的。但是，也许也只有我们的同流合污才可以让我们交上朋友。

“我胡乱的写了一些文稿，赢得一些赞许。文艺商场的大人物并不认为我是他们的劲敌，因此也就吹嘘我。当然这种吹嘘多半为的是要拿它来伤痛他们的同僚，不是拿它来奖励我的功绩。我变成了一个‘生活者’，这是放荡生活的语言所有的一个惟肖惟妙的形容词。我以即将自杀为荣，我以能够拿我的兴致和力量去粉碎同伴的快乐自豪。我随时都是新鲜的，雅致的。我变成了聪明人。任何的事情都不能够表明我有一种可以使一个人仅仅变成一个消化器、一个漏管、一匹肥马的可怕的生活方式。不久，我就觉得放荡生活的整个权威，我懂得它！当然，那些给后裔标记酒瓶的谨慎端方的人不会想到这阔绰生活的理论，也不会想到它的正常状态；您要给那些还认为这样甜蜜的鸦片和浓茶只是两种药材的外省人提醒这种生活的诗意吗？

“就是在巴黎，在这思想的京都里，我们不也可以找到一些骄奢淫逸的不完全的人物吗？他们不惯于过度的欢乐。他们喝得烂醉之后，不是疲备的走了，好像听了几段罗西尼的歌剧之后就咒骂音乐的资产阶级吗？他们不是要跟第一次吃鲁非克包子不消化就不想再尝的卫生家似的放弃这种生活吗？

“放荡的确是一种艺术，跟诗词似的，不是平凡的人所能辨到的。为着了解放荡的神秘，尝味放荡的美味起见，一个人就得有相当的细心研究。跟其他一切的科学似的，这种研究最初也是生硬的，难于下手的。人类的欢乐都有许多的障碍，这倒不是他的琐碎享受，而是这些享受的系统。这种系统可以给他养成稀罕的感觉，给他集中和增多经验，在他的生活里给他创造一种戏剧性的生涯，要求他过分而立刻的消费他的力量。战争、权力和艺术都跟放荡似的是腐化的形式，都一样的远离人类的机能，一样的深刻；都是不容易做到的。但是一旦人类跳上了这些系统的顶峰，他不是走进一个新的世界吗？将军们，部长们，艺术家们，他们多少都因为要在通常的生活以外加上一些剧烈的消遣而走向破坏的道路。总之，战争是拿血来消遣的放荡，仿佛政治是拿利益来消遣的放荡似的。一切的过分放荡都是一个样子的。这些社会的罪恶都赋有地狱的诱惑性，就跟圣吓勒拿岛吸引拿破仑似的吸引我们；它使我们昏迷，它使我们错乱，我们也不知道什么缘故总要探测它的高深。'无限'的观念也许就存在于这些深渊里，这里也许包藏有引诱人类的妩媚；那么，人类难道不是整个对自己感觉兴趣吗？疲倦的艺术家需要跟他的勤学时刻和幻想的快乐相对比的东西，也许他跟上帝似的要求星期日的休息，也许他跟魔鬼似的要求地狱的情欲，拿他的感觉工作去抵抗他的精神工程。拜仑爵士的消遣绝不是眩惑有恒产的绅士的保斯顿牌和清谈，因为他是诗人，他要希腊去跟土耳其的苏丹抗争。战争的时候，人类不是就变成了消灭魔鬼的天使，一个巨大的刽子手吗？我们不是得有异常的符咒来让我们接受脆弱躯壳的苦痛，好像刀刺一般的腰带似的包围我们的情感的苦痛吗？要是一个烟鬼抽多了烟，痉挛的打滚，非常的苦痛，他难道就没有在什么地方参加过甘美的宴乐吗？欧罗巴就连拭干一直浸染到膝盖为止的脚止血迹都来不及，然而却又继续开始战争。所以，一般人类有他的疯狂，正如自然界也有它的过分情爱似的吗？在一个人的私生活方面，在太平时节梦想暴风雨的米拉保方面，放荡是包括一切的，它永远的擒获住整个的生命，或说得更贴切一点，总是跟一种不可知的力量，一个怪物决斗：最初是怪物恫吓它，它得用头角去撞击怪物；这是空前绝后的疲劳。大自然给您送来一个我也不知道是哪一种的狭小怠惰的胃口；您制伏了它，您放大了它，您学会给它装上酒，您习惯于酣醉，您熬夜不睡觉，您给您自己养成一个胸甲骑兵上校的癖性，仿佛要指摘上帝似的又把您自己创造了一次！

“人类这样变形的时候，新入伍的老兵士熏陶灵魂去适应炮兵的精神，训练大腿去适应军人的步伐，未尝隶属于怪物而不知道在他们之间谁是主人的时候，他就在一切没有灵魂的苦痛，只有奇异的幻想的地方跟怪物相倾轧，忽而得胜，忽而失败。这种猛斗已经是必要的。依据传说，一些虚拟的人物曾经把他们的灵魂卖给魔鬼，去换得做坏事的力量；为着要实现这些传说起见，放荡的人也就拿了他的死亡去换取一切的生活享受，丰富的享受！他们的生命并不是在厨台或书房里慢慢的在两个单调的河岸之间流着，而是跟洪水似的澎湃。

“总之，放荡之于躯体就仿佛是神秘的快乐之于灵魂。酣醉把您沉溺在梦境里，这些梦境的幻化是和坐忘的幻化同样奇异的。您有少女的痴梦所有的悦心的时刻，您有朋友们跟您一块儿举行的甘美的闲谈，您有描写整个生命的巧妙辞藻，您有不必后悔的率真快乐，您有不会疲乏的旅行，您有词短意长的诗句。科学曾经尝试寻找过野兽的灵魂，这野兽的粗暴满足随着就是理性所苦恼的人们对它的叹息的昏迷。他们不是都感觉到有绝对休息的必要吗？放荡不就是天才付给苦痛的捐税吗？请你看一看伟人们：要是他们不喜欢情欲，大自然就使他们变成衰弱的。一种讽刺或妒忌的力量腐化了他们的灵魂或肉体，来调和他们的才能奋发。

“在这酒狂的时刻里，一切的人和一切的东西都穿上您要他们穿的衣服而出现在您的眼前。你是创造的主宰，您可以依照您的愿望来改变它。在这永久的狂热里，赌神就会依照您的意向而把它的液汁灌进您的血管。有一天，你会归属于这个怪物；那时候，您就会跟我似的愤懑的醒来，然而死神却已经坐在您的床头了。您是个老兵士呢，痨瘵就吞噬您，您是个外交家呢，动脉瘤就在您心里拿一根线给悬上死神；我呢，也许肺炎就要对我说：‘咱们走罢！’就像当年它曾对乌尔宾·拉发埃尔说的一样，乌尔宾·拉发埃尔正是因为过分的爱情而死去了的。

“我就是这样的生活着！我不是太早，就是太晚步入人世；要是我不这样的消磨我的力量，它一定是很危险的。宇宙不是在狂饮之后用黑尔居尔的酒杯毁灭了阿力山大吗？总之，因为命运的愚弄，有的人不是得有天堂，就是得有地狱；不是得有放荡，就是得有圣柏尔拿尔山里的救济院。”

“刚才，我没有勇气训诫这两位妖精，”他指着欧发拉丝和阿桂铃娜说，“她们难道不就是我的经历的化身，我的生活的图影吗？我不能够责骂她们，她们就像审判官似的出现在我的面前。”

三十三

“在这首活诗里，在这茫然自失的病态里，我却有过两次危机，给我许多辛酸的苦楚。第一，我跟沙尔达那巴尔似的投身火刑场之后几天的光景，就在步风戏院的回廊列柱下逢到了福多拉。我们都在等待我们的车。

“‘啊！您还活着！’

“这句话可以翻译她的冷笑，可以表现她对她的侍从叙述我的故事，批评我所有的是庸俗的爱情而说出的恶性的低声的话语。她得意她的虚假的聪明。噢！为她而死，还崇拜她，在我的放荡，我的烂醉里，在妓女们的床上看到她而感到自己是她的笑谑的牺牲品吗！噢！没有法子剖开我的胸脯，从那里掏出我的爱情，给扔在她的脚边！

“‘最后，我快速的花光了我的钱；但是三年的素食生活已经给我养成了最顽健的身体，一旦没有了钱，我倒觉得非常的强壮。为着继续寻死起见，我签了许多短期的期票，付清的日期也就已经到来了。多残酷的情感啊！它又怎么样的激发年轻人的心啊！

我不是生来就要老的；我的灵魂总是年青的，活泼的，绿色的。第一次欠债使我的一切德性复活。这些德性都慢步回到我的身上，给我呈露哀怨的神色。我懂得跟它媾和，仿佛跟那些起先咒骂我们后来又挥泪给我们金钱的姑母姨母们言归于好似的。我的幻想更加严肃的给我指示我的名声一城一城的传遍全欧洲。沙尔维尔特·欧西比先生曾经说过："我们的名声，这就是我们自己。"短期的冶游之后，我就跟一个德意志人的魂魄似的回到我的公寓，要在这里突然的猛醒，再也不离开它。这些银行的伙计，这些商场的走卒，他们都穿着灰色的衣裳，主人颁发的制服，银色的徽章。我从前毫不在意的看见他们走过巴黎的街道，现在我却预先怀恨他们。一天早晨，他们之中难道不会有一个人到我这里来问我付清我所涂鸦的十一张期票吗？我的签字值得三千佛郎，但是我自己却值不得这数目！执达吏们对一切的悲哀，甚至于死，都无动于衷；他们就站在我的面前，仿佛刽子手们对囚犯说现在三点半钟了似的。他们的见习生有权利来占据我，来涂抹我的名字，来脏污我的名字，来冷笑我的名字……我欠债！

"欠了债还能够自己作主吗？别人难道不能够跟我算账吗？我为什么吃了香肠布丁呢？我为什么喝冰酒呢？我为什么睡觉，走路，思想，娱乐而不给钱呢？在许多朋友，许多欢乐，许多甜蜜的嘲笑中间去推敲一首诗，思索一个观念，或吃早点的时候，我能够看见一个穿咖啡色衣服的人，手里拿着一顶破帽，走了进来。这位先生可以说明我欠了债，签了期票。这鬼怪可以减弱我的快乐，强迫我离开我的桌子，走去跟他说话。他可以夺去我的快乐，我的情妇，我的一切，甚至于我的床。我们更容易忍受悔恨，悔恨既不会把我们扔在街中，也不会把我们送进圣柏拉志监狱。它不会把我们推进这可恶的罪恶的深渊；它只能够把我们送上断头台，让刽子手来尊敬我们：受到极刑的时候，一切的人都会相信我们是无罪的；然而社会却不会承认一个一文莫名的浪子有任何的德性。债务有两只脚，它穿着绿色的呢布衣服，戴着蓝色的眼镜或拿着杂色的雨伞。我们常常在街角里遇到这些债务的化身。我们微笑的时候，这些人就有权利对我们说：‘瓦仑丹先生欠我债没有还我。我抓到他了。啊！但望他没有给我做出愁眉苦脸的神气！’我们得向我们的债权人行礼致敬，和和气气的行礼致敬。他们就说：‘您几时还我呀！’

“我们于是就不得不撒谎，就不得不恳求别人借给我们钱，就不得不向一个坐在椅子里的傻子鞠躬，接受他的冷淡眼色（比打嘴巴还要可恶的剥削民脂的人的眼色），就不得不向他的计算家的道德，他的卑贱的无知投降。债务是他们所不了解的一个幻想的作品。灵魂的冲动往往牵制一个借债人，但是任何伟大的东西都不能够制服，任何仁慈的心灵都不能够指导那些只知道有金钱而靠利息生活的人。我厌恶金钱。还有，期票能够变成负担全家生活的德高望重的老年人。我也许短欠了一个仿佛葛勒慈画中的人物，一个儿女满堂的风瘫病者，一个军人的寡妇的钱，他们都对我伸出乞援的手。最可怕的债权人就是那些不得不加以同情的人；还了他们的债，还得救助他们。

“债务到期的前一天，我就像受刑之前、决斗之前的人似的假装镇静的睡着：这些人总受到一个没有结果的希望的哄骗。但是，醒来的时候，精神冷静的时候，觉得灵魂被监禁在一个银行家的靠椅里，而躺卧在红墨涂写的文据上面的时候，我的债务就像蚱蜢似的到处跳到我的眼前。它就躲在我的大钟里，我的靠椅上，或嵌在我最喜欢应用的家具里。这些物质的忠仆都变成了法院鹰狗的猎获物，它就要让拍卖行的伙计拿去扔在市场上。啊！我的财产还是我自己……公寓门铃的响声在我的心里荡漾着，它打击着我的脑袋，人家应当打击国王的地方。这是一个殉道者，然而却没有天堂来补偿他。是的，在一个天性温厚的人看来，债务就是地狱，不过是有执达吏和办事员的地狱罢了。没有还清的债务就是卑鄙，就是诈财的开端，更糟的，就是一个欺骗！它制造罪恶，它凑合断头台的厚木板。”

三十四

“我的期票让人家给提出抗议了。三天之后，我付清了这些期票。这就是我的还债经过。一个投机家来给我提议要买我在罗瓦尔河里所有的一个小岛，我母亲的坟墓就在这小岛上。我接受这建议。我到他的法律公证人家里去签订契约的时候，就觉得在这黑暗的事务所里有一种类似山洞的冰凉的空气。我清楚这就是在父亲的墓穴旁边袭击我的同样的潮湿冷气，也就不禁发起颤抖来了。我觉得这凑巧的事情是个不祥的预兆。我仿佛听见我母亲的声音，看见她的鬼魂；我不知道是哪一种力量使我的耳朵在钟声里空泛的听到我自己的姓名！

“小岛的代价让我付清了一切债务，还剩下两千佛郎。我当然就能够恢复学者的平静生活了。尝过了人世的滋味，我就回到我的房顶楼来，脑筋里装满了丰富的观察，而且已经享到了一种名声。但是福多拉并不放松她对我的追捕。我们常常碰面。我让她的情人们在她耳边吹嘘我的姓名；他们都惊异我的聪明，我的马匹，我的成功，我的豪华马车。但是她对一切都还是这样的冷淡，甚至于对拉斯迪额所说的‘他为您自杀呢’这句可怕的话也无动于衷。我拿我的报复去对付整个的世界，然而我却不是幸福的！把生活这样的一直挖到污泥，我总觉得互相的爱慕有更多的美味，我就在我的放荡生活，我的狂饮的机遇里去追逐这种情爱的影子。这是我的不幸，因为我的美丽信仰让人家给欺骗了，因为我对别

人的恩惠只博得无情的责罚，因为我的错误得到了成千的欢乐的补偿——这是凶恶的哲学，然而却是真切的浪子的教条！

“最后，福多拉的虚荣病也就传染到我的身上来了。探测我的灵魂的时候，我发现它已经腐烂了，发霉了。魔鬼已经在我的额头上给打下它的足爪的烙印。从此之后，我就不能够没有继续的战栗来过这随时冒险的生活，我就不能够没有可恶的奢华的享受。要是我有一百万，我一定要赌钱，要吃喝，要奔跑。我不再愿意一个人孤独的留下。我需要妓女、假朋友、酒肉和女仆来昏迷我。

“联结一个人和他的家庭生活的绳子，在我方面，已经永远的断了。我已经变成了欢乐的奴隶，我得完成我的自杀命运。在繁荣的最后日子里，我每天晚上都难于相信的放荡；但是，每天早晨，死神就把我重新朝着我的生活送回。我就像蓄有养老金的人似的，可以漠视火灾，安静的活着。最后，我发现我只有一个人，只有二十个佛郎，我就想到拉斯迪额的幸福……”

“呃！呃！”拉发埃尔忽然想起他的护符，就这样的喊，一边从口袋里拉出他的驴皮。

也许因为这一长天的挣扎使他疲劳，他已经没有力量在这酒海里来控制自己；也许因为他受到生活图像的奋激，他已经渐渐的让他的语流给埋没了。拉发埃尔非常的兴奋，他就像一个完全失去理性的人。

“让死神走开罢！”他一边喊，一边举起驴皮，“现在我可要活了！我发财了。我有一切的德性。什么东西也不能够抵抗我。能够做到一切的时候，谁不会做好人呢？——嘿！嘿！我要二十万佛郎的年收，我能够得到这笔钱。——你们给我行礼罢，这些叫你们在这地毡上打滚就跟在粪土里打滚似的猪猡！您是属于我的，您这著名的财产！我发财了，我能够整个的买到你们，甚至于在那里打鼾的议员。——好罢，高等社会的流氓们，请你们祝福我！我是教皇！”

这时候，大家忽然听到拉发埃尔的一阵一直不断掺杂有低微鼾声的喊叫。大部分睡着的人都嚷着醒了过来。他们看见这个打断他们说话的人的脚站不稳，就一齐的恶语相加，辱骂他的吵闹烂醉。

“你们都给我闭上嘴！”拉发埃尔嚷着，“你们这些狗，到你们的狗窝里去罢！——爱弥儿，我有财宝，我要送你哈凡的雪茄烟。”

“我听你的，”诗人回答说，“得不到福多拉，就宁可死去！干你的去罢！这糖人儿福多拉骗了你了。一切的女人都是夏娃的女儿。你的故事一点儿也不奇怪。”

“啊！你睡觉了吗，你这鬼子？”

“不呀……‘得不到福多拉，就宁可死去’，我听到了啊。”

“你醒醒罢！”拉发埃尔一边喊，一边拿驴皮去打爱弥儿，仿佛要从里面抽出电流似的。

“雷打的！”爱弥儿一边说，一边站了起来，抱住拉发埃尔的腰，“朋友，你得想想，你是跟坏女人们在一起的。”

“我是百万富翁啊！”

“要你不是百万富翁的话，你倒的确是醉鬼。”

“有权力的醉鬼。我能够杀死你……别说话，我是勒郎①，我是拿布楚多脑苏尔②。”

“可是，拉发埃尔，我们是怪伴侣，你得尊重自己，安静安静。”

“我的生活已经安静得太久了。现在我要向全世界报复。我不能够只拿破钱来消遣，我要仿效这时代的潮流，吃些人类的生命，人类的脑袋，人类的灵魂。这是一个不平凡的奢华，不是吗？混世魔王的奢侈！我要跟黄热病，蓝热病，绿热病斗争，我要跟军队，断头台决斗。我能够占有福多拉……啊，不，我不要福多拉，这是我的一种病，我会因为福多拉而死去的！我要忘记福多拉。”

“要是你还继续嚷嚷，我就给你抬到饭厅里去！”

“你看见这张皮吗？这是所罗门的遗嘱。所罗门是属于我的，他这学究似的国王！我有阿拉伯，还有伯特利。全宇宙都是属于我的。要是我要的话，连你也都是我的。啊！要是我要的话，当心啊！我要买你这整个的新闻界，你也就是我的听差了。你就得替我写诗，你就得整理我的文稿。听差！听差的意思就是说：‘他

---

① Neron是罗马的暴君，弑母杀妻，无所不为。

② Nabuchodonosor是迦尔地的国王，曾征服埃及、犹太等，为上帝所罚，与野人同居，后忏悔改善，重登王座。

没有苦痛，因为他没有思想。’”

听到这句话，爱弥儿就把拉发埃尔扶到饭厅里去。

“好，是的，朋友，”他对拉发埃尔说，“我是你的听差。可是，你要当一家报馆的总编辑呢，别作声！为着我的缘故，请你正经一点儿。你喜欢我吗？”

“要是我喜欢你，你就可以用这一张皮得到哈凡的雪茄烟。总是这张皮，朋友，这至高无上的皮！这是最好的药品，我可以治好脚鸡眼儿。你患脚鸡眼儿吗？我给你治。”

“我从来也没有看见你这么糊涂过……”

“糊涂吗，朋友，不。我有一个欲望的时候，这张皮就缩小了……这是一句反语。波罗门，——那底下有一个波罗门！——所以，波罗门是个调皮蛋，因为你知道，欲望是扩大的……”

“是啊。”

“我告诉你……”

“是呀，这是真的，我也跟你一样的想法。欲望是扩大的……”

“我告诉你这张皮！”

“是呀。”

“你不相信我！……我认识你，朋友，你就跟一个新登基的国王似的撒谎。”

“你要我怎么适应你这些酒话呀？”

“我跟你打赌……我要给你证明这个。让我们来量一量……”

“算了罢，他睡不着觉了！”爱弥儿看见拉发埃尔在饭厅里搜索，就这样的嚷。

谢谢一种特殊的明慧，瓦仑丹用猕猴的机智找到了一只文具箱和一条饭巾，这种明慧的现象有的时候可以拿来对比迟笨的沉醉的视觉。他嘴里不断的重复着：

“让我们量一量！让我们量一量！”

“好罢，是的，”爱弥儿说，“让我们量一量！”

两位朋友把饭巾展开，再拿驴皮放在上面。爱弥儿的手似乎要比拉发埃尔的手稳。他就拿起一把笔，用墨线画出了这护符的轮廓。他的朋友就对他说：

“我希望有二十万佛郎的年收，不是吗？好，我有了这些钱的时候，你就可以看出我的悲哀整个的减少了！”

“是的！……现在你就睡去罢。你要我给你扶上这张沙发吗？好，你觉得舒服吗？”

“是的，报界的乳儿。你会叫我高兴，你会替我赶走苍蝇。患难之交有权利变成权力的朋友。所以，我可以给你哈……哈凡……的……雪……茄……烟……”

“算了罢，到梦里去酿你的金子去罢，百万富翁。”

“你，你去酿你的文章去罢。祝你一夜平安。请你给拿布楚多脑苏尔说声一夜平安！……爱情！喝酒！法兰西……光荣和发财……发财……”

一会儿，两位朋友的鼾声就凑合了各厅里荡漾着的音乐。没有作用的音乐！蜡烛一条一条的灭了，使玻璃烛盘发响。夜用一条黑纱遮住了这悠长的狂饮。拉发埃尔的叙述就在这狂饮里仿佛是疯狂的语词，没有意义的字眼，不能言传的意念。

三十五

第二天晌午，美丽的阿桂铃娜打着呵欠，疲备的起来，双颊染成白色的云母石花纹，因为她的头就靠在一张油漆的丝绒凳子上睡觉。欧发拉丝让她同伴的动作惊醒，忽然吐出一声嘎叫，站了起来。前一夜，她的脸孔这样的美丽，这样的白皙，这样的新鲜，现在却跟一位到医院去的少女似的发黄，苍白。客人们不知不觉的转动身躯，发出凶恶的叹息。他们觉得手足僵硬，各种各样的疲劳都在他们醒来的时候压在他们身上。一个仆人走来打开各厅的里外窗。大家都站了起来，照映睡客头上的太阳热光叫他们恢复知觉。睡觉的动作破坏了她们的优美衣服，枯萎了她们的装饰；让日光照耀的女人们就呈露出一种丑陋的景象：她们的头发蓬乱的垂着，她们的身姿改变了表情，她们的晶亮眼睛也因为疲乏而暗淡无光。在阳光里闪灼着的黄胆色容颜令人惊骇；睡觉时这样白皙这样柔软的淋巴质脸孔却变成了菜色的；那时候那样甘美的红嘴现在就变成了干枯而灰白的，留有许多酒醉的斑纹。男人们看见夜间的情妇这样的减褪颜色，仿佛迎神会之后让人踩在街中的花朵似的死尸一般的样子，就弃绝了她们。然而鄙视她们的男子们却是更可怕的。

您看了这些人类的面孔一定会战栗的。他们的眼睛青紫而深陷，仿佛看不见东西，让酒醺得麻木，因为缺少酣睡而弄成迟笨；这种睡眠只叫人疲乏，不叫人休息。这些憔悴的脸孔赤裸裸的露出肉体的贪欲，没有我们的灵魂拿来给它点缀的诗意，都有一种不可形容的凶猛冷酷的兽性。虽然这些大胆的“运动家”惯于跟放荡的生活奋斗，他们也惊惧这种没有装饰，没有脂粉的罪恶之后的醒觉，这种衣衫褴褛，冰冷空虚，没有诡辩精神或奢华蛊惑的骷髅。艺术家跟妓女们都冷静的怒眼观察公馆里的杂乱，那里的一切都让情欲的烈火给破坏了。代叶弗听见客人们低声喘息，就想拿怪脸相去给他们致敬的时候，一个凶恶的笑声忽然发了出来；他那一副带汗的血色脸孔好像一张不知悔恨的罪恶的图画似的翱翔在这鬼域世界的景象之上。这张图画是完美的。这是奢华之中的脏污生活，人世的虚荣和苦楚的可怕的结合，放荡生涯之后的醒觉。这醒觉正好发生在“放荡”的铁手取去生活的一切果实，只留下一些渣滓或不再让它相信的谎话的时候。

您也许会说这是死神在染上瘟疫的家庭里微笑。再也没有香气和令人昏迷的光线，再也没有快乐和欲望，只有令人作呕的恶味和刺心的哲学，只有真理似的太阳的光辉，只有道德似的纯洁的空气，只有这些东西和热烈污毒的气氛与狂饮的臭味相对照！尽管这些女人都有怎么样的恶习，她们之中倒有好几位少女想到从前早晨醒来时的情形——那时候她们都是天真纯洁的，她们都从布满忍冬花和玫瑰花的乡下十字窗上看见海鸥降落，晨曦朦胧，露珠幻化的野景。其他的少女就回忆到家里的早餐——儿女跟父亲围在桌子的旁边，天真的欢笑，一切的东西都呼吸着一种难于形容的艳色，一切的菜件都和良心一样的简朴。一个艺术家想到安静的工作室，贞洁的塑像，等着他的一位温雅的模特儿。一个年青人想到全家的命运所依赖的一场官司，想到需要他出场的重大和解。学者抱歉他的研究室，他就是让一个高贵的工作给唤到这里来的。大家差不多都在埋怨自己。这时候，仿佛一间时行商店的出色伙计似的美男子爱弥儿就笑着出现了。

“你们比执达吏的随员都还要丑呢！”他喊道，“今天你们什么也做不了，这一天就算是完了，我的意思是吃早点。”

听了这些话，代叶弗就出去下命令。女人们弱不禁风的走到镜前，去整理她们的装饰。每一个女人都兴奋了起来。最放肆的就给最稳健的说教。妓女们嘲笑那些几乎没有力量再去继续这粗暴的宴饮的男子。一会儿，这些鬼怪都恢复了生气，成群结队的互相查询，彼此微笑。几个灵敏的能干仆人立刻把家具和一切的东西移回原位。一顿丰富的早点预备停当了。客人们互相蹴踏的走到饭厅里来。虽然那里的一切东西都留有前夜狂饮的不可磨灭的迹象，可是那里还留有一些生命和思想的痕迹，仿佛一个临死的人的最后挣扎似的。就像星期二狂欢节的仪仗似的，他们的面容都因为跳舞而疲惫了，都因为喝酒而沉醉了。他们要享受懈怠的快乐，不承认自己的劳悴。

大胆的人众坐在资本家的桌子旁边的时候，葛尔杜就出现了。前一夜，吃完饭的时候，葛尔杜就偷偷的回家，到夫妻床上去完成他的狂欢。进来的时候，他的脸孔挂着一个温和的微笑。他仿佛猜出这里有什么承继的案件让他去尝味，去瓜分，去登记，去誊写，这里有什么承继的案件需要许多的契约，许多的花费，跟他们的主人正在拿刀切下的一块颤抖的牛里脊一样的多汁。

“噢！噢！咱们要在一个法律公证人面前吃早饭！”古尔西喊道。

“您来得真凑巧，您可以在这几块肉上写下数目，画下花押。”银行家给他指着宴席对他说。

“这里没有什么遗嘱可写，只有结婚的契约，也许！”一年以来第一次结个如意婚姻的学者说。

“噢！噢！”

“啊！啊！”

“等一会儿，”耳朵让一阵恶意嘲笑给轰聋了的葛尔杜答辩说，“我是为着一桩严重的事情来的。我给你们之中的一个人带了六百万来。（大家鸦雀无声）——先生，”他对正在没精打采拿饭巾角来拭眼睛的拉发埃尔说，“令堂不是奥佛拉哈尔提家的一位小姐吗？”

“是的，”拉发埃尔相当机械的回答说，“巴尔布—玛利。”

“您这里有您的出生证，”葛尔杜接着说，“跟瓦仑丹夫人的出生证吗？”

“我想有。”

“好罢，先生，您是一八二八年八月死在加尔各答的奥佛拉哈尔提少校的唯一承继人。”

“这是一笔‘加尔够多’的财产啊!”批评家说。

“少校已经用遗嘱给公共机关留下许多款项，法兰西政府已经把剩下的承继财产送交东印度公司,”法律公证人接着说，“这笔钱现在已经可以动用了。两星期以来，我到处找不着奥佛拉哈尔提·巴尔布·玛利小姐的受权人，昨天在饭桌上……”

这时候，拉发埃尔忽然站了起来，发出受伤的人所有的紧急动作。他接受了一个无声的喝彩；客人们的第一个情绪就是缄默的羡慕，一切的眼睛都发火似的朝着他瞧。然后，一阵喧噪就像台下怒发的呼声似的，开始越来越大了。每一个人都说了一句话，来给这法律公证人带来的一笔庞大的财产致敬。命运的突然服从使他恢复了理性，拉发埃尔立刻把他量过驴皮的饭巾铺在桌子上。他没有听见人家说任何一句话，又在饭巾上放下这护符。他看见昨天所画的轮廓和驴皮之间已经有了距离，就不禁发起抖来。

“嘿，他怎么啦?”代叶弗喊道， “他未免太容易得这一笔钱了。”

“救救他罢，沙提恩!”毕克西乌对爱弥儿说，“快乐会杀死他的。”

可怕的苍白颜色呈现在这位承继人的枯萎脸孔的一切肌肉上。他的脸纹紧缩了，面上的凸起部分发白了，面上的凹陷部分黯淡了，面具是青灰色的，眼珠是呆定不动的。他看到死神了。这枯萎了的妓女和饱满了的脸孔所参与的华宴，这临死之前的最后快乐，这就是他的生命的一张活图。拉发埃尔看了三次他的护符，护符安详的放在饭巾上给画出的难于相信的界线里：他设法怀疑，但是明朗的预觉却肃清了他的疑惑。世界是属于他的，他能够做到一切，但是他却什么也不愿望。他就像沙漠中的旅人似的，只有一点儿止渴的水，他得用喝水的次数来衡量他的生命。他看到每一个欲望要怎么样的缩短他的生命日子。然后，他就相信驴皮，他听见自己的呼吸声，他已经觉得生病，他问自己说：

“我不是患了肺病罢？我母亲不是肺病死了的吗？”

“啊！啊！拉发埃尔，您可以快乐啦，您要给我什么呀？”阿桂铃娜说。

“咱们为着他舅舅奥佛拉哈尔提少校的死干一杯酒罢！这是一个男子汉！”

“他要当法兰西的世卿！”

“七月革命之后，法兰西世卿算得了什么呀！”批评家说。

“你可以在步风戏院里弄个包厢吗？”

“我希望您招待我们大家，行吗？”

“像他这样的人，他懂得大方。”爱弥儿说。

这带笑的欢呼在瓦仑丹的耳朵里响荡着，然而他却没有抓住任何一句话的意义；他空泛的想到一个没有欲望的机械的布列颠农夫怎样的养育子女，耕种土地，吞食葡萄，用小酒瓶喝苹果酒，相信圣母和国王，复活节领圣体，星期日在绿色草地上跳舞，听不懂他的修道院院长的说教。他这时候所看到的景象，这些镀金的壁饰，这些妓女，这顿华宴，这种奢侈，这一切的东西都扼住了他的咽喉，使他咳嗽。

“您要一些龙须菜吗？”银行家对他嚷着。

“我什么也不要！”拉发埃尔用雷一般的声响回答他。

“好极了！”代叶弗答辩说，“你懂得财产，它是放荡不羁的执照。您是我们之中的一个人！——诸位先生，咱们给黄金的力量敬一杯酒罢。六百万富翁的瓦仑丹先生已经得到权力了。他是国王，他能够做到一切，他在一切之上，就像一切的富人似的。从此之后，在他看来，所谓一切法兰西人都在法律之前平等只是写在大宪章前头的一句谎语。他不会服从法律，法律倒会服从他。世界上就没有为百万富翁而设的断头台，为百万富翁而有的刽子手！”

“是的，”拉发埃尔答辩说，“他们就是他们自己的刽子手！”

“这又是一个偏见了！”银行家喊道。

“咱们喝酒罢！”拉发埃尔说着，把这护符放在口袋里。

“您做什么啊？”爱弥儿止住他的手说。“——诸位先生，”他加上一句话，对惊怪拉发埃尔的举动的人众说，“你们得知道我们的朋友瓦仑丹，我说什么啊？瓦仑丹侯爵先生有一种发财的秘密。他一有愿望，这愿望就立刻实现。除非他是一个贱骨头，一个没有心肝的人，他总会让我们大家都富有的。”

“啊！亲爱的拉发埃尔，我要一副镶珍珠的装饰品！”欧发拉丝嚷着。

“要是他懂得报答我的话，他会给我两辆由肥壮的千里马驾驶的飞快车子！”阿桂铃娜说。

“请您给我祈求每年十万佛郎的收入！”

“给我一些披肩。”

“请您替我还债！”

“请您让我的舅舅中风，这个老骨头！”

“拉发埃尔！给我弄到一万佛郎年收，我就跟你清账了。”

“这已经是不少的赠予了！”法律公证人喊道。

“他应当给我医好我的风痛病！”

“想方法让公债落价！”银行家说。

这一切的话都像放火花似的迸发出来。这些狂暴的欲望也许竟是严肃的要求，不是说笑而已。

“亲爱的朋友，”爱弥儿用庄严的态度说，“我有二十万佛郎的年收也就满意了；给我帮个忙罢！”

“爱弥儿，”拉发埃尔说，“你难道不知道我的代价吗？”

“真是巧妙的推辞！”诗人喊道，“我们不是必须为朋友而牺牲吗?”

“我几乎要祝愿你们大家都死,”瓦仑丹一边回答，一边给客人们投去一道黯淡的深刻目光。

“临死的人是特别残暴的,”爱弥儿笑着说，“你已经发财了,”他严肃的加上一句话说，“好罢，你用不着两个月就要变成卑鄙自私的了。你已经是个傻子了，你不懂得打趣。你所差的就是得相信你的驴皮……”

拉发埃尔害怕人众的奚落，他就保守缄默，大量喝酒，想要借着酒醉来让他暂时忘记了这悲惨的权力。

第三部　人之将死

三十六

十二月初旬，一个七十岁的老年人冒雨走过发莲街，翘着鼻子朝着每一间旅馆的门，拿儿童的天真和哲学家的聚精会神的态度去寻找拉发埃尔侯爵先生的住址。他的脸色呈现出强烈的悲哀和倔强的性格之间的斗争痕迹；他的脸孔陪衬着蓬乱的灰色长头发，仿佛火里烧焦了的旧羊皮纸似的干枯。

要是有什么画家遇见这个穿黑衣服的枯瘦的骷髅，无疑的，回转工作室的时候，他就会把这个人描绘在册上子，而在下面写了这些字：

推敲韵脚的古典派诗人。

找到了人家告诉他的门牌号数之后，这位还魂的活罗冷[①]就轻轻的敲打一所华丽公馆的门。

"拉发埃尔先生在家吗?"这位好好先生问一个穿制服的瑞士仆人。

"侯爵先生不接客。"仆人一边回答，一边吞吐下一大块他从一只大咖啡碗里拿回的长面包。

"他的车还在那儿哩，"陌生的老年人一边回答，一边指着一辆停留在一张代替布幕的木制天盖下面给遮住了石阶的漂亮的豪华马车，"他要出门，我就等着他罢。"

"啊！老先生，您大可以在这里一直等到明天早晨，"瑞士人接着说，"这里随时都有一辆车等着先生呢。可是，您还是出去罢，我请您；要是我没有得到命令就让一个生人走进公馆一次，

① Charles Rollin是法国十八世纪初年的一个历史学家，曾经当过巴黎大学校长。

我就要损失六百佛郎养老金。”

这时候，一个一身穿得和执达吏似的高大的老年人就走出了通廊，快步下了几层石阶，细细的端详着惊愕的老人。

“而且，这是约拿达斯先生，”瑞士人说：“您就跟他说罢……”

两位老年人因为同情或相互的好奇而彼此走近。他们就在广阔的大庭院里，一个在石子路中间长着许多草丛的圆形广陌上碰面。可怕的岑寂统治着这大厦。看见了约拿达斯一眼，您一定会想钻研他脸孔上所浮显的神秘，这种神秘而且是由这哀怨的房子的一切事物给表现出来的。

拉发埃尔承继了舅父的一笔巨大财产之后，他的第一桩事情就是要发现可以让他依靠的忠实的老仆人的住址。约拿达斯重新看见了他的小主人，不禁快乐得哭了起来，因为他总以为他已经跟这小主人永别了，侯爵提拔他当总管的时候，他的幸福实在是无可比拟的。

老约拿达斯变成了拉发埃尔和整个世界之间的一个居中的力量。他有绝对的权力去处理主人的财产，他盲目的执行一种不可知的思想给他下的训令，他仿佛是给拉发埃尔传达感情的第六个感官。

“先生，我要跟拉发埃尔先生谈谈。”老年人一边对约拿达斯说，一边登上了几个石级，去躲雨。

“跟拉发埃尔先生谈谈吗？……”总管惊叫着，“我，我是他的养父，我都不容易跟他谈谈哩！”

“可是，我也是他的养父啊！”老年人嚷着，“要是您的老婆从前给他喂过奶，我可亲身教他吃过诗神的乳汁。他是我的乳养的儿子，我的孩子，Oarug alumnus！我培养他的脑袋，我启蒙他的悟性，我发展他的天才，我敢拿我的名誉和光荣做保证来说这个话。他难道不是我们这一时代的一个最了不起的人物吗？他是我的六年级和三年级的学生，也跟我念过修辞学。我是他的老师。”

“啊！先生是波里格先生。”

“对啦。可是，先生……”

“嘘！嘘！”约拿达斯对两位下属说，因为他们的声音打破了笼罩这房子的寂静。

“可是，先生，”老师接着说，“侯爵先生生了病吗？”

“亲爱的先生，”约拿达斯回答说。“只有上帝知道我主人到底怎么回事儿。您瞧，巴黎就找不到第二座跟我们这房子相似的建筑。相信我，找不到。侯爵先生派人买了这所房子。这房子从前是一个法兰西的公爵和世卿所有的。他花了三十万佛郎给这房子布置家具。您知道，三十万佛郎是个大数目啊！但是这公馆的每一间房屋都是一个真正的神迹。我看了这奢华，就对自己说：‘好！这就像是他已故的祖父的家似的；年轻的侯爵一定要接待全城和宫廷！’其实哪里有这回事儿。先生不愿意接见任何一个人。他过的是奇怪的生活，波里格先生，您懂了没有？一种不可和解的生活。先生每天都在同一个时刻起床。只有我一个人可以走进他的卧室。不论是夏天还是冬天，我早上七点钟就给他开窗户。这是特别约好了的。进来的时候，我就对他说：‘侯爵大人，您得起来穿衣服啦。’

“他就醒来穿衣服。我得给他递过他的便服，总是拿同样的布料制成同样式样的便服。穿得不能再穿的时候，我就得给他换上一件，免得让他向我要一件新的。真是怪思想！事实上，他每天都有一千佛郎的钱花，他要做什么就做什么，他这好孩子。我也太爱他了，要是他打了一下我的右边嘴巴，我就会给他转过我的左边嘴巴！他会叫我做最难做的事情，我也就替他做，您懂得吗？此外，他还让我做许多琐碎的事情，我也就忙得不亦乐乎了。他看报，不是吗？他要我把这些报纸放在同一个地方，同一个桌子上。我也在一定的时间亲手来给他刮胡须，而不发抖。要是厨子每天早上十点钟，晚上五点钟没有把饭预备好，端来放在先生面前，他就要丢掉先生死后要给他留下的一千厄古养老金。菜单是整年的每天开好。侯爵大人没有什么让他愿望的东西。有杨梅的时候，他就有杨梅，第一批鲭鱼送到巴黎来的时候，他就吃鲭鱼。生活的程序都是印好了的，他早上可以背出晚上吃的东西。他就这样的在同一的时间穿衣服，穿的是同样的衣服，同样的衬衫，都是我给他放在靠椅上面的，你懂得吗？我还得注意他是不是总有同样的被单，必要的时候，要是他的礼服破了（这只是一种假设），我就给他换上一件，用不着他说一句话。

“要是天气好，我就进来对我的主人说：‘——您得出去走走罢，大人？’

“他就答应我说‘是’或‘不是’。要是他有出去散步的意思，他也用不着等待他的马，因为这些马都随时驾好：赶车的已经等在那里，手里拿着马鞭，就像您看见的似的。

“晚上吃完饭之后，大人就一天到国立音乐厅去，一天到意大利……不，他还没有到过意大利戏院，昨天我才能够替他弄到一个包厢。十一点准，他就回来睡觉。

“白天什么事情也没得做的空闲时候，他就阅读，无时无刻的阅读，您知道！这就是他的一个念头。他叫我在他面前念《出版新闻》，让他能够在出版发售新书的当天就买到，把它放在壁炉台上。我得他的命令，每一个钟头到他的房子里来一次，看看火怎么样，看看一切的东西，看看他需要什么没有。

“他给我一本小书，先生，他叫我背熟这本书，这本书写的都是我应当尽的责任，这是一本正牌的《教理问答》！夏天我得拿许多冰块来给他保持同样清凉的温度，随时随处放些新花。他有钱，他每天有一千佛郎的钱花，他能够满足他的幻想。他曾经缺乏过生活必需品好长时候了，这可怜的孩子！他不让任何人苦楚，他就跟好面包似的善良，他从来就没有说过什么话，可是，比方说，公馆里，花园里都十分的清静！总之，我的主人没有什么可愿望的东西，一切都听从他的眼睛和他的手指！他有道理：要是人家没有佣人，一切就都乱啦。

“我告诉他一切他所应做的事情，他也很听我的话。您都不会相信他会把事情推动到什么地步。他的房间都是……都是……您怎么说呀？啊！都是接连着的。要是他开了他的卧房或书房的门，喀哒！一切的门都由一个机关给自动的开了。那么，他就能够从房子的这一头走到房子的那一头，找不到一扇关着的门。这在我们其他的人看来，实在是太有意思啦，太方便啦！这花了我们不少钱，比方说……

“总之，最后，波里格先生，他对我说：‘——约拿达斯，你要把我当做襁褓的小娃娃来照应。’

“襁褓的小娃娃，是的，先生，正是他说的襁褓的小娃娃！

“你会为着我而想到我的需要……

“我其实是主人，他才是一半的仆人哩，您懂得吗？为什么呢？啊！比方说，这是他和上帝之外，谁也不知道的原因。这就是不可和解的！”

“他是写一首诗啊。”老师嚷着说。

“先生，您相信他是写一首诗吗？这就是一桩很费力气的事情啦！不是吗？可是，您知道，我不相信。他常常对我说他要跟草木一样的过生活。就在昨天，波里格先生，他还瞧着马兰花，一边穿衣服，一边对我说：‘——这就是我的生活……我变成草木了，我可怜的约拿达斯！’

“这时候，许多人都说这是怪癖。这就是不可和解的！”

“约拿达斯，这一切都给我证明您的主人正忙着做一个伟大的工作，”老师拿一种尊严的态度，使老仆人肃然起敬的气派接着说，“他是沉溺在许多深刻的思索里，不愿意让通俗的生活琐事来分他的心。在理性的工作里，一个天才会忘记一切的。有一天，著名的牛顿……”

“啊！牛顿，好……”约拿达斯说，“我不认得他。”

“牛顿是个伟大的几何学家，”波里格继续说，“他拿肘子靠在桌子上，过了二十四小时。他从幻想里醒过来的时候，还把第二天看做是前一天，好像睡了似的。我要看他去，看这个亲爱的孩子去，我也许对他有点用处呢。”

“第一等！”约拿达斯喊道，“就是您当了法兰西国王，我的意思是古时代的国王！您也不能够进去，除非您冲破了门，踏在我身上。可是，波里格先生，我跑去告诉他您在这儿，这样问他：‘是不是得请他上楼啊？’

“他总得回答声‘是’或‘不是’。我从来就没有对他说过：您愿意吗？您要吗？您想要吗？我们都已经不用这些字眼了。有一次他居然漏了嘴对我说：‘你要让我死吗？’说得非常的气愤。”

三十七

约拿达斯让老教师留在通廊里，给他做个暗号，叫他不要向前走；可是他却立刻回来，给带来一个合意的回答，领着老教师穿过开着一切房门的豪华房间。

波里格远远的看见他的学生在壁炉角里。拉发埃尔穿着一件加绣大朵花的室内便服，坐在一张带有弹簧的靠椅里，阅读报章。袭击他的极端悲哀由他那一副枯花似的苍白病态的脸色给表现了出来。一种柔弱的温雅和富贵的病人所有的特殊怪相表露出他的性格。他的手仿佛美女的手似的有一种柔软细致的白皙。他的金栗色头发已经稀少了，非常雅致的在鬓角周围打成发环。一顶希腊式的球形小帽因为一条流苏的重量而斜在头的一边；这流苏对毛织的材料来说未免太重了。他让一把切书用的嵌金孔雀石刀子落在脚前。膝盖上有一只琥珀的印度胡茄烟的烟嘴，涂釉的烟管就跟蛇似的横卧在卧室里，他也就忘记了吸食这烟管的清香。不过，他的年青躯体的一般柔弱却让他那集中整个生命，表露摄获一切东西的强烈情绪的蓝色眼给否定了。这眼睛让人家看来生痛。

有的人可以在这里看到悲哀；有的人可以在这里猜到内心的斗争，悔恨似的可怕的斗争。这是把欲望驱到心坎深处的弱者的深远的目光，或拿思想去享受金钱所能买到的欢乐而不愿意减少财富的吝啬人的目光，或被囚禁的普鲁麦德[①]的目光，或于一八一五年在埃莉西宫听说敌人的错误战略，要求二十四小时的统率权而没有得到的失败的拿破仑的目光。征服者和失败者的真正的目光！说得更确切一点，就是几个月前拉发埃尔府视赛纳河或他的最后一注赌金的目光。他让他的意志和他的理智去服从一个五十年的劳役还不能够加以开化的老乡下人的常识。他很快乐能够几乎变成一个傀儡，他放弃了他的生活权利去得到生活，他剥夺了灵魂所有的一切欲望的诗意。为着抵抗残暴力量的挑战起见，他就效法奥里庄去使他的幻想贞洁化。

突然得到富裕遗产，看见他的驴皮缩小了的第二天，他就到他的法律公证人家里去。在那里吃饭后点心的时候，一个相当内行的医生严肃的告诉他一个患肺病的瑞士人怎么样的痊愈了。这个人十年之间没有说过一句话，而且遵守一个卫生的饮食法规，

---

① Prméthée是神话中的人物，火神。他创造了人类的最初文化，后因偷窃天上的圣火，受到耶必达天神的责罚。

每分钟只在牛奶铺的浓厚空气里呼吸六次。

“我要学这个人！”想要牺牲一切去生存的拉发埃尔对自己说。在奢华的生活里他却过着机器一般的生涯。

年老的教师看到这个年轻的走尸，不禁战栗起来了，他觉得这脆弱身躯的一切都是人造的。看到了侯爵的刺人的眼睛，深沉的额头，他却认不得他所回忆的颜色红润四肢健壮的学生。要是这古典派的好好先生，这敏锐的批评家，这雅趣的保守者读了拜仑爵士的著作，他一定会在寻求蔡尔德—哈罗德的地方还以为是看到了孟佛勒呢。

“您好，波里格神父，”拉发埃尔一边说，一边把老年人的冰冷的手指握在一只又热又温的手里。“您怎么样呀？”

“我吗，我还不错，”老年人接触了这只热烫的手，不禁惊惧起来，就回答说，“然而您呢？”

“噢！我希望我能够维持我的健康。”

“您一定忙于什么伟大的著作罢？”

“没有，”拉发埃尔回答说。“Exegi monumentum，波里格神父，我曾经给科学史贡献过重要的一页，我也就跟它说了一声永别了。我都不大知道我的稿子在哪儿呢。”

“作风一定很简洁，不是吗？”教师问，“我希望您不至于应用新派的野蛮语言，他们以为出了一个郎沙尔[1]就了不起哩！”

“我的工作是个纯粹生理学的工作。”

“噢！一切的话都说到了，”教师接着说，“在许多科学里，语法学应当需要发明。不过，我的孩子，一个简洁调和的作风，马西昂，步风，伟大的拉辛的语言，总之，古典派的作风绝不会让任何的东西腐化——可是，朋友，”教师打断自己的话，接着说，

① Ronsard是十六世纪的法国诗人，著作甚多。

“我忘记了我的来意。我来看您，为的是一桩有关我的利益的事情。”

拉发埃尔太晚想到长期的教学让他的师长养成的流利口才，他几乎都懊悔不该接待他；但是，他愿望要到外面去看老师的时候，他却抑制了他的秘密的欲望，偷偷的瞧了一眼挂在对面的驴皮。这驴皮就钉在一张白色的布料上，圈围驴皮的红线把泄露天机的轮廓给精到的画了出来。

自从那一次狂饮之后，拉发埃尔就抑止了他的一切偏意，他谨慎的生活着，希望不叫这可怕的护符颤抖。驴皮就跟他不得不共同生活在一起的一只老虎似的，他不敢惹起这老虎的凶猛。所以，他就忍耐的倾听老教师的冗长闲谈。

波里格神父花了一个钟头的时间给他叙述七月革命以来所受到的迫害。好好先生希望有一个强力的政府，他曾经发过一个爱国的愿望，说是应当让杂货店商人留在他们的柜台上，让政治家去管理公共的事情，让律师到法院里去，让法兰西的世卿到卢森堡来①。但是公民国王的一个大臣就革掉了他的教职，说他是查尔十世的党羽。老头儿失业了，他既得不到养老金，也没有面包。他还得替他的穷外甥付清圣胥尔比斯初级修道院的宿膳费，因为他是外甥的监护人。所以，他并不是为他自己，而是为他的养子而来央求他的高足设法替他请求新任大臣让他当个外省的中学校长，倒不一定是要复职。

拉发埃尔提不起精神，好好先生的单调声音不再在他耳鼓上震动的时候，他都要睡着了。礼貌逼着他去瞧这位说话又慢又笨的老头儿的呆定发白的眼睛，然而他却让一种不可解释的惰性给

① Luxembourg是巴黎的一个公园的名字，参议院就在这里，所以卢森堡有的时候指的就是参议院。

傻住了，给催眠住了。

“好罢，波里格神父，”他都不知道是答复哪一个问题，就这样的说，“我一点儿也没有办法，一点儿也办不到。我非常希望您能成功……”

这时候，拉发埃尔并没有注意到这粗鲁的一句自私的话要在老头儿的黄皱额头上的产生什么效果，他就跟一个受惊的小鹿似的站了起来。他看见在黑色的驴皮和红色的界线之间露出一条微弱的白道。他这样可怕的叫了起来，甚至于都把可怜的教师吓倒。

“去罢，老糊涂！”他嚷着，“您会当中学校长的！您为什么不向我要一千厄古养老金，而要一个杀人的愿望呢？那么的话，您来就不会让我牺牲什么了。法兰西有十万空缺，可是我只有一条命呀！一个人的一条命要比世界上的一切职务都还值钱啊！……约拿达斯！”

约拿达斯应声而至。

“这就是你干的事，你这大傻瓜！为什么你叫我接见这个先生呀？”他指着这个怔住了的老头儿说，“我难道是拿我的灵魂放在你手里让你去撕吗？这一会儿你给我缩短了十年的寿命啦！再有一次这样的错过，你就会把我送到我埋葬我父亲的地方去啦。我不是宁可占有美丽的福多拉，不要给这个老骨头帮忙吗？他简直是个败类！我有的是钱给他……而且，要是世界上的一切波里格都饿死啦，这跟我又有什么关系呢？”

愤怒使拉发埃尔的脸部发白；泡沫喷出了他的颤动的嘴唇，眼睛的表情是血腥的。看了这景象，两位老年人都痉挛了起来，仿佛两个站在毒蛇前面的儿童似的。

年轻人坐下他的靠椅；他的灵魂起了一种反动，泪珠泉水似的涌出他那火热的眼睛。

“噢，我的生命！我美丽的生命！……”他说，“再也没有仁慈的念头了！再也没有爱情了！什么也没有了！”

他转过身来，朝着教师。

“已经闯了祸啦，我的老朋友，”他温和的接着说，“我会报答您给我的照应；至少我的不幸可以给一个善良可敬的老师产生幸福。”

说这几句几乎听不懂的话时，他的声调是有灵感的，两位老年人也就不禁哭了起来，仿佛人家听到外国语的动情歌唱而流泪似的。

“他患了羊癫疯！”波里格低声说。

“我懂得您的好意，朋友，”拉发埃尔温和的接着说，“您要替我找理由。病只是一种偶然的事故，忘恩背义才是一个罪过。现在，让我一个人留下好啦。”他加上一句话说，“明后天，甚至于今天晚上，您就可以收到您的委任状，因为‘抵抗’已经胜过了‘运动’……再见。”

老年人退了出去。他非常忧虑瓦仑丹的精神健康。这幕景在他看来有点超自然。他甚至于怀疑自己的见闻，问自己到底是不是从噩梦里醒了过来。

“你听，约拿达斯，”年轻人对老仆人说，“请你设法了解我付托你的责任！”

“是的，侯爵大人。”

“生活的一切享受都在我的寿床周围嬉戏着，仿佛美丽的女人似的在我面前跳舞；要是我呼唤它，我就活不了。总是这个死！你应当是世界和我之间的一道隔墙。”

“是的，侯爵大人，”老仆人一边说，一边拭着皱额上的汗珠，“可是，要是您不愿意看见女人，那么，你今天晚上要到意大利戏院去干些什么呢？一个英吉利的家庭回到英国去，他们把剩下的包季厢位让给我，您可以有一个美丽的包厢……噢！上等的包厢，第一排的包厢。”

拉发埃尔深入梦乡，他已经听不见这些话了。

三十八

您要这高贵的马车吗？……这马车是棕色的，它的外表是素朴的，车板上光亮着一个老贵族家庭的徽章。这高贵马车快速驰驶的时候，娇艳的女工们就羡慕它，渴望它的黄色绸缎，沙望纳利毛毡，稻草色的鲜艳织锦，柔软的垫子和幽静的玻璃。两位穿制服的仆人坐在这贵族的马车后面；但是车里的绸缎垫子上却躺着一个镶有一副周围发青的眼睛的热烫的脑袋，沉思而悲哀的拉发埃尔的头。这是富贵的惨痛的图像！他就像火箭似的穿行巴黎，来到发瓦尔戏院的回廊前面。踏脚板打开了，两个仆人就扶他下车，羡慕他的群众也就围着看他来了。

“那家伙怎么弄得这么富呀?”一个一文莫名，不能够听罗西尼的音乐的穷苦的法学院学生说。

拉发埃尔慢步在廊子里踱来踱去，他不觉得当日那样羡慕的欢乐会叫他享到什么乐趣。他等待第二幕《西米拉美德》的开演，在观众游散场里散步，在许多廓子里徘徊，丝毫也没能想到他还没有进去的包厢。荣华富贵的情绪已经不再存在于他的心里了。就像一切的病人似的，他只想到他的病痛。

观众游散场的中央，壁炉的周边，围绕着许多年青和年老的风流人物，旧任和新任的大臣，没有封邑的世卿和没有封爵的贵族（这是七月革命的结果），还有许多投机家和新闻记者。拉发埃尔就靠在这壁炉台上，他看见在他几步之外，这些人头里，有一个超自然的奇异的脸孔。他非常傲慢的闪着眼睛，朝着这个怪人走去，挨近去欣赏他。

“这简直是一张好画!”他对自己说。

这位陌生人所夸耀显示的眉毛，他的头发和马萨冷式的小须都染成黑色；涂在过分发白的头发上的脂粉产生出一种略带紫色的颜色，色调随着光线的强弱而起变化。他那又扁又窄的脸孔的皱纹堆满了红色和白色的深沟，既表现他的狡猾，又露出他的焦心。脸上居然也有一些没有涂染这种颜色的地方，格外现出他的衰老和铅板一般的色泽；所以，看了这只颔部尖锐额头高突的脑袋，看了这只仿佛德意志的牧夫暇时雕刻的粗制木偶的脑袋，我们就很难不发笑。轮流的研究这位老阿当尼斯和拉发埃尔，一个观察家一定会相信是在侯爵头上看出一双露在一只老年人面具底下的青年人的眼睛，是在陌生人头上看出一双露在一只年轻人面具底下的老年人的失神的眸子。

瓦仑丹用力回想在什么环境里曾经看过这个干枯短小的老年人。老年人结着整齐的领带，穿着成年人的靴子，响着刺马距，叉着手，仿佛有一切活泼的青春力量让他去消磨似的。他的步伐没有表现任何的困难和不自然的神色。漂亮的上衣谨慎的纽着，遮住了一架古老强顽的骷髅，显得他有个追逐时髦的自负的老年人的气派。在拉发埃尔看来，这个富有生命力的洋娃娃简直就有鬼怪显灵的一切妖气，他就瞧着这怪物，仿佛是一张刚刚重新找到，加上漆，给装在新框子里的郎布兰[①]旧画似的。

这比较使他在纷乱的回忆里重新找到事实的痕迹；他认出这个人就是古董商，就是给他不幸的人。这时候，一道无声的狂笑就从这怪人嘴上发了出来，挂在冰冷的嘴唇上（这嘴唇有一副假齿给张开）。听了这狂笑，拉发埃尔的强烈的幻想就给他启示这个人身上有许多地方极乎相似画家们所想象的歌德的梅菲斯多菲勒

---

① Rembrandt是十七世纪的荷兰著名画家。

斯的头像。

成千的迷信占住了拉发埃尔的强力灵魂。他相信魔鬼的力量，他相信诗人记载的中世纪的传说的邪法。他愤怒的拒绝浮士德的命运，突然跟临死的人似的仰望苍穹，热烈的相信上帝，相信圣母玛利亚。一道新鲜的光芒叫他看到米赤儿，安慈和欧宾·桑西奥的《天空图》：一团云彩，一个白须的老人，几个生翼的脑袋，一个坐在顶上圆光里的美女。现在，他懂得了，他了解了这些极可敬佩的作品。这些作品的人类幻想给他解释冒险的生活，允许他一个新的希望。但是，他的眼睛瞧到意大利戏院的游散场时，他却没有看到圣母，而是看到一个醉人的女郎，讨厌的欧发拉丝，这个身体轻柔的舞女。她穿一件鲜艳夺目的袍子，饰有许多东方的宝珠，不耐烦的离开了她的不耐烦的老头儿，到这里来给这羡慕富贵的投机社会傲慢的显露大胆的额头，活泼的眼睛，来证明让她消耗金钱的商人有怎么样庞大无边的财产。

拉发埃尔回想到他从这老人手里接到这凶恶的礼物时所发出的轻慢愿望，他欣赏着这几乎不能跌倒的高卓智者所受的卑屈，从中尝味着一切的报复乐趣。百岁老人拿悲哀的微笑向欧发拉丝致意，欧发拉丝就拿情场的语言来回答他；他给她伸出干枯了的手臂，在游散场里打了三四个圈儿，快乐的迎接多情的视线和群众给他情妇投去的赞美，没有看见人众对他射来的轻蔑谑笑，没有听见人众对他射来的伤刺、嘲弄。

“这个年青的挖尸女神到底从哪一个墓园里给挖出这个尸体呢?”最风流的浪漫派青年问。

欧发拉丝不禁嫣然微笑。说笑话的人是个金栗发的青年，他有光亮的蓝色眼，一撮优美的胡髭，穿着一件改短了的燕尾服，帽子戴到一只耳朵上。他有尖利的舌头让他敏锐的答话。

“多少的老年人都是拿疯狂去遮盖廉洁勤紧的道德生活啊!”

拉发埃尔心里想，“这个老头儿脚都冷了还讲爱情……喂，先生，”瓦仑丹一边嚷，一边拦住了商人，给欧发拉丝投去一道眼色，“您难道已经忘记了您的严肃哲学吗?”

“啊!”商人用破碎的声音回答说，“现在，我就跟年青人似的幸福。我用倒行逆施的方法来生活，一个钟头的爱情简直就等于整个的生命。”

这时候，观客厅见开幕的铃声，就离开了游散场，回到他们的座位上面去。老年人和拉发埃尔也就这样的分手了。

回到包厢的时候，侯爵看见福多拉坐在戏园的另外一个角落里，正好在他对面。伯爵夫人无疑的刚来一会儿，她把披肩反搁在后面，露出她的颈项，做出娇冶的女人坐上位子时所有的难以形容的小动作；一切的视线都集中在她身上。一个年青的法兰西世卿陪着她，她向他要她叫他带来的小千里镜。根据她的姿势，根据她瞧视这位新情郎的神气，拉发埃尔猜出他的承继人受的是怎么样的暴虐。跟他从前似的迷惑，跟他从前似的受骗，跟他从前似的用真正的爱情力量去抵抗这个女人的冷酷计算，这个年青人一定也遭受到瓦仑丹幸而放弃了的苦恼。

福多拉拿小千里镜朝着一切的包厢瞄准，快速的察视一切的服装，确信她的装饰和美貌压倒了巴黎最美丽的女人之后，她的脸孔就浮出了一种难于形容的快乐。她发笑了，为的是让人家看见她的雪白牙齿，她摇动插满花朵的头，为的是要人家爱慕她；她的视线从一个包厢溜到另外一个包厢，她拿俄罗斯公主把帽子戴在额头上的姿势或一个银行家的女儿戴上不甚合适的帽子的态度来开玩笑。突然间，她的视线碰上了拉发埃尔的呆定的眼睛；她也就脸色发青了。受过侮慢的情郎拿一道不可忍受的轻蔑目光去打击她。每一个被弃的情人都没有轻视她的力量，然而瓦仑丹却是世界上唯一能够避免她的诱惑的男子。受到人家的冒犯而不能报复的力量，这力量就日暮途穷了。这句格言铭刻在一个女人的心里要比刻在国王们的心里还要深切。所以福多拉就看到她的尊严和娇治已经在拉发埃尔的身上灭亡了。前一天他在国立音乐厅说的一句话已经变成了巴黎一切客厅的名言。这首讽刺诗的刀锋已经给伯爵夫人一个难于治疗的创伤。在法兰西，我们懂得灸灼一个伤痕，但是我们还不知道拿什么药品去治疗语言给刺戮的创伤。

一切的女人轮流着瞧视侯爵和伯爵夫人的时候，福多拉真想把她们都关在什么巴斯提尔监狱里，因为无论她怎么样的懂得矫饰，她的情敌们都猜得出她的苦痛。最终，她就说出了她的最后的慰语“我是最美的”这句甜蜜的话，这个可以抑止她的虚荣的一切悲哀的语句却变成了一个撒谎。

第二幕开场的时候，一个女人走来坐在拉发埃尔旁边的一个一直空着的包厢里。全池座的人都发出一个叹慕的呼叫。人海之中荡漾着一片智慧的银波，一切的目光都射落在陌生女郎的身上。年青人和年老人都这样长久的继续骚动，布幕揭开的时候，乐队的乐工甚至都转过身来要求大家安静，然而他们自己也终于参加了喝彩，乱成一团。每一个包厢都进行着炽烈的谈话。女人们都武装起她们的双眼望远镜，返老还童的老人们也拿手套的外皮去拭干净他们的小千里镜。热情逐渐的冷了下来，台上传播着歌声，一切又恢复了秩序。高等社会的人众觉得他们这样的冲动的可耻，就换了一副冷淡多礼的贵族态度。富裕的人家不愿意受到任何东西的惊愕，他们应当在第一眼瞥见美丽的造化时就认得出其中的缺点，不去崇拜它——这是俗人的情绪。然而，有的人却一直的愣在那里，不听音乐，昏迷在直觉的快感里，用心的瞧视拉发埃尔旁边的女邻。

瓦仑丹看见代叶弗的血腥俗恶的脸孔出现在下层的包厢里，

阿桂铃娜的旁边。代叶弗给他做出一个表示赞同的脸相。他又看见爱弥儿站在乐队里，仿佛对他说："喂，瞧着你旁边的美人罢!"坐在儒僧庄夫人和她的小姐旁边的拉斯迪额就失望的绞着他的手套，因为他让人家围困在那里，不能够走近神圣的陌生女郎。

拉发埃尔的生命就依赖他自己所订立而还没有破坏的契约，他打定主意不去注视任何的女人。为着避免诱惑起见，他就带了一只有意加以特别装备的小千里镜。这小千里镜的玻璃会破坏任何调和的美丽线条，使它变成最丑陋的。他还为着早上一句应酬话使他的护符立刻缩小而觉得害怕。所以，他就坚决立下主意，不转身去看他的女邻。

他就像一个公爵夫人似的坐在那里，背部朝着厢角，无礼的给陌生女郎遮去了一半幕景。他的态度是轻蔑的，甚至于都有点不知道有一个美女在他后面的神气。女邻一模一样的效法瓦仑丹：她把她的手肘靠在包厢的栏杆上，四分之三的斜着她的头，瞧着歌咏家唱歌，仿佛端定姿势站在一个画师面前似的。这两个人就像是吵过架，转过背，等着第一句情语就要互相拥抱接吻的赌着气的情人似的。陌生女人的鹳鹭毛或头发不时不时的擦着拉发埃尔的头，使他产生出一种情欲的感觉，是他所勇敢抵抗的。一会儿，他又觉到装饰袍襟的纱带的柔和触碰，袍子也让他听见摺痕的柔弱的响声，充满幻术的声音。随后，他又觉得这女郎的胸脯、背上、和服装的呼吸给表现的看不见的动作，她的甜蜜的生活也就忽然电流似的通入拉发埃尔的身体。网布和花边都给她那令人发痒的肩膀忠实的传上这白色赤背的风雅热气。

这两个人物让善良的风俗和死亡的深谷给隔开。他们都因为了一种天生的偏向而共同的呼吸着，也许也互相的思念着。印度香草的钻心清香终于使拉发埃尔陶醉。他的幻想反而因为障碍而激动了起来，更加飘香，给他画出了一个火热轮廓的女郎。

他突然转过身来。陌生女郎一定因为被迫去和一个陌生男子相接触而受到惊动，她也实行了同样的动作，受到同样思想的激荡的两只脸孔就面对面的相遇了。

“保琳!”

“拉发埃尔先生!”

两个人都怔住了，冷静的互相瞧了一些时刻，拉发埃尔看见保琳穿着一身简朴而富有风趣的服装。尖锐的眼睛可以透过遮蔽她的胸脯的薄纱，看到百合花似的白色，猜到女人所羡慕的体态。她并没有改变处女的谦逊，天真的诚实，温雅的态度。衣袖的布料显露出使她的躯体和心脏都跳悸的颤动。

“噢！请您明天来，”她说，“到圣甘唐旅馆来取您的稿子。我中午在那里。请您准时到。”

她赶快离座出去不见了。拉发埃尔想要跟着保琳去，但是他只怕累了她，也就待下来了。他瞧了一眼福多拉，觉得她丑陋。他没有听懂任何一句乐曲。他闷在这戏院里，觉得心里非常的紧张，就出去，回到家里去了。

“约拿达斯!”躺在床上的时候，他对他的老仆人说，“请你在一块糖上给我倒下半滴鸦片药酒，明天十一点四十分才许你叫醒我……”

三十九

“我要保琳爱我!”第二天他带着难于形容的忧虑，瞧着他的护符说。

驴皮没有任何的动作，仿佛损失了收缩的能力似的。它当然不能够实现一个已经满足过的欲望。

“啊!”拉发埃尔心上掉了一块石头似的喊道，“你胡说，你不听从我的命令，咱们的契约已经取消了！我自由啦，我可以活下去啦。这难道是一个恶作剧吗？……”

说这些话的时候，他都不敢相信自己的思想。他跟从前似的简单的穿上衣服，想要步行到他从前的公寓，设法到那里去回忆当时那样无忧无虑的追逐欢乐，而还没有责骂人类的享乐的日子。他走着，觉得保琳已经不是圣甘唐旅馆的保琳，而是他常常梦里见到的完美的情妇，而是聪明的，多情的，了解诗人，懂得诗词，而生活在奢华之中的艺术家，而是前一夜他所看到的保琳；总之一句话，她是赋有优美灵魂的福多拉或比福多拉还要富裕两倍的伯爵夫人保琳。

踏上破旧的门限，跨过从前曾经好几次怀着失望的思想穿行而过的房门的破石片时，一个老妪就从厅里走了出来，对他说：

“你不是瓦仑丹·拉发埃尔先生吗？”

“是的，好太太，”他回答说。

“您认得您的旧房间，”她接着说，“人家在那里等着您哩。”

“这旅馆还是古丹夫人的吗？”拉发埃尔问。

“不，先生。现在古丹夫人是男爵夫人了。她在水的那一边有一所自己的好房子。她的丈夫回来了。好家伙，他带了几千几百……人家说她可以买到整个圣约克区，要是她想买的话。她白给我她的地下室，其他的房间就租给了我。啊！她是一个好女人，无论如何！她现在就跟从前一样的谦虚。”

拉发埃尔轻捷的登上屋顶楼。到达最后几层扶梯的时候，他听到了钢琴的声响。保琳在那里，她朴素的穿着一件薄棉布的袍子；但是袍子的式样，随便扔在床上的手套，帽子和肩巾都指明她有财富。

“啊！您居然来啦！”保琳说着转过头来，快乐的站了起来。

拉发埃尔走来坐在她身边。他红着脸，羞愧的，幸福的瞧着她，没有说一句话。

“为什么您离开了我们呢?”他脸色发紫的时候，她就低下眼睛接着说，“您有什么事情呀?”

“啊！保琳，我曾经不幸过，而且现在还很不幸!”

“唶!”她大为感动的说，“我昨天看见您穿得那么好，表面上那样的富裕，就猜到了您的命运，然而事实上，嘿！拉发埃尔先生还是跟从前一样吗?”

瓦仑丹忍不住淌出几滴眼泪，泪珠在他的眼睛里流转，他喊道：

“保琳！……我。”

他没有说下去，他的眼睛发亮着爱情的光芒，他的心都表现在他的视线里。

“噢！他爱我！他爱我!”保琳喊道。

拉发埃尔做了一个头势，因为他觉得他说不出任何一句话。看了这个姿势，年轻的少女就拿起他的手，紧紧的握住，一会儿笑，一会儿哭的对他说：

“富裕，富裕，幸福而富裕！你的保琳是富裕的……但是我，我今天应当是非常的穷苦！我说过一千次我得拿全世界的财宝来偿还‘他爱我’这句话的债。噢，我的拉发埃尔！我有好几百万。你喜欢奢华，你会满意的；但是你也得爱我的心，这颗心对你有多少的爱情啊！你不知道吗？……我的父亲回来了。我是一个富裕的女承继人……我的母亲和他都让我自己来决定我自己的命运；……我是自由的，你懂得吗?”

拉发埃尔疯也似的拿起保琳的手，又热烈又贪婪的吻着，他的接吻简直就像是痉挛。保琳缩回她的手，再伸手投在拉发埃尔的肩膀上，抱着他；他们彼此了解，互相拥抱，再拿这样没有其他顾虑的神圣的甜蜜热情去互相的接吻——这是使两个灵魂互相

占有的第一个蜜吻。

“啊!”保琳重新坐在椅上，嘴里喊道，“我不要再离开你了……我不知道我胆量是从哪儿来的!”她涨红着脸，含羞的说。

“胆量吗，我的保琳？噢，你别害怕，这是爱情，这是真正的，深刻的，永远的爱情，跟我的爱情一样的爱情，不是吗?”

“噢！你说，你说，你说!”她说，“你的舌头太久没有对我说话了……”

“那么，你一向都爱我吗?”

“噢！上帝，我一向都爱你！你瞧，给你理房子的时候，我在那儿为着怨恨你我的穷困哭过多少次啦。我都愿意把自己卖给魔鬼来使你免除悲哀！今天，我的拉发埃尔，因为你的确是属于我的……这个优美的脑袋是属于我的，你的心是属于我的！噢！是的！特别是你的心，无穷无尽的财宝！……呃！我在哪儿啊?”她歇了一会儿，又接着说，“啊！我在这儿：我们有三百万，四百万，五百万，我想。要是我从前有钱，我也许就要换上你的家姓，做你的夫人；但是这时候，我却愿意为你而牺牲整个的世界，我还要当你的女仆，永远当你的女仆。好，拉发埃尔，今天我给你献出我这一颗心，我这一个人，我这一场财产，这并不比从前有一天我在那里给你放上一个一百苏的钱币多,”她指着桌子的抽屉说，“噢！那时候你的快乐怎么样的伤了我的心啊!”

“你为什么有钱呢?”拉发埃尔喊道，“你为什么没有虚荣心呢？我不能够替你做任何的事情！……”

他因为幸福、失望、爱情而绞转他的手。

“你当了瓦仑丹侯爵夫人的时候，我知道你，你这天仙一般的灵魂，这衔头和我的财产都值不得……”

“值不得你头上的一根头发!”她说。

“我！我也有好几百万；但是现在财富对我们有什么用处呀？

啊！我有我的生命，我能够拿我的生命贡献给你，你就拿了去罢。”

“噢！你的爱情，拉发埃尔，你的爱情值得整个的世界。怎么！你都是想到我吗？可是，我是幸福的女人之中的一个最幸福的女人。”

“人家可以听见我们说话啦。”拉发埃尔说。

“呃！这里一个人也没有。”她做出一个倔强的态度，回答说。

“好罢，你来！”瓦仑丹一边嚷，一边给她伸出两只手臂。

她跳了过去，坐在他的膝盖上，两手抱住拉发埃尔的颈项。

“为着补偿您给我的一切悲哀，为着清洗你的快乐给我的苦痛，为着弥补我画屏风过夜的日子，你就吻我来罢……”

“画屏风吗？”

“因为我们都发了财，我的宝贝，我可以告诉你一切的话。可怜的孩子！欺骗聪明人是多么容易的啊！你每月花了三佛郎洗衣钱就能够每礼拜穿上两次洁净的背心和衬衫吗？你喝了比你付钱买的多上两倍的牛奶！我到处骗你：骗你关于你的火，你的油……甚至于你的钱！噢，我的拉发埃尔，你别娶我做夫人啦！”她哈哈大笑的说，“我是一个非常狡猾的女人啊！”

“可是，你这是怎么弄来的呢？”

“我一直工作到早晨两点钟，我把我画屏风得来的钱一半拿给我妈妈，另外一半就拿给你。”

他们互相注视了一些时刻，两个人都因为快乐和情爱而发怔着。

“噢！”拉发埃尔喊道，“我们总有一天要拿可怕的悲哀来偿还这幸福！……”

“也许你都结了婚罢？”保琳说，“啊！我不愿意把你让给任何女人。”

“我是自由的，亲爱的。”

“自由的!”她重复说，“自由的，而且是属于我的!”

她从他的膝盖上溜了下来，合着手，忠诚热情的瞧着他。

“我怕我会发疯。——你真好!”她一边说，一边伸出一只手，插进她的情人的金栗发里。“她不是傻子吗，这个福多拉伯爵夫人！昨天我看见一切的男子都给我致敬，我真快乐！她可从来也没有人称赞过，她！亲爱的，我的背碰着你的手臂时，我心里就仿佛听见什么声音对我说：‘他在那儿!’我就转过头来，看见了你。噢！我逃走了，我真想当众跳上抱住你的颈项。”

“你能够说话，你真幸福!”拉发埃尔喊道，“我，我的心太紧缩了。我想哭，但是又哭不出来。你别收回你的手。我觉得一辈子这样的瞧着你是幸福的，满意的。”

“噢！再给我说这句话罢，我的爱!”

“唉！说话又怎么啦!”瓦仑丹回答说，让他的一滴热泪落在保琳手上，“将来，我要想法子告诉你我的爱情；但是现在，我现在可只能够感觉这爱情……”

“噢!”她喊道，“这美丽的灵魂，这优越的天才，我认识的这个心坎，这一切的一切都属于我，就像我属于你吗?”

“永远这样，我的心肝，”拉发埃尔感动的说，“你可以当我的妻子，当我的好神明。看见了你，总可以消除我的悲哀，清醒我的灵魂；这时候，你那天使一般的微笑可以说是洗净了我。我相信我开始了一个新的生命。残酷的过去和悲惨的疯狂仿佛只是一场噩梦。在你身边，我是洁净的。我感觉到幸福的空气。噢！请你永远在那里。”他一边加上一句话说，一边神圣的拉紧她，把她靠在自己的跳悸的胸脯上。

“死神要来就让他来罢，”保琳昏昏迷迷的说，“我已经生活过了。”

体会他们的快乐的人是幸福的，他一定也会认识这些快乐！

四十

“噢，我的拉发埃尔，”两个钟头的缄默之后，保琳说，“我希望将来谁也不到这亲爱的屋顶楼来。”

“得把门堵上墙，把天窗加上铁栏，再来买这所房子。”侯爵说。

“就是这个意思。”她说。

一会儿之后，又说：

“咱们几乎忘记了你的稿子！”

他们天真温和的笑了起来。

“嘿！我嘲笑一切的科学！”拉发埃尔喊道。

“啊！先生，那么，光荣呢？”

“你就是我的唯一的光荣啊。”

“你写了这些蝇头小字，真是太辛苦了，”她翻着稿纸，嘴里说。

“我的保琳……”

“噢！是的，我是你的保琳……那么？”

“你住在哪儿？”

“圣拉撒路街，你呢？”

“发莲街。”

“我们彼此离得太远了，得一直等到……”

她停口不说，娇冶狡猾的瞧着她的朋友。

“可是，”拉发埃尔回答说，“我们最多也只有两星期的隔离。”

“真的！两星期之后，我们就要结婚了！”

她就像孩子似的跳跃。

“噢！我是一个腐败的女子，”她接着说，“我不再想到我的父亲，我的母亲，不再想到世界上的任何东西！你不知道，不是吗？可怜的孩子，我父亲病得很重。他从印度带病回来。他差点儿没有在哈佛尔死掉，我们就是到哈佛尔去找他去的。——啊！好家伙，”她瞧着她的表，喊着说，“已经三点钟了！他四点钟醒来之前，我得回到家里去。我是家里的女主人：我母亲一切都顺我的意，我父亲喜欢我，可是我倒不愿意随便利用他们的好意，这是不对的！可怜的父亲，昨天就是他把我送到意大利戏院去的……你明天可以来看他，不是吗？”

“瓦仑丹侯爵夫人要偿我一个面子，接受我的手臂吗？”

“啊！我要带这房间的锁匙走，”她接着说，“这难道不就是一座宫殿和我们的宝库吗？”

“保琳，再接一个吻吗？”

“一千个吻！好！”她瞧着拉发埃尔说，“永远都这样吗？我觉得我是做梦。”

两个人慢步的下楼。然后，他们就在同样的幸福的重压之下举起同样的步伐，跟两只鸽子似的一同走到索尔崩广场[①]。保琳的车就在这里等着。

“我要到你家里去，”她喊道，“我要看你的房间，看你的书房去，我要坐在你书桌的旁边。这一定会跟从前似的，”她加上一句话说，“——约瑟，”她对一个仆人说，“我回家之前要到发莲街去。现在三点一刻了，我四点钟一定回去。乔治可以紧着赶马。”

两位情人不一会儿就到瓦仑丹公馆里来。

“噢！我真高兴能够看到这一切的东西！”保琳一边说，一边揉着拉发埃尔的绸床帐。“我酣睡的时候，我的脑筋一定会想象我

① Place de la Sorbonne 即巴黎大学广场。

就在那里。我可以幻想你可爱的脑袋怎么样的躺在这只枕头上。告诉我，拉发埃尔，你没有听任何人的话来布置你的公馆罢?”

“没有。”

“真的吗？这不是一个女人……?”

“保琳!”

“噢！我觉得心里非常的妒忌！你的趣味高。我明天要一张跟你一样的床。”

让幸福给沉醉了的拉发埃尔抱住了保琳。

“噢！我爸爸，……我爸爸!”她说。

“我得送你回去，因为我不愿意多离开你，”瓦仑丹喊道。

“你真是好爱人呀！我都不敢给你提这个议……”

“你难道不是我的生命吗?”

把这些可敬的情语依样画葫芦的记载下来一定是很腻人的。这些情语的声调，眼色和不可言传的姿势才是有价值的。瓦仑丹一直把保琳送到她家里，心里带着世上的男子所能有的快乐的情绪回来。

他坐在火炉旁边的靠椅里，想着他这样突然的完成了他的一切希望。一个冰冷的念头忽然掠过他的灵魂，就像钢刀的尖锋刺入他的胸脯似的：他瞧着驴皮，驴皮略为收缩了……

“啊！……”

他发出这法兰西的伟大叹息，而没有安杜伊叶特修道院的耶稣会会徒那种的半吞半吐。他把头斜靠在靠椅上，一动也不动的愣在那里，眼睛盯着一只爵杯，而没有看到它。“天啊!”他喊道，“我的一切欲望！一切！可怜的保琳！……”

他拿了一个两脚规来衡量一下这一天早上给他缩短了多少寿命。

“我还活不上两上月呢!”他说。

一颗冷汗挤出了他的毛孔；突然间，他顺从了一个不可形容的疯狂动作，拿起驴皮，嚷着说：

“我真傻呀!”

他就出去，跑过许多园圃，把这护符扔在一只水井里。

“好罢！……”他说，“这些傻事情都给我滚蛋!”

四十一

于是，拉发埃尔就放任追求爱情的幸福，和保琳心心相印的生活在一起。他们的结婚因为某些用不着叙述的缘故而延期了。这婚礼应当在三月初旬举行。他们都已经彼此试验过。他们都彼此相信。幸福已经给他们揭开他们的感情力量。任何的两个灵魂。任何的两个性格都没有像他们的感情似的把他们结合在一起过。他们越是互相的研究，就越互相的爱慕：双方都是同样的温雅，同样的贞洁，同样的多情，比起任何的东西来都更多情，天使似的多情；他们的天空没有任何的云霞；彼此的欲望就是对方的规律。

两个人都是富裕的，他们不认识任何的嗜好。高尚的趣味，爱美的感觉，真正的诗意振奋了女方的灵魂，她轻蔑无谓的女人的装饰，她觉得男朋友的一个微笑要比一切奥尔穆斯的珍珠还要美丽。洋纱或花朵就成了她的华丽的装饰品。保琳和拉发埃尔而且都跟人世隔绝，在他们看来，孤居的生活是特别美丽、特别丰富的!

无事的闲人每天晚上都在意大利戏院和国立音乐厅里看见这一对姘居的男女。如果最初有什么诽谤使各客厅快乐，不久，巴黎发生的政变风波也就让人家忘记了这一对毫无抵抗的情人。最终，为着免除各种各样的批评起见，他们就宣布了他们的婚期，凑巧，他们的佣人也都严守秘密；所以，任何过分的恶语都不能够伤害他们的幸福。

二月下旬有许多美丽的日子，可以让人家相信快乐的春天到来了。保琳和拉发埃尔一块儿在一间小小的暖室里吃早餐，这是一间跟花园平行的贮满花朵的小厅。冬天的温和苍白的阳光透过了稀有的灌木，使气候变成暖和的。各种不同的树叶，各种花丛的颜色，各种光怪陆离的阴影和亮光都使眼睛偷快。

全巴黎都还在悲惨的火炉前面烤火的时候，这两位年轻的夫妻就在山茶花、丁香花和灌木花下面笑着。他们的快乐的脑袋探出了水仙花、铃兰花和孟加拉的玫瑰花。在这迷人的丰富暖室里，他们的脚就踩着一块地毡似的非洲席子。铺上绿色细布的墙壁没有现出任何潮湿的痕迹。家具是拿表面上看来非常粗糙的木头给制成的，这些木头事实上都是洁净的漆过的外皮。让牛奶香给引诱来的一只蹲在桌子上的小猫叫保琳拿咖啡给玷污了。她跟小猫嬉戏，防止它去吃它好容易才嗅到的奶油，训练它的耐性，来继续和它斗争。小猫的每一个怪脸相都叫她哈哈大笑。她说了成千的笑话来阻止拉发埃尔阅读报纸。这报纸已经从他手里掉落了十次。这清晨的景象充满着一种不可言传的幸福，就跟一切自然的真切的事物似的。

拉发埃尔总装着阅读报纸。他偷偷的欣赏保琳和小猫斗争。他的保琳穿着一件遮蔽不甚完全的长浴衣，蓬乱着头发，白色蓝筋的娇小的脚穿着一双黑丝绒的拖鞋。室内便服使她看来特别的迷人，仿佛是维西泰尔博物馆的图像似的甜蜜，她既像是少女，又像是妇人，也许她更像是少女，因为她就这样纯洁轻快的享受着，只知道爱情的最初快乐。

拉发埃尔沉醉在他的梦幻里。他忘记了报纸的时候，保琳就拾起这报纸，揉皱了它，把它搓成一团，扔在花园里，小猫也就跟在这老是回头转的“政治”后面跑。拉发埃尔看了这一幕儿童一般的嬉戏就分了心。他想要继续看报而做出拿起不再存在的报纸的姿势时，不禁自己哈哈的笑了起来。他的笑声是坦白的，快乐的，有生气的，就像是小鸟的歌唱。

“我妒忌报纸，”她一边说，一边拭干儿童一般的微笑使她流下的眼泪，“在我面前念读俄国的布告，选择尼可拉斯皇帝的散文，而不要爱情的语言和爱情的眼色。”她忽然变成了妇人，接着说，“这难道不是一种叛逆的行为吗?”

“我并没有念啊，亲爱的天使，我瞧着你哩。”

这时候，园丁的笨重脚声在暖室的附近荡漾着，他的铁鞋使花径的沙粒作响。

“对不起，侯爵大人，要是我打搅了您跟夫人，我可给您带一个我从来也没有看见过的怪东西。刚才拉一桶水的时候，我弄到了这个奇怪的水性植物！它就在这里！它应当很习惯水中的生活，因为它一点儿也不潮湿。它就跟木头一样的干枯，一点儿也没有油垢。当然啰，侯爵大人比我还有知识，我想我得把它带来给您瞧瞧，您也许会感到兴趣的。”

园丁就给拉发埃尔指着倔强的驴皮。驴皮只有六方寸的面积。

“谢谢，凡尼埃尔。这东西实在太奇怪了。”

“你怎么啦，我的天使？你脸色都发青了！”保琳喊道。

“你走罢，凡尼埃尔。”

“你的声音真吓人啦，”少女接着说，“你的声音怎么变得这个样子了！……你怎么啦？你觉得怎么样呀？你哪儿痛啊？你生病了！——叫一个医生来！”她嚷着，“约拿达斯！救人啊！……”

“我的保琳，你别嚷，”拉发埃尔回答说，他又恢复了镇静。“咱们出去走走罢。我身边有一朵花，它的气味真难闻。也许就是马鞭草罢?”

保琳朝着无罪的植物奔去，抓住花干，把它扔在花园里。

“噢，天使！”她一边嚷，一边拿爱情的力量紧紧的抱着拉发埃尔，娇媚的给他献上朱红色的嘴唇，让他接吻，“看见你脸色发青，我就懂得我不能够离开你而单独的生存：你的命就是我的命。我的拉发埃尔，请你伸手摸一摸我的背儿，我还在那里觉到死呢，我在那里发冷。你的嘴唇发烧了……你的手呢？……它僵了，”她加上一句话说。

“你发疯了！”拉发埃尔嚷着。

“为什么流泪呀，让我喝这眼泪罢。”

“噢，保琳！保琳！你太爱我！”

“你心里有什么特殊的事情发生，拉发埃尔，……给我说真话，我不久就会知道这秘密。给我这个。”她一边说，一边拿着驴皮。

“你是我的刽子手！”年轻人愤恨的瞧着护符一眼，嘴里喊道。

“声音怎么变成这个样子的啊！”保琳说着，让这命运的符号掉在地下。

“你爱我吗？”他接着说。

“我爱不爱你……这还成一个问题吗？”

“那么，让我一个人留下，你走罢！”

可怜的少女走了。

四十二

“什么！”拉发埃尔一个人留下的时候，嚷着说，“在我们知道金刚钻只是炭精的光明时代里，在我们可以解释一切的时代里，在警察可以把一位新的米赛亚送到法院去，可以把他的神迹交给科学院去研究的时代里，在我们只相信法律公证人的花押的时代里，我！我还相信一种符咒吗？……不，我的上帝！我不相信至高无上的上帝会拿一个老实人来寻开心，给他苦头吃！……咱们就找有学问的人去谈谈去罢。”

一会儿，他就走到堆满酒桶的酒市和沙尔柏特里埃大酒馆的中间，一只小池的面前。池里闲游着无数稀罕种类的鸭子，轻浮的羽毛就像大教堂的花玻璃似的在阳光下闪烁着。世界上的一切鸭子都在这里鸣叫、爬行、蠢动，构成了一种鸭类大会议，这种集合是被迫的，然而侥幸得很，它却并没有宪章，也没有政治的原则，而能够避免猎夫的追逐，在偶尔来看顾它的动物学家的目光下生活着。

“拉夫里伊先生来了。”门房对拉发埃尔说，因为拉发埃尔问到这位动物学的教皇。

侯爵看见一个瞧着两只鸭就沉溺在深思里的小个子。

这一位中年的学者有一个温和的姿仪，谦逊的气度使他更显得和蔼；但是他的整个人却表露出科学家的精神，他不断的搔动假头发，叫它奇形怪状的撩了起来，让人家看见一道白色的头发。这表示科学发明的狂热跟其他一切的嗜好似的，会怎么样的把我们使劲的拉出人世的事物之外，叫我们失去“自我”的一意识。

拉发埃尔是个研究科学，喜欢读书的人。他敬仰这位动物学家，因为这位动物学家过去曾经专心促进人类知识的发展，他的错误仍然是法兰西的光荣；但是一个小情妇看了这位学者的短裤和斜纹布背心之间的不连接，看了他拿一件因为动物学的研究而随时坐立给摺成无数皱痕的衬衣来补充这不连接的地方，一定会发笑的。

几句寒暄之后，拉发埃尔相信必须跟拉夫里伊先生说一句平常称赞鸭子的话。

“噢！我们有很多的鸭子，”动物学家回答说，“您一定知道，这鸭子而且是蹼足动物中最丰富的一种。自所谓天鹅到辛辛鸭为止，一共有不同的一百三十七类，都有它的名称，它的习惯，它的故乡，它的姿势，跟白种人和黑种人的差别似的不同。事实上，先生，我们吃鸭子的时候，大半的时间都没有想到它的范围……”

他看见一只小鸭爬上池子的斜坡，就停下了他的话。

“您瞧那里的绒球天鹅，这可怜的加拿大的孩子，它从那么远的地方到我们这里来给我们显示它的棕色和灰色的羽毛，它的小黑绒球！您瞧，它在那儿搔毛哩……那是有名的软毛鹅，我们的小情妇们就是睡在它的羽毛给制成的鸟毛被底下的。多美啊！谁不喜欢这白里带红的小肚皮，这绿色的喙子呢！——先生，”他接着说，“我刚刚看见一直希望而没有看到的一次交尾。这婚礼相当快乐的举行了，我很不耐烦的等着它的结果。我很骄傲能够得到第一百三十八种鸭子，也许人家会拿我的名字来称呼它。——那里是一对新夫妇，”他指着两只鸭子说，“一个是笑鹅，一个是大嘶鸭。我好久都在嘶鸭、白眉鸭和芦鸭之间犹豫不定：您瞧，这是芦鸭，这只颈项发绿带虹的棕黑色的大坏蛋。可是，先生，嘶鸭有冠毛，您就可以懂得我为什么没有选它。我们只缺乏一种特别的黑冠鸭。这些先生们都认为这鸭子只是弯嘴的鸳鸯鸭的变相，至于我……”

他做出一个可敬的姿势，可以描写学者们的谦逊，又可以描写他们的骄傲；骄傲之中带有固执，谦逊之中带有满意。

“我可不这么想，”他加上一句话说，“您瞧，亲爱的先生，我们并不在这里儿戏。我现在正忙着写一本关于鸭种的小册子呢……可是我听从您的话。”

朝着步风街一间小巧玲珑的小房子走去的时候，拉发埃尔拿他的驴皮让拉夫里伊先生去研究。

“我认得这出品，”学者拿显微镜瞧准了这护符之后，就这样的说，“它是从前什么箱子的箱皮。这驴皮很旧！现在的鞘工就不用驴皮，而用‘卡虑查’，您一定知道‘卡虑查’是红海的‘拉查西芬鱼’的鱼皮。”

“可是这个，先生，因为您太好……”

“这个，”学者打断他的话，接着说，“这是另外一回事儿：在卡虑查和驴皮之间，先生，有海洋和陆地之间的一切分别，由鱼类到四足兽之间的分别。不过，鱼皮要比陆地的兽皮更结实。这个，”他一边说，一边指着护符，“你一定知道这是动物学的一个最奇怪的产物。”

“咱们瞧！”拉发埃尔嚷着。

“先生，”学者坐在靠椅里，回答说，“这个是一张驴子的皮！”

“我知道。”年轻人说。

“波斯有一种非常稀罕的驴，”动物学家接着说，“就是古人所谓的野驴，鞑靼人所谓的古兰。巴拉斯曾经到那里去研究过，他把它带进科学的范围里来。事实上，很久的时候，人家都把这种驴看作是虚无缥缈的怪物。您知道它在《圣经》里是很有名的：摩西曾经禁止过，不许人家让这种驴和它的同类交尾。可是使这野驴还要著名的理由却是《圣经》里的先知常常谈到它的卑贱。您一定知道巴拉斯曾在他的大著第二卷里说过波斯人和诺盖伊人还把这奇怪的东西认为是治疗肾脏病和坐骨风痛病的良药。我们这些其他的人，我们这些巴黎人，我们倒并不相信这个！博物馆里并没有野驴——这野兽多珍异啊！”学者继续说，“它是富于神秘性的，它的眼睛有一种反射的光芒，东方人认为这是一种感应的力量，它的皮要比我们最美丽的马皮还要漂亮，还要好看；身上都是褐色的条纹，仿佛斑马的皮似的。它的毛相当的软，相当的轻，碰着很像有油，他的眼睛和人类的眼睛一样的准确，它比我们最美丽的家驴稍为大一点儿，特别的勇敢。要是偶然受惊，它就奋勇抵抗最凶猛的野兽，至于它的走路速度，这只能够拿鸟飞来比较，先生，一只野驴在赛跑里一定要胜过最快的阿拉伯或波斯的马，您知道最实在的尼布尔大夫的父亲最近死去了，根据他的说法，这些野兽寻常的平均步速是每小时七千几何步。退化的家驴一点儿也不能够让我们了解这个独立骄傲的野驴。它有轻捷活泼的姿态，聪明精细的神气，温雅的身段，妖冶的动作！这是东方的‘动物之王’。土耳其人和波斯人的迷信甚至给它编出一段神秘的来源，所罗门王的名字也掺杂在叙述西藏和鞑靼故事的人所传播的有关这些高贵野兽的勇敢的故事里。一个驯养好的野驴简直就价值连城；人们差不多不可能在山里捉到它，因为它在山里就像鹿子似的跳，小鸟似的飞。关于我们的飞马柏迦斯的寓言一定是由这些常常看见野驴从一块岩石跳到另外一块岩石去的牧者的国度里编制出来的。波斯所有的专供乘骑的驴就是由一只母驴和一只驯养的好的野驴交尾给生的，这种驴，根据无从记忆的传统习惯，都涂上红的颜色。这风俗也许就是我们一句格言的来源：'跟红驴一样的粗暴。'我想一定是在法兰西不大注意动物学的时候，有什么旅客把这种野兽带到法兰西来，这些驴子一定不大耐烦劳役。所以就有了这句格言！——您给我看的皮，"学者接着说，"就是这野驴的皮。我们对于 Chagri（驴皮）这字眼的来源有各种不同的说法。有的人认为这是一个土耳其的语词，有的人认为这是巴拉斯所描写的制造这驴皮的城市的名字，这城市还给我们供献我们所仰慕的谷子哩；但是马尔物冷先生却写信告诉我这个字眼的意思是小溪流……"

"先生，我谢谢您给我这么多的指教，这些指教可以让几个卡尔麦特写上笺注，要是这些本笃会教徒还活着的话；但是，我荣幸能够请求您注意这张皮最初是跟……这地图一样大的，"拉发埃尔指着一张展开的地图对拉夫里伊说，"然而，三个月之后，它却明显的缩小了。"

"好！"学者回答说，"我懂得。先生，一切有机体的皮都免不了要自然而然的萎靡，这是容易了解的。这种萎靡是受气候变化的影响。就是五金也可以明显的膨胀，或明显的收缩，因为工程师注意到铁棍之间有相当的空间距离。科学是广大的，然而人生却是短促的。所以，我们并没有野心去认识一切的自然现象。"

"先生，"有点糊涂的拉发埃尔接着说，"请原谅我问您一个问题。您确信这张皮也得服从平常的动物学定律吗？……您确信它会放大吗？……"

"噢，当然啰！……啊！……"拉夫里伊先生一边说，一边设法拉开护符，"可是，先生，"他加上一句话说，"要是您愿意瞧瞧著名的力学教授布朗赤特，他一定能够找出方法叫这张皮变软，叫它放大。”

“啊！先生，您救了我的命！”

拉发埃尔向动物学家行礼致敬，然后就跑到布朗赤特家里去，把善良的拉夫里伊扔在充满瓶子和干枯植物的工作室里。他从这一次的访问里不知不觉的带回了整个的科学：一个专门术语的词汇！拉夫里伊好好先生就跟班查叙述羊类的历史似的喜欢说明野兽，指出野兽的种类。行将就木的时候，他好容易才认识了上帝为着一个不可知的目的而向各世界送来的无数兽类之中的一小部分。拉发埃尔高兴了。

“我得驾驭我的驴！”他嚷着。

在他之前，施泰因就已经说过：“我们得好好的驾驭我们的驴，要是我们要活到老的话。”

可是，这野兽却未免太奇怪了！

四十三

布朗赤特是一个高大干枯的人，他是沉溺在不断默想里的真正诗人，他老是瞧着一个无底洞：运动。

俗人往往诋毁这些高士为疯子，这些人是俗人所不了解的。他们从来也不注意奢华和社交的生活，整天的抽着已经灭熄了的雪茄烟，或没有钮好纽扣就到一个沙龙里来。有一天，长时间的测量空隙之后，或把未知的符号 X 堆在 Aa＋Gg 下面之后，他们就可以分析某种自然的定律，解释最简单的原则；民众也就突然的敬慕一种新的机器或什么两轮马车了。它的简单结构可以叫我们惊愕，可以叫我们不知所措！

谦虚的学者笑着对敬仰他的人说：“我到底创造了什么啊？没

有，什么也没有创造。人类不能够创造力量，他只能够疏导力量，科学的目的就在于效仿自然。”

拉发埃尔惊动了力学家。科学家插足而立，仿佛绞架上笔直吊着的绞犯似的。布朗赤特察究着日晷上转动的一个玛瑙球，等着它停止。这个可怜的科学家既没有受过勋章，也没有得过奖金，因为他不知道吹嘘他的计算能力。他很快乐能够活着等待新的发现，他既没有想到光荣，也没有想到外面的世界，更没有想到他自己，他只为科学而生活在科学里。

“这不能够下定义！”他喊道，“——啊！先生，”他看见了拉发埃尔，就接着说，“我是您的仆人。您母亲怎么样啦？……请您看看我的太太去罢。”

“我几乎也能够这样的生活着！”拉发埃尔心里想，他把科学家从梦境里唤回，询问得拿什么方法来处置他给学者亲手递过去的护符。

“您会笑我轻信，先生，”侯爵结束着说，“我没有瞒您半句话。我觉得这张皮有一种任何东西都不能够克服的抵抗力。”

“先生，”布朗赤特说，“世俗的人总拿相当放肆的态度来看待科学，大家都拿轻薄儿在日蚀之后给天文学家拉兰特带来许多妇人的时候说的一句话来对我们说：‘请您有个好心肠，重新开始罢。’”

“您要我给您产生什么效验呢？力学的目的是要应用动力的定律或调和它。至于动力本身，我很惭愧对您说我们没有力量来给它下定义。清楚了这个问题之后，我们就注意到影响固体的物质和液体的物质的动作的经常现象。重新制造产生这些现象的原因的时候，我们能够转运这些物体，从规定的速度关系里来给它传入一种发动的力量，放出这些物体，简单的分散它或无穷的粉碎它，都要看我们要折断它或要捣碎它而定；我们还可以绞曲它，给它印上一个旋转的痕迹，改变了它，压平了它，叫它发胀，叫它放大。先生，这科学所根据的只有一个事实。——您瞧这个球子，”他接着说，“它就在这一块石头上面。现在它就在那儿。我们得拿什么名称来称呼这个在物理学方面这样自然，在道德学方面又是这样奇怪的动作呢？运动吗？发动力吗？空间的移动吗？文字隐藏的是多大的虚荣啊！一个名字，这难道就解决问题吗？然而整个的科学却就在这里。我们的机器就是应用或分散这个动作，这个事实。要是把小小的现象应用在极大的积量上，它就可以叫巴黎城粉碎。我们可以应用力量来增加速度，也可以应用速度来增加力量。什么是力量，什么是速度呢？我们的科学不能够告诉我们这个，就像它不能够创造运动似的。无论一个运动是什么，它都是一个大力量，人类不能够发明力量，力量只有一个，就像力量的精华——运动——也只有一个似的。一切都是运动。思想也是一种运动。自然界就是建筑在运动上面的。死亡就是我们不知道其究竟的一个运动。要是上帝是永恒的，您就得相信他永远在动。也许上帝就是运动。所以运动就跟他一样的无从解释；跟他一样的深刻，没有界限，不可理解，不可触知。谁曾经摸过，理解过，测量过运动呢？我们感觉到它的效果，然而却看不见它。我们甚至于可以否认它，仿佛否认上帝似的。它在哪儿呢？它不在哪儿呢？它从什么地方来的呢？它的原则在哪儿呢？它的目的在哪儿呢？它包着我们，压着我们，然而却是我们所触摸不到的。它就跟一桩事实似的明显，然而却跟抽象的观念似的晦涩，它既是原因，又是结果。就像我们似的，它必须有空间，但是空间是什么呢？只有运动能够给我们揭示空间是什么；没有运动，它就只是一个没有意义的字眼。运动是个不能解决的问题，好像太虚，创造，无限似的。它使人类的思想混乱，人类对它所能有的观念就是它是无从设想的……在这只球所占有的空间之中的每一个继续不断的点当中，”学者继续说，“都有一个深渊让人类的理性去游历，巴斯迦尔就坠在这深渊里。您要一种未知的物体去服从一种未知的力量，为着影响这种未知的物体，我们就必须先研究这物体。根据它的性质，遭到打击，它也许就会粉碎，它也许就会抵抗这打击。要是它分散了，而您也没有应用它的意向，那么，我们就得不到我们的目的。您要压小它吗？我们就必须叫一种平均的运动传入这物体的一切部分；划一的减低分隔各部分的空隙。您要放大它吗？我们就必须给每一个分子加上同等的离心力；因为，要是没有遵守这定律，我们就会在那里产生许多的隔断。先生，运动有无穷的凑合方式。您要哪一种效果呢？”

“先生，”拉发埃尔不耐烦的说，“我希望有一种相当强的力量，无限的放大这张皮……”

“物体是有限的，”数学家说，“它不能够无限的放大，压力必定会放大它的面积，而牺牲它的厚度，它会变薄到找不到材料的地步……”

“请您设法弄到这结果，先生，”拉发埃尔嚷着，“您就可以得到好几百万的报酬。”

“我要偷您的钱啦，”教授用荷兰人的冷淡态度回答说。“我要拿两句话给您指示一个机器，上帝自己都会在这机器下面跟苍蝇似的给压成粉碎。它会把一个人压成吸墨纸似的薄，一个穿靴子，带刺马距，结领带，戴帽子，有黄金，有珠宝，有一切东西的人……”

“多可怕的机器啊！”

“中国人不必把他们的婴儿扔在水里，而应当这样的应用他们，”学者接着说，“没有想到一个人应当怎么样的敬重儿女。”

布郎赤特整个的集中在他的思想上，他拿了一只底里打洞的空花盆，把它放在日晷石片上；然后，他又到花园的角落里去寻找一些陶土。

拉发埃尔仿佛儿童倾听乳母说故事似的给迷住了。把陶土放在石片上面之后，布郎赤特就从口袋里掏出一把小弯刀，切了两根香木枝，用嘴吹这木枝，使它成为空管，仿佛拉发埃尔并不在场似的。

“这就是机器的原料。”他说。

他拿陶接管把一个木管子承花盆底下给接上，让香木管的孔洞和花盆的孔洞相连。您一定会说这是一个大的烟斗。他拿陶土在石片上堆成一个铲子形状的土床，把花盆盖在其中的最阔的地方，把香木管装在代表铲柄的地方。然后，他又拿一些陶土浆放在香木管的末端，在那里插上另外一条直的空树枝，再给塞进另外一个陶接管，叫这香木管和横的树枝连了起来，让周围的空气或流质能够在这临时凑成的机器里流通，从直的木管口经过中间的沟道流到空的大花盆里来。

“先生，”他用研究院评议员发表当选演讲时所有的严肃态度对拉发埃尔说，“这机器是我们所以崇拜伟大的巴斯迦尔的一个原因。”

“我不懂……”

学者微微的笑了。他走去打一棵果子树上取下一只瓶子。他的药师曾经在这只瓶子里给放些甜酒，钩住了一些蚂蚁。他把瓶底敲破了，制了一只漏斗，小心翼翼的把它插在垂直的塞进大花盆积水器对面的陶土里的空树枝孔洞上，然后，他就拿一个喷水壶给它灌上相当数量的必要的水，让水在大花盆和小香木管口两边都有一样的上升……拉发埃尔想到他的驴皮。

“先生，”力学家说，“现在的人还认为水是不能压榨的物体，您别忘记这基本的原则；可是，水是会紧缩的，不过紧缩的程度非常的微末，我们也就只好把它的紧缩力看做零。您看见水在花盆口上的面积吗?”

“是的，先生。”

“好，假定这面积比我倒水的香木管孔洞宽上一千倍。您瞧，我拿走漏斗了……”

“赞同。”

“那么，先生，要是我用什么方法增加这物体的积量，比方说，再由这木管口倒进一些水，受迫下降的水流就要在花盆积水器里上升到这流质在两方面到达的同等水平……”

“这是很明显的!”拉发埃尔嚷着。

“可是，这里有个分别，”学者接着说，“要是加在小垂直木管里的水代表一磅重的同等力量，比方说，而它的动作也要忠实的转移到流质方面，影响到花盆方面它所代表的面积的各点上，那么，那里就有一千份的水了。这一千份的水都因为受到了叫水在垂直管子里下降的同样力量的压迫而上升，”布郎赤特一边说，一边给拉发埃尔指着花盆，“这水一定要在这里产生出比进来的力量高上一千倍的力量。”

学者用手指给侯爵指着垂直插在陶土里的木管。

“这是很简单的道理。”拉发埃尔说。

布郎赤特微微的一笑。

“换句话说，”他用数学家的坚毅接着说，“要是要抵抗水的涨溢的话，我们就必须在大面积的每一点上施放垂直木管给引进的同样数量的力量；不过，这里也有一个分别，要是管里的一份水一尺高，大面积里的一千份水就只能够略为上升一丁点儿。现在，”布郎赤特一边说，一边拿手指弹了一下他的管子，“让我们拿几个可以产生相当力量的其他合宜的铁管子来代替这个粗糙的小玩意儿。要是您拿一块结实活动的铁板盖上大积水器的水面，再拿一块有抵抗力的结实铁板给它夹住，让我不断的在垂直的管子里加水，那么，放在这两块铁板中间的东西就一定会因为无限制的压榨而粉碎了。不断的在小管子里灌水，这是力学的小把戏。把流质的力量转移到铁板上去也是这样的。两个塞子和几个活塞也就够了。亲爱的先生，”他挽住瓦仑丹的手臂说，“您现在明白了放在两个无限的抵抗力之间的物体，没有不会被压榨而毁灭了的吗？”

“什么！这是《外省通讯》的作者给发明的吗？……”拉发埃尔嚷着。

“他一个人发明的，先生。力学不知道任何比这个更简单，更美妙的东西。相反的原则就是水的膨胀性，蒸汽机就是根据这原则而发明的。不过，水的膨胀性是有限度的，它的不可压榨性却是无限的，虽然它是一种消极的力量。”

“要是这张皮放大了，”拉发埃尔说，“我就答应您给巴斯迦尔建造一个大像，筹出一笔奖金，每十年给解决力学上一个最大问题的人奖赏十万佛郎，给您的叔伯姊妹，表姊妹等一些嫁资，再拿些钱来建立一所救济院去救济发疯的穷苦的数学家。”

“这倒很有用，”布朗赤特辩答说，“先生，”他用生活在理性环境里的镇静的态度接着说，“我们明天可以到史皮葛尔特家里去。这个著名的力学家刚刚根据我的计划制造了一个完美的机器。用了这机器，一个小孩子就可以在帽子里装上一千扎干草。”

“明天见，先生。”

“明天见。”

“请您跟我谈一谈力学罢！”拉发埃尔嚷着，“力学不是科学里最有趣的一门学问吗？另外的一个科学家忙着他的野驴，他的分类，他的鸭子，他的种类和装满怪物的大小瓶子，他最多只能够替人家记录弹子球的分数。”

四十四

第二天，拉发埃尔非常快乐的寻找布郎赤特来。他们两个人就一块儿到健康街去。这街道的名字就是一个好预兆。

年轻人在史皮葛尔特的大工厂里。他的眼睛射在许多火红的锻钢场上。这是如雨的火花，钉子的洪流，塞子，螺钉，杠杆，枕木，锉刀，螺旋孔的汪洋，铸铁，木块，活塞，铁棍的大海。铁屑都飞塞到人家的咽喉。空气里都有铁，一切的人身上都盖有铁，一切的一切都有铁味，铁有生命，铁变成了有机体，它流转，它走路，它用各种形式来思想，来适应一切的偏好。拉发埃尔在风箱的鸣响，铁锤的奏乐，使铁块呼号的塔楼的嘶叫里来到了一间清洁通气的大厅。他居然能够在里面清闲自在的欣赏着布郎赤特所说的大压榨机。他叹慕一些铸铁的厚板和一些由坚韧的核心给连在一起的双铁条。

“要是您快快的转了七下这几柄，”史皮葛尔特指着一个平滑的铁摆对他说，“您就可以叫一个钢板射出成千的铁片，仿佛针似的钻进您的大腿。”

“噢！”

布郎赤特亲手拿驴皮放在这上等的压榨机的两块铁片的中间。他有一种科学家的安详态度，兴奋的转动铁摆。

“你们都躺下，咱们完了！”史皮葛尔特大声呼叫，卧倒在地下。

一阵可怕的啸声在各工场里荡漾着。机器里的水冲破了铁锅，发出无从计算的力量，幸而射落在一只老旧的炼钢炉上，打翻了它，粉碎了它，仿佛飓风吹到了一间房子把它带走似的。

“噢！”布郎赤特冷静的说，“驴皮跟我的眼睛一样的无恙！史皮葛尔特先生，您的铁锅里一定有一个裂口，不然的话，就是大管里有什么窟窿……”

“不，不，我知道我的铁锅。先生可以带回他的家伙，那里边藏有魔鬼。”

这个德意志人就拿起一把铁锤，把驴皮放在铁墩上，愤怒的猛力敲打这护符，他的工场从来也没有发现过这样敲打的声音。

“一点儿也不管事儿。”布郎赤特摸着倔强的驴皮说。

工人们都跑来了。工头拿了驴皮，把它埋在一只炼钢炉的煤炭里。一切的人都在火边围成一个半圆形，不耐烦的等着一只大风箱的动作。拉发埃尔、史皮葛尔特和布郎赤特教授站在这一群黑黝黝的聚精会神的人众中央。看了这一切的眼睛，这些蒙着铁粉的脑袋，这些黑得发亮的衣服，这些生毛的胸脯，拉发埃尔都以为自己让人家给带到德意志歌曲给描写的怪异的黑夜世界里来。把驴皮放在炉里十分钟之后，工头就拿钳子把它钳了出来。

“还给我罢。”拉发埃尔说。

工头诙谐的把驴皮递给拉发埃尔。侯爵轻便的转动着在他手指中间又凉又软的驴皮。工人们大叫一声，大家都跑走了。只有瓦仑丹一个人跟布郎赤特留在这荒芜的工场里。

“那里头一定有什么鬼怪！”拉发埃尔失望的说，“所以，任何人类的力量都不能够叫我多活上一天吗？”

“先生，我错了，”数学家懊悔的回答，“我们得拿这张怪皮让轧薄机去想办法，我刚才叫您拿它来压，简直是瞎了眼睛！”

“是我要您这么干的。”拉发埃尔答辩说。

学者仿佛让十二个审判官给释放的罪犯似的呼吸着。不过，因为他对这张皮给他引起的问题很感兴趣，他就思索了一些时候，说：

“我们得到用化验的药品来对付这莫名其妙的物体。咱们看看查菲去罢，也许化学要比力学更有办法。”

瓦仑丹鞭打他的马，要它快步驰奔，希望能够在试验室里找到著名的化学家查菲。

“好，老朋友，”布郎赤特看见查菲坐在靠椅里瞧着一个沉淀物，就这样的说，“化学怎么样啦?”

“化学睡觉了。什么新的花样也没有。不过科学院倒认识了水杨精的存在；但是水杨精啦、龙须菜精啦、芜格林精啦、毛地黄精啦、这些都不算是发明……”

“因为你们没有发明事物的能力，”拉发埃尔说，“你们似乎就只好发明些名词。”

“这倒是真的，年轻人!”

“瞧，”布郎赤特教授对化学家说，“请你给我们化验这个东西；要是你能够从中抽出一种什么精，我要预先给它起个名字，叫做‘魔精’，因为我们刚才想要压榨它，倒弄破了一架水压机。”

“咱们瞧瞧看罢!”化学家快乐的喊，“这也许只是一种新的简单的物体。”

“先生，”拉发埃尔说，“这的的确确是一张驴皮。”

“先生……”著名的化学家说。

“我并不是说笑话。”侯爵答辩说，他把驴皮递给化学家。

查菲男爵用他的舌尖舔着驴皮。他的舌头最能够辨别盐味，酸味，碱味和气味。可是舔了几下，却说：

“一点儿味道也没有！咱们让它喝一点儿氢氟酸。”

这种药品本来可以立刻分解野兽的皮革，但是在这药品的动作之下，这驴皮却丝毫也没有改变。

“这一点儿也不是驴皮!”化学家喊道，“咱们得把这神秘的东西当做矿物来看待，把它放在一个不可溶解的罐子里，我在罐子里刚刚好有点红色的氢氧化钾。”

查菲出去一会儿，又回来。

“先生，”他对拉发埃尔说，“让我割一块这奇怪的物体，它太特别了……”

“一块吗?”拉发埃尔惊惧的说，“跟一根毛那么大的一丁点儿都割不动。您先试试看!”他用悲惨的嘲弄口吻说。

学者想要割破这驴皮，然而他却折断了一把剃刀。他就想拿强力的电震来粉碎这兽皮，让电池的动作来解决这问题。最后，就是科学的爆炸也毁不掉这可怕的护符。已经晚上七点钟了。布郎赤特、查菲、拉发埃尔都没有觉到时间的流逝，他们都在等着最后一次实验的结果。就是放了相当成分的氯化氮，驴皮也还从一个可怕的爆炸里胜利的出来。

“我完了!”拉发埃尔喊道，“上帝在这里，我要死了……”

他留下两个惊惧的学者，离开他们走了。

“我们得守秘密，别在科学院告诉人家我们这一次所有的经过，我们的同事都会笑话我们的。”两位科学家互相的瞟视，不敢表露思想的歇了一些时候之后，布郎赤特就对化学家说。

两位学者就像从墓里出来而没有在天上找到一个天神的基督徒似的。科学吗？没有力量！酸液吗？等于水！红色氢氧化钾吗？没有面子！电池和电震吗？两种儿童的玩具而已！

“一架水压机就像面包泡在汤里似的溶化了！”布郎赤特加上一句话说。

“我相信魔鬼。”查菲男爵缄默了一会儿之后，说。

“我倒相信上帝。”布郎赤特回答说。

两个人都明白自己的作用。在一个力学家看来，宇宙是一个需要一个工人来转动的机器；在一个化学家看来，这个世界却只是一个赋有运动性的气体，因为化学是粉碎一切的魔鬼所做的工程。

“我们不能够否认事实。”化学家接着说。

“嘿！强权派党人曾经给我们发明过一句难懂的格言来安慰我们。他们说：跟事实一样糊涂的傻子。”

“我，”化学家答辩说，“我觉得你的格言倒像是：跟傻子一样糊涂的事实。”

他们都笑了，都用只把神迹看做平常现象的人的态度来吃他们的晚饭。

四十五

回家的时候，瓦仑丹浑身的冰冷疯狂。他不相信任何的东西。思想在他的脑袋里沸腾着，旋转着，动荡着，仿佛一个办事感到棘手的人似的。他有意的相信史皮葛尔特的机械有什么秘密的缺点。科学的无能和煤火的柔弱都不惊动他，然而手里动转着的驴皮的柔软，碰到毁坏的法术而变硬的驴皮的坚固，这却使他大为惊惧。这无可否认的事实使他的精神昏迷不清。

“我疯了，”他心里想。“虽然一清早起我就没有吃过东西，可是我既不饿，也不渴，我只觉得胸膛里有个燃烧我的火炉……”

他又把驴皮搁在从前藏放它的框子里，再给这时候的护符的轮廓拿红墨水给描上一条线。然后，他就坐在靠椅里。

“已经八点钟了！”他惊愕的说，“这一天简直是做梦。”

他拿肘子靠在靠椅的椅把上，用左手扶住他的头，沉溺在一种悲痛的冥思里，一种绞人的思想里。这种思想的秘密是让被判死刑的罪犯给带走了的。

“啊！保琳，”他嚷道，“可怜的孩子！有的深渊是爱情所不能够飞渡的，无论爱情的翅膀怎么样的强壮。”

这时候，他忽然听得非常清楚一声吐出而又吞下的叹息。一个最动人的爱情权利让他认得这是保琳的气息。

“噢！”他对自己说，“我的判决词就在这里了。要是她在这里，我就愿意死在她的怀抱里。”

一阵坦白快乐的笑声使他转过头来，瞧着他的床。他从透明的帐幕里看见保琳的脸孔仿佛儿童成功的做了一次恶作剧似的微笑着，美丽的头发在她的肩上结成了成千的发环，她就像一堆白色玫瑰花上的一朵孟加拉的玫瑰花似的。

“我贿赂了约拿达斯，”她说，“这张床难道不是属于我，您的妻子的吗？别骂我，亲爱的，我只希望睡在您旁边来惊动您。请您原谅我的疯狂。”

她用猫一般的动作，从床上跳了下来，神采奕奕的穿着洋纱的衣服，坐在拉发埃尔的膝盖上。

“我的爱，你说的到底是什么深渊呀？”她说着，让他看出她的额头有个忧虑的表情。

“死的深渊。”

"你让我苦痛，"她回答说，"我们这些其他的人，我们这些可怜的女人，有些思想是我们所不能够收留的，它简直要杀死我们。到底是爱情的力量呢，还是缺乏勇气呢？我不知道。死不会恫吓我，"她笑着，接着说，"跟你一同死在最后一个接吻里，这一定很幸福。我会觉得好像活了不止一百年。要是我们在一个夜里，一个钟头内消耗了整个的一个平静的爱情生活，能活上多少日子又有什么关系呢！"

"你说得对，上天借你的朱唇来说这些话。请你伸过你的嘴唇来让我吻它，我们就这样的死去好啦。"拉发埃尔说。

"我们就这样的死去好啦，"她笑着回答说。

四十六

清晨九点钟，日光透进百叶窗的缝隙，让洋纱的帐幕给软化了，使人还可以看出地毡的丰富的颜色和两个情人在内休息的卧室里边的加绢的家具。几个镀金的器具闪烁着光辉。太阳的光芒消灭在爱情的游戏给扔在地下的细嫩的鸟毛被上。保琳的袍子挂在可以转动的大玻璃镜上，就像是烟云的出现。精美的鞋子就丢在离床相当远的地方。一只黄莺飞来栖在窗柱上，重复的鸣啭和起飞时突然发出的翅膀的声音惊醒了拉发埃尔。

"要死去的话，"他继续梦中的思想，嘴里说，"我的躯体，我的意志给支持的这个骨肉机器，这一架使我变成一个'人'的机器，它就得显露出一个看得见的损伤。医生们应当认得出这活力受到打击的征候，他们能够告诉我到底我是健康呢，还是生了病。"

他瞧着给他伸过头，给他在梦里表现爱情柔思的酣睡着的女人。保琳仿佛一个儿童似的风雅的横卧着，她的脸孔朝着他这边转来，好像还给他伸来一只因为平匀纯洁的呼吸而半开半闭的嘴似的。瓷器一般的小牙齿衬出她的鲜艳的朱唇，唇上挂着一个微笑。桃红的颜色和洁白的肤色要比白天里爱情最热的时刻还要活泼，还要白皙。充满信念的放任的风韵叫潜伏的童年情趣和爱情的雅致混合在一起。

就是最自然的女人白天里也还服从一些社会的风尚去抑制灵魂的天真开展，但是睡眠好像叫她们恢复了装饰最初年华的奋发的生命。保琳并没有什么可脸红的，好像那些还没有经过理性给姿态投入思想，给眼色渗进秘密的亲爱的仙女似的。

她侧面躺在枕头的细麻布上。粗大的花边带和她的蓬乱头发混杂在一起，叫她生出一种活泼的神色；可是，她就昏睡在欢乐的梦乡里，她的长睫毛就贴伏在她的脸颊上，仿佛要给她的视线防止过分强烈的光芒的袭击或帮助她在保持暂时的情欲时来集结她的灵魂似的。她那白中带红的娇嫩耳朵就包在发丛里，由马玲式的发髻给陪衬出来，可以叫一个艺术家，一个画家，一个老年人发生桃花疯；她也许也会使失去知觉的人恢复理性。看着您的情妇笑容满面的在您的保护下睡在平静的梦境里，还在梦里爱您，还在几乎不存在的时刻里给您献出一只缄默的嘴，在睡梦里给您谈到最后的接吻！看着一个半裸体的无忧无虑的女人好像穿外衣似的包裹在爱情里，在纷乱里现出贞洁；欣赏着她的散乱的衣裳，前一天晚上为着使您快乐而快速脱下的一只丝袜，一条给您表示无限信托的松了的腰带！这难道不是一种无名的快乐吗？这条腰带就是整个的一首诗；扎这腰带的女人已经不存在了，她已经是属于您的了，她已经变成了“您”；从此之后，出卖她就是伤害自己。

动情的拉发埃尔瞧着这充满爱情和回忆的光艳娇媚的卧室。他又回来察视这纯洁年青的钟情的女人。他愿意永远活着。他的眼光射落在保琳身上的时候，保琳就立刻睁开眼睛，仿佛受到光线的袭击似的。

“你好，朋友，”她微微的一笑，对他说，“你真美，你这坏人!”

这两个脑袋印有爱情、青春、微光和寂寞给留下的温雅痕迹，形成了一个神圣的幕景，它的暂时的魔术只属于初恋的感情，仿佛天真和诚实是儿童的德性似的。唉！这初恋的快乐，这青春时期的欢笑都须流逝而亡，不能够存在于我们的回忆里，来使我们悲哀，或给我们投来一些安慰的香气，都要看我们的秘密思考的偏向怎么样而定。

“你为什么醒来呀?”拉发埃尔说，“我最喜欢欣赏你睡觉，我都为这哭了……”

“我也一样，”她回答说，“昨天夜里，我看见你休息的样子也哭了，可是这倒不是为的快乐。你听，我的拉发埃尔，听我的话。你睡觉的时候，呼吸并不自由，胸脯里好像有什么东西在响似的，叫我害怕。你睡着的时候轻轻的干咳了几声。就跟我父亲完全一样，我父亲患痨病死的。我从你的肺部声音里认得出一些怪现象。而且，你还发烧，我的确相信，你的手又潮湿，又热烫……亲爱的！你还年轻，”她颤抖的加上一句话说，“你的病还可以好，要是不幸……可是，不，”她快乐的喊了起来，“没有什么不幸，医生们都说这种病会传染。”

她拿两只手臂紧紧的抱住拉发埃尔，拿可以招置灵魂的接吻来抑止他的呼吸。

“我不希望活到老，”她说，“咱们俩都年纪轻轻的死去，手里拿满花朵到天上去罢。”

“我们身体康健的时候，总有这些计划，”拉发埃尔伸手探进保琳的头发，回答说。

可是，接着就是一连串的咳嗽。这是严重的响亮的咳嗽，仿佛从棺材里出来，可以叫病人脸色发青，神经和筋骨动摇，脊髓疲惫，血管灌满什么重量之后又叫他流汗发抖的咳嗽。衰颓的拉发埃尔脸色发青了。他慢慢的躺了下来，仿佛最后的努力而消耗一切力量的人似的倒了下去。保琳睁大恐惧的眼睛瞧他。她沉默的愣着，脸色只管发白。

“别再发疯了，我的天使，”她一边说，一边设法给拉发埃尔掩瞒她的可怕的恐惧。

她用手遮着她的脸，因为她看到了“死神”的丑陋的骷髅。

拉发埃尔的头变成青灰色，凹陷的，仿佛从墓园里挖出来让学者去研究的一颗头骨似的。保琳想到瓦仑丹前一夜的叹语，就对自己说：

“是的，世界上有一种深渊，是爱情所不能够飞渡的，可是爱情得沉埋在那里。”

四十七

这悲痛的景象发生之后几天，三月的一个早晨，拉发埃尔坐在一张靠椅里，旁边围着四个医生。就是这些医生叫人家把他安置在这卧室窗前有日光的地方。他们轮流的摸着他的脉搏，诊察他，表面上非常关心的询问他。

病人到他们的姿势和额头的皱纹里去侦查他们的思想。这一次的诊视是他的最后希望。这些高超的审判官就要对他宣告生死的判决书。

所以，为着获取人类科学的最后一句话起见，瓦仑丹就问卜于现代的医学。谢谢他的巨大财产和崇高名声，代表三种人类知识的三种科学系统都在这里，他的面前。其中的三位医生都带来了整个的医术哲学，代表了唯心论，分析论和什么可笑的中间主义的斗争。第四位医生就是毕安仓·霍拉斯，他是一个有前途，有知识的科学家，也许也是新派医生中最出类拔萃的人物。

他是一群好学的年轻人的贤明谦虚的代表；这些年轻人都等着搜集五十年来巴黎学派的遗产，也许还要根据以往的不同材料去建立一个新的运动。他是侯爵和拉斯迪额的朋友，所以，几天以来就来照应拉发埃尔，帮助他回答三位医学教授的询问，有的时候还给他们忍耐解释他觉得有肺痨征候的现象。

“您大约过分的放任，过一种浪费的生活罢？您大约曾经过分用功的研究过学问罢？”三位医生中有一个方头、阔脸、体格强健，比其他两个都显得高卓的医生问拉发埃尔说。

“花了三年的工夫写了一部大书之后，我曾经愿意过用放荡的生活来自杀，你们也许有一天可以看到我这一部书。”拉发埃尔回答说。

伟大的医生摇了摇头，表示满意，好像是对自己说：“我一瞧就知道是这情形！”这位医生就是著名的布里塞，他是有机主义的领袖，卡巴尼斯和毕查的承统人，实证主义和机械主义的医生。这一派医生都认为人是一个有限的存在物，只顺从身体结构的定律，正常和反常的状态都可以拿明显的原因来解释。

听了这句回答，布里塞就缄默瞧着一个紫色脸孔，眼睛火炽的中等身材的人。这个人仿佛是古代半人半羊的怪物，他把背靠在窗口上，聚精会神的瞧着拉发埃尔，嘴里不说一句话。卡麦里斯杜斯医生是一个有信仰的激昂的人，他是活力主义的领袖，黑尔孟特爵士的抽象理论的富有诗意的防卫人，他认为人类的生命是一种高贵秘密的原则，不可解释的现象，往往戏弄了手术刀，欺骗了外科医术，逍遥于药房的药材，代数的X，解剖学的界限之外，窃笑我们的努力，人类的生命是一种摸不着，看不见的火焰，只顺从什么神圣的律则，往往因为我们的判断而受罚被囚在一个躯体里，仿佛它也可以同样的离开最强壮的身体似的。

一道冷笑挂在第三个医生的嘴唇上。莫古礼迪医生是一个出色的人物，不过他却是一个怀疑论者，喜欢嘲笑的人，他只相信解剖刀，他同意布里塞的说法，认为一个身体强健的人可以死去，但也同意卡麦里斯杜斯的说法，认为人类死了之后还可以活着。他觉得一切的理论都有它的好处，却不采取任何的理论，说是最优美的医学系统就是不泥于理论，而注意事实。这个学派的领袖，这个观察的大王，这个伟大的诊病家，这个伟大的戏弄家，这个喜欢没有结果的尝试的人，他就细细的研究驴皮。

"我很想亲眼看看您的欲望和这驴皮的紧缩是怎么样的相符。"他对侯爵说。

"这有什么用处呀?"布里塞喊道。

"这有什么用处呀?"卡麦里斯杜斯重复说。

"啊！你们彼此同意了。"莫古礼迪回答说。

"这紧缩是很简单的事情。"布里塞加上一句话。

"它是超自然的现象。"卡麦里斯杜斯说。

"事实上，"莫古礼迪装出严肃的态度，把驴皮递还给拉发埃尔，嘴里答辩说，"皮的收缩是一种不可解释的事实，然而却是自然的现象，自从世界开始以来，它都使医学和美丽的女人失望。"

瓦仑丹用力观察三位医生，他并没有发现他们之中有任何一个人同情他的病痛。三个人对他的回答都没有言语，都用漠不关切的态度来憎视他，毫不怜惜的询问他。他们尽管有礼貌，却带有不关心的神色。也许为的是确信，也许为的是细想，他们都很少说话，都懒于开口。有的时候，拉发埃尔甚至于都以为他们分了心。只有布里塞不时的对毕安仓给指示的无望的病象回答一句："好！好！"卡麦里斯杜斯沉溺在深远的梦境里；莫古礼迪仿佛一个研究两个怪人，要把他们搬上舞台的喜剧作家似的。霍拉斯的脸色表露出一种深沉的苦痛，一种悲哀的怜悯。他刚当了没有多少时间的医生，他不能够在病人的苦痛之前无动于衷，他不能够在病榻旁边毫无感觉，他忍不住眼睛里让他看不清楚的友情的热泪，仿佛即将胜利的将军没有心情去倾听临死伤兵的喊叫似的。医生们花了半个钟头左右的时间去探测病症和病人，仿佛要替年轻人测量结婚礼服的裁缝似的，然后，他们就谈到一些公共的场所，甚至于政治；最终，他们就想到拉发埃尔的书房里去交换意见，起草诊断书。

“诸位先生，”瓦仑丹问他们，“我不能够参加你们的辩论吗？”

听了这句话，布里塞和莫古礼迪就激奋的嚷了起来，无论病人怎么样的恳求，他们都拒绝在他的面前讨论。拉发埃尔服从风俗，他想他能够溜到走廊里去听三个教授将要举行的医学辩论。

“诸位先生，”布里塞进去的时候说，“让我立刻告诉你们我的意见。我不愿意强勉你们相信，也不愿意你们提出异议。第一，这是很清楚的，很正确的，因为我们被邀来研究的病人是跟我的其他一位病人的情形完全一样；第二，人家还在我的医院里等着我。我必得到那里去，这事情的重要性可以原谅我第一个人先开口说话。我所诊治的这个病人也是过度用功的结果……他写了一部什么呀，霍拉斯？”他朝着年青的医生说。

“一部《意志论》。”

“什么呀！这是一个大题目。——我说，他是因为过分的思想，胡闹的乱吃，常用强烈刺激品而生病的。身体和脑力的剧烈动作败坏了整个的机构。诸位先生，我们不难从脸部和身体的征候里看出一个胃口的过分激动，脊髓神经的错乱，上腹的敏感和下腹的紧缩。你们已经注意到肝脏的发胀。还有，毕安仓先生已经不断的注意到他的病人的消化作用，而且告诉过我们这种作用很困难，很费劲。实在说起来，他的胃都已经不存在了，他这个人都已经消灭了。理智已经减衰了，因为这个人已经不能消化了。上腹是人类生命的中心，上腹的逐渐变化已经败坏了整个的系统。就是因为了这个道理，才有不断的立刻的散发。纷乱的情形从神经脉管传到脑子里，于是，也就产生了这器官的过分激动。他有偏狂性。病人总是受到一个顽固的观念的重压。在他看来，这驴皮的确在收缩，其实这张皮也许从来就是我们看的这个样子。但是，无论收缩不收缩，这驴皮在他看来总是某一个土耳其总理大臣鼻尖上的苍蝇。请你们立刻给他的上腹放在一些吸血虫，请你们设法平静整个人命所在的这个器官的激动，叫病人注意食物，这种偏狂也就会停止了。我不必再跟毕安仓医生多说话；他应当懂得治疗的方法。也许侯爵的病还有一些复杂性，也许他的呼吸管也同样的受刺激；但是我觉得肠胃的治疗要比肺部的治疗更为重要，更为必要，更为迫切。抽象问题的坚定研究和一些强烈的情感都在这生命的机构里产生了严重的骚扰。不过，我们还来得及修理这发动机，那里面还没有过分的损坏。所以，您也不难解救您朋友的命了。”他对毕安仓说。

“咱们这位有学问的同事把结果看做原因，”卡麦里斯杜斯回答说，“是的，他注意到的变化的确是这病人所有的，但是胃脏并不像花玻璃的一个裂纹向四周发展似的在机构里渐渐朝着脑子散发病毒。我们得有一个锤子打破花玻璃，但是这一锤是谁打的呢？我们知道它吗？我们相当充分的研究过病人吗？我们知道清楚他一生所有的一切事情吗？诸位先生，活力原则，黑尔孟特爵士所说的元气已经在他身上受伤了，生命力本身都受到致命的打击；神圣的火花，这联络机器和产生意志的理性，这生命的科学，它都已经停止去调节机械的日常现象和每一个器官的功能了：我的同事所知道的错乱其实就是从这里产生出来的。这动作不是从上腹发展到脑子去的，而是从脑子发展到上腹去的。不，”他猛力拍着胸脯说，“不，我不是由胃脏给做成的一个人！不，一切的东西都不在那里。我觉得没有勇气来说，要是我有一个好上腹，其余的就……——我们不能够拿同样的物理原因，同样的治疗方法去解决各种不同的病人所有的严重病症，”他比较温和的接着说，“任何人都不像其他的人。我们大家都有特殊的器官，都受到不同的感应，不同的抚养，可以负担不同的责任，发展必要的思想去完成我们所不知道的天道。至高的‘绝对’可以因为一种高卓的意志来在我们身上进行维持生命的现象，在每一个人身上形成一种特殊的方式，使他变成表面上有限，而在某一点上却和无限的原因同其存在。所以，我们得分别研究每一个病人，深入认识他生命的构成成分，他的力量的来源。从潮湿的海绵的柔软起到一块坚硬的颜色石止，有许许多多无穷无尽的程度上的不同。人就是这样的。自淋巴腺的海绵性的器官起到生来长寿的人的钢铁似的肌肉止，但望这独一无二的系统不会弄出什么错误，不会拿你们认为随时被搅扰的什么平静身力的方法去治病！所以，我觉得我们需要一种精神上的治疗，对它加以深刻的研究。咱们应当在灵魂的腑脏里去寻找病症的原因，不要在肉体的腑脏里去追求它！一个医生是一个受过感应的人物，他有特殊的才能，上帝赐他力量去观察人类的活力，就像上帝赐先知慧眼去预窥将来，赐诗人机能去追求自然的美焕，赐音乐家机能去依照上天的典型，也许，来安排和协的声音似的！……”

“老是他这一套绝对论，神权论的宗教性的医学！”布里塞呻吟说。

“诸位先生，”莫古礼迪立刻俺住布里塞的叹息，插嘴说，“我们不要忘记了病人……”

“所以，这就是所谓的科学！”拉发埃尔悲痛的说，“我的痊愈原来是摇荡在一串念珠和一堆吸血虫之间，摇荡在杜布伊特兰的手术刀和荷亨罗哈亲王的祈祷之间！在划分事实和语言，物质和精神的界线当中，莫古礼迪就在那里犹豫。人类的'是'和'非'到处都跟随着我！老是拉柏莱的 Carymary Carymara，我精神上有病，就是 Carymary！我肉体上有病，就是 Carymara！我得活吗？他们却不知道。至少布郎赤特是更坦白的，因为他对我说：'我不知道。'"

这时候，瓦仑丹听见莫古礼迪医生的声音：

"这病人有偏狂，好，赞同！"他喊道，"但是他有二十万佛郎的年收，这种有偏狂的人很不多见，我们至少得给他们贡献一个意见。至于到底是他的上腹影响了他的脑子或是他的脑子影响了他的上腹，他死了之后，我们就可以拿事实来证明了。所以，我们应当归结一句话。他病了，这是一个不可否认的事实。他需要某种治疗。咱们不要再谈理论了。咱们应当给他放上一些吸血虫来平静他的肠胃和神经的激动，因为我们都同意他有这现象，然后再把他送到湖沼区去；我们同时应用两种系统的方法。如果他患了肺病，我们就不容易救治他；所以……"

拉发埃尔立刻离开走廊，回来坐在他的靠椅里。一会儿，四个医生也从书房里出来。霍拉斯带话来对他说：

"这几位先生都同意应当立刻在您胃上放些吸血虫，同时需要迫切的精神上和物质上的治疗。第一，您得调节食物，使您身体的激动平静……"

这里，布里塞做出一个赞同的表示。

"第二，还得需要一种心理的卫生来管制您的精神。所以，我们劝您到沙芜瓦的埃克斯湖沼区去，要是您愿意的话，或是到乌微尔额的孟铎尔湖沼区去。沙芜瓦的空气和风景都比岗达尔的好，但是您可以依据您的趣味选择。"

这里，卡麦里斯杜斯医生也做出一个同意的姿势。

“这些先生觉得您的呼吸器官有点小毛病，”毕安仓接着说，“他们都同意应用我从前给您开的药方。他们认为您的病不难痊愈，只是必须小心的轮流应用这不同的各种方法……并且……”

“并且这就是所谓的废话连篇！”拉发埃尔笑着说，把霍拉斯拉到书房里去，交给他这次毫无结果的诊治的报酬。

“他们都很符合逻辑，”年轻的医生回答他说，“卡麦里斯杜斯觉知，布里塞观察，莫古礼迪怀疑。人类不是有一个灵魂，一个躯壳，一个理性吗？这三种原动力之中的一种总在我们身上发生相当有力的影响，在人类的科学里总有人的成分。相信我，拉发埃尔，我们不能够治好病，我们只能够帮助人家痊愈。在布里塞的医学和卡麦里斯杜斯的医学之间还存在有一种自然疗病术：但是要这成功，我们就得认识我们的病人十年。总之，在医学里也有无能为力的地方，跟一切的科学似的。所以，你得设法谨慎的生活，你得设法到沙芜瓦去；最好的方法总永远是相信自然界的力量。”

拉发埃尔动身到埃克斯湖沼区去。

四十八

一个月之后，一个美丽的夏天的黄昏，几个到埃克斯湖沼区来的旅人，散步回来，聚焦在一个俱乐部的客厅里。

拉发埃尔坐在窗前，背朝着众人，一个人长时间的沉溺在机械的梦想里。我们的思想往往就在这种梦想里浮现着，络绎着，无形的消灭，仿佛轻淡的云彩似的掠过我们的心灵。这时候，悲哀是温柔的，快乐是轻浮的，灵魂几乎都昏睡了。拉发埃尔让自己过着快感的生活。他浸浴在黄昏的凉爽气候里，尝味着山岭的纯洁馨香的空气，自喜能够解除任何的苦痛，消弱驴皮的威胁。夕阳的红晕熄灭在山峰上头的时候，天气变冷了，他也就关上了窗户，离开了他的座位。

“先生，”一个老妇人对他说，“请您不要关上十字窗，可以吗？我们都闷极了……”

这句话的奇怪腔调打碎了拉发埃尔的耳膜，仿佛我们所要相信的一个朋友鲁莽说出的一句话，可以表露他的自私，可以打破我们的虚幻情绪似的。侯爵对老妇人投去一道不可侵犯的外交家的冷漠眼色，呼唤一个仆人；仆人到来的时候，他就对他说：

“打开这个窗户。”

一阵强烈的惊愕随着这句话而表现在一切的脸孔上。全场的人都开始耳语，都用某种表情瞧着病人，仿佛他做了什么无礼的举动似的。拉发埃尔还没有完全丢掉年轻人的懦怯，他不免害臊起来，但是他却清醒过来，提起勇气，追问自己这奇怪景象的意义。

忽然间他的脑袋起了快速的动作。以往的回忆清清楚楚的出现在他的面前。他所感应的情绪的原因都浮现了出来，仿佛生物学家在一切的分支上给巧妙注射染色液体的一个尸首的血管似的：他就在这图像里认到了自己，在这里回溯他的生活，一天一天，一个思想一个思想的追忆；他相当惊讶的发现自己黯淡无光的存在于这个喜欢嘲弄的人世当中，总是想到自己的命运，总是注意自己的苦痛，似乎喜欢轻蔑最无意义的闲谈，避免萍水相逢的暂时友谊（因为旅客都计算彼此不容易再相逢），不大关心别人，仿佛对浪花的冲击毫无感觉的岩石似的。

然后，稀有的直觉就让他阅读一切的灵魂。他发现在一支火炬的微光下有一个老年人的一块黄色的头骨，和他的一副讥讽的侧面。他回想从前曾经赚过这个老年人的钱，而没有向他提议让他来报复。再远一点儿，他看见一个美丽的女郎，她的妩媚只找到他的冰冷的反应。每一副脸孔都责备他不应该做出一个表面看来无可解释的错过，这错过的罪恶总是给人家的自尊心加上一个看不见的伤害。他曾经不自觉的伤害过向他身边集结的一切小虚荣心。他的座上客和曾经接受过他的赠马的人们都因为他的奢华而愤怒，他惊异他们的无情，就取消了他对他们的厚待。自此之后，他们就认为受到他的轻蔑，也就骂他贵族作风了。

这样的探究人家的心绪，他就居然能够分析他们的秘密思想。他讨厌社会，讨厌社会的礼仪和社会的虚文。因为他既富裕，又聪明，人家也都羡慕他，又愤恨他。他的缄默使好奇的人莫测高深，他的谦逊在庸俗肤浅的人看来就是高傲。他猜出了他对他们所有的不可赦免的潜存的罪过——躲避他们的平庸裁判。他反抗他们的专横探究，懂得怎么样的超过他们。为着报复他这内心的骄傲起见，一切的人都本能的联成一气，来让他知道他们的力量，来排斥他，来叫他懂得他们也能够超过他。

最初，他对这人世的观点颇有一些怜惜的意向，不久他就想到给他这样的揭开包藏精神世界的人肉布幕的柔和力量而战栗了。于是，他也就闭上了他的眼睛，仿佛不愿意再看任何的东西似的。突然间，一张黑幕给盖上了这可怕的真理幻灯，但是他却发现自己就生存在这等待权力和统治的可怕的孤独生活里。

这时候，他忽然剧烈的咳嗽。他并没有收集上流社会的人物偶然相逢时给装出的彬彬有礼的同情的任何一句漠不相关的俗语，然而他却听到敌忾的叹息和低声的怨恨。社会甚至于都用不着再为他皱眉，因为他也许都已经猜到了人们的用意。

“他生的是传染病……”

“俱乐部的负责人应当禁止他到这客厅里来。”

“按规矩，实在不能够允许人家这样的咳嗽！”

“病成这个样子的人不应当到湖沼区来……”

“他会把我从这里赶走!”

拉发埃尔站了起来，想要窃听大家的咒骂。他在公寓里散步。因为希望找到一个靠山，他就又回来，走到一位闲着的女郎身边，想对她说几句讨媚的话。但是他一到来，这女郎就转过身背，装着看跳舞。拉发埃尔只怕在这晚会里已经应用了他的护符。他既没有勇气，也没有志愿去开始会谈，就离开了客厅，躲到弹子球房里去。这里，谁也不跟他寒暄，谁也不向他致敬，谁也不给他投来一丁点儿表示欢迎的眼色。直觉就给天性沉思的人揭破人家所以厌恶他的一般原因。也许这小小的社会不知不觉的顺从了高等社会的规律。这社会的不可侵犯的气度就整个的呈露在拉发埃尔的眼前。他退一步来省察，这就给他指出这社会的十足典型就是福多拉。他既不能够让福多拉来同情他的心病，也就不能够让这社会来怜惜他的身体疾病了。

高等的社会从它的怀抱里驱走了不幸的人，就像一个体格强壮的人从身里逐出病魔似的。社会厌恨苦痛和不幸，认为这些都是一种传染病。社会从来也没有犹豫在苦痛不幸和恶习之间去选择其中的一个：恶习就是一种奢华。无论一个不幸怎么样的神气，社会却懂得怎么样的使它变成渺小，怎么样的拿三言两语去讽刺它。社会画好许多讽刺画，它给失败的国王头上投去它以为从他们那里收到的侮辱。就像古代罗马游艺场的年轻人似的，社会从来也不宽恕跌倒的角技人；它只看到黄金和笑谑……“让弱者死亡!”这是这世界各国所有的一种骑士会的愿望，因为到处都站立着富人，而这个判决书也就写在奢华的生活所萎靡的，或权贵的生活所养育的心灵的深处。

你要让孩子们聚集在一个学校里吗？……这就是社会的缩影。这影像是真切的，天真的，实在的，因为它能够让您看到可怜的孩子，苦痛的儿童总是怎么样不断的处在轻蔑和怜悯之间（《福音书》答应他们可以升入天堂）。您要降低到生物的阶层去吗？……要是鸡群里有几个家禽生了病，其他的鸡就跟在后面拿嘴喙去啄它，拔去它的毛，杀死它。

社会忠实于这个自私的宪章，对来冒犯它的节庆，来败坏它的欢乐的弱者施行它的严刑。无论什么人，只要有身体上或心灵上的苦痛，缺乏金钱或没有权力，他就是一个让人褫夺公权的人。他必须停留在他的沙漠里！要是越出雷池一步，他就会到处找到冬天：冰冷的眼色，冰冷的态度，冰冷的语言，冰冷的心灵。要是他没有在应当得到安慰的地方遇到侮慢，他就算是幸福的了！——临死的人，你们就停留在荒芜的病榻上面罢。老年人们，你们就孤独的待在冷漠的家里罢。没有嫁资的少女们，你们就在寂寞的仓库里发冷发热罢。要是社会容忍一个不幸的人，它难道不是要照他的用途而来培养他，使它能够从中取利，给他装上一架鞍子，勒上马辔，铺上鞍布，骑上他的背来寻开心吗？容易发怒的乡下姑娘们，你们就拿出一副快乐的脸孔来忍受冒称恩人的主妇的怒气，给带走她的狗罢；你们有英吉利卷毛狗跟你们争宠，你们必须设法叫你们的女主人高兴，猜测她的意向，再关上你们的嘴罢！还有你，你这没有制服的家仆之王，你这厚着脸皮的寄生虫，你就在家里别使性子，主人消化你也消化，主人哭你也哭，主人笑你也笑，你得把主人的讽刺看做温言蜜语，要是你要骂他的话，好，你就等着他的没落。所以，社会就是这样的愤恨不幸的人：它杀他或驱他，它轻贱他，它压迫他。

这些思想就由一种及时的诗意感应而消沉在拉发埃尔的心头。他向周围瞧了一眼，觉得社会给蒸溜来疏远穷苦的人的残酷的一阵冷气，这种冷气比起刺人躯体的十二月的北风来，还要强烈的刺戮灵魂。他在胸前叉着双手，背靠着墙，堕在一种深远的悲哀里。他想到这可怕的规律给人世寻觅的些微幸福。这是什么呢？没有欢乐的游玩，没有快乐的喜悦，没有享受的节庆，没有情欲的疯狂，没有火花的炉中木块或灰烬。抬起头来的时候，他发现只有他一个人留下，因为就连打弹子球的人也都逃走了。

“要让他们敬重我的咳嗽，只要拿出我的权力也就够了！”他对自己说。

想到这里，他就给世界和他之间仿佛穿上一件外衣似的投去一个轻蔑。

第二天，湖沼区的医生和蔼的拜访他来，而且非常关心他的健康。拉发埃尔听到这些友情的语言，不禁发出一个快乐的动作。他发现医生的姿仪充满着温和的善意，金栗色的假发呼吸着慈善的气味，方形上衣的剪裁，裤子的褶痕，圭哥儿教徒似的阔鞋，这一切的一切，甚至于他的发辫给稍微弯曲的身背留下的粉迹，都露出一种圣徒的性格，基督徒的慈善，和一个努力救护病人而勉强学会各种牌戏来时常赚病人的钱的人的忠诚。

“侯爵大人，”他和拉发埃尔长谈之后，就说，“我一定会给您消除您的忧愁。现在我相当清楚您的身体，我可以肯定的说巴黎的医生们都看错了您的病，虽然我认识他们的才能。除非有意外的事情，侯爵大人，您一定能够跟穆都沙冷似的长寿。您的肺就跟风箱似的强壮，您的胃口胜过驼鸟的胃口；可是要您逗留在高气温里，您就有立刻走上圣地的危险。两句话就可以让侯爵大人懂得我了。化学告诉我们人类的呼吸在人类身体里头其实就是一种真正的燃烧作用，燃烧的程度要看个人体格给吸收的燃素的多寡为转移。您身里的燃素多得很。我可以说您含有过多的再酸化，因为您有感情丰富的人的热烈品质。新鲜洁净的空气可以促进脆弱的人的生活，可是它却反而会增加您所已有的过分快速的燃烧。所以，您的一种生存条件就是家畜棚和山谷的浓厚空气。是呀，

过度用功的天才所需要的活命的空气应当到德意志的肥沃牧场去寻找。它存在于巴登，它存在于德布里慈。要是您不讨厌英吉利，英国的浓雾环境也可以平静您的白热。然而我们的湖沼却坐落在高过地中海水平一千尺的地方，这对您是不利的。——这是我的意见，”他一边说，一边做出一个谦逊的姿势，“我是不顾我们自己的利益而对您说这些话的，因为要是您听了我的主意，我们就得惋惜不能够和您在一起了。”

要是没有这最后一句话，拉发埃尔一定会受到这位伪君子医生的假仁假义的感动。但是他是一个非常深刻的观察家，他不会不能够从陪伴这一段稍带嘲弄口气的语句的声音、姿势和眼色里猜出这个矮个子是怎么样的奉了快乐的病人大会的命令来完成一种使命的。这些脸色红润的闲人，这些烦琐的老妪，这些游牧的英吉利人，这些逃出家门而让情人带到这里来的小情妇，他们就这样的计划来驱逐这个表面看来不能够抵抗日常迫害的可怜的临死弱者！拉发埃尔看到这阴谋的用意，就接受了这斗争。

“因为你们会惋惜我离开，”他对医生说，“我一定要设法来应用您的劝告，同时又可以留在这里。从明天起，我就要叫人给我盖一所房子，我们可以在这房子里依照您的药方来改变空气。”

懂得拉发埃尔嘴唇上挂着的略带轻慢的微笑，医生只好对他行礼致敬，找不出一句话来对他说。

四十九

布尔志湖是超过地中海水平七八百尺的山岭缺口给形成的一个大洼，世界上任何地方都没有的这样明澈的浅蓝的水池。从猫牙岭看来，这只湖就像是那里的一块艳丽夺目的蓝色宝石。这个小湖有九里欧的周围，有的地方，几乎有五百尺深。在这一带水的中央坐上一叶扁舟，在清丽的天空之下，只听到拍水的桨声，只在地平线上看到烟云似的远山，欣赏法属莫里恩的灿烂的雪景，轮流的穿过许多铺有小灌木的花岗石岩，驶到含笑的山岭，一边是沙漠，一边是肥沃的自然界，这就像是一个穷人出席富人的宴会似的。这些调和的成分和矛盾的性质就凑成了一个景色，那里的一切都是伟大的，那里的一切都是渺小的。山景随着光线和观点的情况而变化：一棵一百尺高的古松看来就像是一根芦草，广阔的山谷就像是狭窄的小径。这是唯一可以让人家在这里谈心的湖沼。人家可以在这里思想，在这里恋爱。任何的地方，您都不能够遇到水、天、山、地这样美妙的和谐。这里有疗治一切生活病痛的药膏。这地方保守苦痛的秘密，安慰烦恼，减轻苦闷，给爱情投上我也不知道是哪一种的严肃的集中成分，让感情变成更深刻，更纯洁。一个接吻可以在那里生根滋长。不过，这特别是充满回忆的湖沼，它拿水波的颜色来引起回思，它是一面反照一切的大镜。

拉发埃尔只能够在这美丽的野景里忍受他的苦痛，他可以在这里不生感觉，默思而无欲求。医生来拜访他之后，他就乘舟出游，在一个美丽山岭的荒芜的尖角上登岸，圣伊诺桑村就坐落在山岭的上面。眼睛可以从这种海岬上俯视布盖伊山脉和湖底，罗恩河就在这山脉下面流注。但是，拉发埃尔却喜欢从这里远眺对岸的沙丁尼亚王室的墓地，高溪的悲凉的修道院，这些国王就像朝山香客到达圣地似的跪倒在群山之前。一阵节奏平匀的桨声打破了这山景的岑寂，给他送来类似僧侣歌颂的单调声音。

湖的这一部分地方平日都特别的孤寂，侯爵惊异能够在这里遇到其他的游客。他带梦的察究坐在小船上的旅人，认得船尾坐的就是前一天晚上这样严厉质问他的老妪。

小船驶过拉发埃尔面前的时候，只有这老妪的随身女仆对他行礼致敬，他仿佛是第一次看到这位高贵的可怜的女郎。一会儿，正当他听见身边有一阵袍衫触动的微响和轻快步伐的声音的时候，他就已经忘记了在海岬后面失踪了的游客。他转过头来，看见是女仆；女仆的紧迫气度使他猜想她有什么话要跟他说，他因此也就朝着她走上了几步。女郎有三十六岁的光景，高大而清瘦，干枯而冰冷。就像一切的老小姐似的，她的眼色也很不自然，也不能够符合这踌躇勉强而没有弹性的脚步。她既像年老又像年轻，她的某种尊严态度表现出她的美貌和完善的崇高价值。她还有那些不愿意情场失意而惯于自恋的女人所有的寺院派的谨慎姿仪。

“先生，您有生命的危险，别再到俱乐部来啦!”她一边对拉发埃尔说，一边退了几步，仿佛她的贞操已经受到了损害似的。

“可是，小姐，”瓦仑丹微笑着说，“请您说得更清楚一点儿，因为您都一直光降到这个地方来……”

“啊!”她接着说，“要是没有强力的动机，我也不会冒险让伯爵夫人不喜欢我，因为要是她知道我来通知您……”

“不过，谁会告诉她呀，小姐?”拉发埃尔惊惧的说。

“这也是真的，”老处女一边回答，一边给他投去一道猫头鹰看见太阳的时候所有的眼色，“可是，您得自己想一想，”她加上一句话说，“许多年轻人都计划逐您出境，他们都预备好要来跟您挑衅，逼您决斗。”

远处传来老贵妇的声音。

“小姐，”侯爵说，“谢谢您……”

他的女保护人听了她的主妇的声音就跑走了，因为老贵妇又在岩石的中间呜吠起来了。

“可怜的姑娘！苦痛的人都是互相了解，互相援助的。”拉发埃尔一边想，一边坐在一棵树的下面。

一切科学的钥匙无疑的就是怀疑。大多数的发明都是“怎么样”的赐予，人生的智巧也许也就是随时的自问“为什么”。但是这种人为的预知也同样的毁灭我们的幻想。所以，瓦仑丹没有经过预先的哲学思考，就拿这位老女仆的善良举动来做他的胡思乱想的根据，他觉得她话里带有仇恨的意味。

“我居然让一位女仆爱上了，”他对自己说，“这也没有什么奇怪：我才二十七岁，我有一个衔头和二十万佛郎的年收！可是这个比猫儿还要怕水的主妇却带她坐上船，到我身边来，这不是一桩怪事吗？这两个女人是到沙芜瓦来酣睡的。她们往往睡到中午才问人家天亮了没有，然而今天早晨八点钟之前就偶然的跟在我的后面来！……”

一会儿，这位老小姐和她的四十岁年纪的天真行为就在他的眼睛里变成了虚伪世界的一个新花样，一种卑劣的奸计，一个恶毒的阴谋，牧师或女人的一个无谓的争端。

这决斗到底是一个童话，还是人家有意拿来恫吓他的呢？这些苍蝇似的无耻的放肆小人已经激动了他的虚荣，唤醒了他的骄傲，引起了他的好奇。他既不愿意受骗，也不愿意让人家看做没出息，而且也觉得这一幕小悲剧有点意思，因此当天晚上就到俱乐部里来。他靠在云母石的壁炉台上，静静的站在大厅的中央，研究着免除受人暗算的方法。但是，他却细细的观察一切的脸孔，用心巡视一次整个的会场，仿佛自信有力量的猛狗似的等着格斗，不作任何无谓的鸣吠。

晚会将要结束的时候，他散步到赌厅里来，从入口的门走到弹子球室的门，不时不时的瞧着参加赌戏的年轻人。走了几个圈儿之后，他听见人家说到他的姓名。虽然人家只是低声的谈论，拉发埃尔倒不难猜出他已经变成了一个争辩的对象。他也终于听到了几句高声说出的话：

“你吗？”

“是呀，我!”

“我不相信你!”

“咱们打赌吗?”

“噢! 他行。”

瓦仑丹很想知道打赌的题目到底是什么。正当他向前走去，想要用心倾听他们怎么谈论的时候，一个脸孔强旺的又高又大的年轻人就从弹子房里边走了出来；这个人的眼睛发出一种呆定无礼的光芒，正是依赖物质力量的人所有的。

“先生，”他朝着拉发埃尔镇静的说，“人家派我来告诉您一桩您似乎还不知道的事情：您的脸孔和您这个人实在叫这里的人讨厌，尤其是我……您很知道礼貌，您不会不肯为群众的利益牺牲您自己，所以，我请您不要再到这俱乐部里来。”

“先生，帝政时代，这种开玩笑的方法就已经在许多兵营里流行过，不过今天它的腔调已经变得太坏了。”拉发埃尔冷冷的回答。

“我不是开玩笑呀，”年轻人回答说，“我再跟您说一遍：您的健康不允许您居住在这里；热气，光亮，厅里的空气和人众都对您的病有害处。”

“您在那儿念过医学呀?”拉发埃尔问。

“先生，我曾经在巴黎得过勒巴慈打靶场的学士学位，又在舞剑大王西里西埃家里得过硕士的衔头。”

“您只有等着得博士的学位了，”瓦仑丹答辩说，“要是您细细的研究礼节，您一定可以当一个完全的绅士。”

这时候，年轻的一群人都微笑的或缄默的走出了弹子房。其他的赌徒也注意到这事情，放下纸牌走来，听听这一场争吵，因为听争吵最叫他们过瘾。拉发埃尔一个人站在仇敌世界的中间，他尽量保持镇静，设法避免做下任何的错误。但是他的对头给加在他身上的凌辱却变成了格外刺人的，格外尖刻的，他也就厉声回答说：

“先生，今天已经不再允许我们给一个人打上一个嘴巴，可是我不知道得拿哪一个字眼来骂您这样荒唐的行为。”

“够啦！够啦！明天你们可以拿决斗来解释这问题了。”几个奋身奔入这两个斗士中间的年轻人都这样的说。

拉发埃尔走出了赌厅。他变成了侮辱别人的人，所以也只好接受一个约会，要在保尔都古堡附近的一个小斜坡草地里决斗。离这草地不远的地方有一条新路，可以让得胜的人从那里走到里昂去。拉发埃尔不是得躺在病榻上，就是得离开埃克斯湖沼区。社会胜利了。

第二天清早八点钟，拉发埃尔的对头带了两个证人和一个外科医生到场。

“我们这里一定很不错，这真是让人家决斗的好天气!”他瞧着蓝色的穹苍，湖水和岩石，就快乐的说，心里没有任何的犹疑和悲痛的顾虑，“——要是我打中了他的肩膀，”他继续说，“我就可以让他躺在床上一个月，不是吗，医生?”

“至少一个月，”外科医生回答说，“但是，请您让这棵柳树安静一会儿，不然的话，您的手酸了，您就不能够自由控制您的手枪了。您会杀死他而不是打伤他。”

大家听见一阵车辆的声音。

“他来了。”一会儿，两个证人看见路上有一辆由四匹马和两个车夫来驾驶的四轮轻车，就这样的说。

“真是怪脾气!”瓦仑丹的敌人喊道，“他就这么赶来让人家打死……”

决斗和赌博似的，最微末的细故都可以影响急欲成功的当事人的幻想；所以，年轻人就不耐烦的等着车辆的到来，然而车却停在大路上。

老约拿达斯第一个人先迟笨的下车来扶拉发埃尔。他拿衰弱的手臂搀着侯爵，拿情郎对情妇的细心来照应他。两个人都走进了分隔大路和决斗场的小径，而失踪不见了。相当长的时间之后，他们才重新的出现：因为他们走得很慢。这怪剧的四位观客看了瓦仑丹靠在老仆人的手臂上，都不禁生出一种深沉的感情：侯爵又衰瘦又苍白，他颠踬的走着，低下头，没有说半句话。您一定会说他们是一对同样损毁了的老年人，一个受时间的磨折，一个受思想的摧残，前者的年纪描写在白色的头发上，年青的一个就连年纪也没有。

“先生，我没有睡觉！”拉发埃尔对他的敌人说。

这句冰冷的话和陪着这句话而来的可怕的目光都叫这真正的挑衅人发抖。他在良心上感到自己的错过和他的行为的秘密的耻愧。拉发埃尔的气度，声音和姿仪都有一种特殊的性质。侯爵歇了一会儿，每一个人都跟着缄默。大家都极端的忧虑和注意。

“你还有时间来给我一个小小的赔礼呢，”他接着说，“请您给我赔这个礼罢，先生，不然的话，您就活不了啦。您这时候还在计算您的本领，您还以为决斗有把握，你还不取消这念头。好罢，先生，我是大方的，我预先告诉我您的优越性。我有一种可怕的力量。只要我愿意，我就可以消灭您的技巧，遮住您的眼睛，叫您的手发颤，叫您的心跳动，甚至于叫您杀死您自己。我不愿意施展这权力，因为我也得付出很大的代价。您并不是唯一得死的人。要是您拒绝不给我道歉，您的子弹就会落在这瀑布的水里，虽然您有杀人的本领，我的子弹却用不着我瞄准就会一直射进您的心脏。”

这时候，混杂的声音打断了拉发埃尔的话。说这些话的时候，侯爵不断的对他的敌人投去不可忍受的呆定目光，他再笔直的站着，露出一副不可侵犯的脸孔，仿佛一个凶恶的疯子似的。

“叫他别说话，”年轻人对一个证人说，“他的声音震破了我的腑脏！”

“先生，别说啦……您说的话没有用处。”外科医生和两位证人对拉发埃尔说。

“诸位先生，我完成一个任务。这年轻人有什么要准备的吗?”

“够啦！够啦！”

侯爵屹立不动，他没有一刹那不瞧着他的对头查礼。查礼受到一种魔术力量的控制，仿佛一只小鸟站在蟒蛇前面似的：他被迫接受这杀人的目光，只想躲避它，又不断的回来瞧着它。

“给我一点水喝，我渴啦……”他对同一个证人说。

“你怕吗?”

“是的，”他回答说，“这个人的眼睛发火，都叫我发昏。”

“你要给他道歉吗?”

“已经来不及啦！”

两个对头听命站在互相距离十五尺的地方。每一个人的身边都有一把手枪，每一个人都可以自由开两枪，但这却必须是在证人发出开枪的命令之后。

“你怎么啦，查礼?”敌人的帮手喊道，“你怎么先装子弹后装弹药呢！”

“我死啦！”他呻吟的回答，“你们怎么把我放在太阳对面呀！……”

“太阳在您背后呢，”瓦仑丹用一道严肃的腔调说，他慢慢的装备他的手枪，既不忧虑已经发下的开枪命令，也不注意敌人怎么样细心的对他瞄准。

这种毫不在意的超自然的态度有一种吓人的性质，甚至于都叫两位让好奇心给带到这里来观战的车夫惊惧。拉发埃尔要把玩施展他的力量。正当敌人的枪火朝他射来的时候，他却跟约拿达斯说话，瞧着他。查礼的子弹打断了一根柳枝，落在水上跳跃。拉发埃尔随便的开了一枪，就打中了敌人的心坎。他没有注意这个年轻人怎么样的跌倒，就立刻寻找他的驴皮，看看一条人命需要他多少的代价。护符只剩下橡树叶似的大小。

“好，你们在那儿看些什么呀，车夫？咱们走罢！”侯爵说。

当天晚上他就回到法兰西来，立刻取道乌微额大路，到孟铎尔湖沼区去。

五十

他又在孟铎尔湖沼区找到总要躲避他的社会。社会这样的躲避他，就跟野兽在远处嗅到同类的尸体就急忙的逃走似的。这仇恨是双方的。他的最后一次冒险使他对社会生出深刻的厌恶。所以，他的第一个举动就是到湖沼区境外去去寻找一个偏僻的避难所。他本能的觉到需要接近自然，接近真正的闲散，接近叫我们这样愉快让自己到田野去逍遥的卫生生活。

到来之后第二天，他就辛苦的攀登桑西峰，访问上层的山谷，悬空的地段，无人知晓的湖沼，孟铎尔诸岭的素朴茅舍（这些茅舍的粗野线条已经开始引诱艺术家的画笔了）。他不时的遇见一些和悲凉的山岭正相对照的新鲜雅致的山景。离开乡村差不多有半里欧路的地方，拉发埃尔发现自己处在一个风景宜人的区域里。这地方的自然界就像儿童似的淘气快乐，喜欢故意隐藏实物；看了这景色如画的天然隐庐，他就决定要在这里生活。这里的生活应当是跟草木的生活似的清静，自发而淡泊。

请您想象一个倒置的圆锥体，不过是一个花岗石的阔嘴圆锥体罢了。这是一种周围让参差不齐的凹凸形给割裂的盆子；这里

是一些寸草不生的浅蓝色削壁，太阳的光芒在上面溜过，就像掠过一面大镜似的；那里是一些有裂口有水洼的岩石，悬挂着无数由雨水给渐渐冲倒的石块。这些石块的上边往往覆有受风吹打的萎缩的树木；还有的就是这里那里的一些黑暗的新鲜的突角，上面长着一些柏树一般高的栗树丛或露出一些黄色的山洞。这些山洞张开又深又黑的嘴，里边掩饰着荆棘，花木和一块舌形的绿草地。

这山峡也许竟是古代的一个火山口；这山峡的深底就有一只池子。池水清澈如钻石。盆地的旁边都是岩石，柳树，菖蒲，榛树和百花怒放的芳草，盆地的周围有一块绿色的草场，仿佛英吉利花园的草地似的。细嫩的青草是由流通石缝的泉水给灌溉的，是由狂风从高峰上面不断带来的草料给加肥的。池子在一块岩石的臂膀上给修成不规则的狼牙形状，差不多有三亩地的面积；因为水和岩石相当接近，草地大约只有一两亩宽的光景；有的地方好容易才有相当的空隙让牛群走过。相当的地段甚至于都没有植物。花岗石在空中结成奇形怪状，凝成高山上面类似浮云的烟霞。

从小谷的幽雅地点看去，这些赤裸裸的岩石就和悲凉的蹂躏、可怕的崩坍、奇异的形状给构成的野蛮丰富的图像相对立。这些岩石里甚至于都有一块叫做和尚岩的，因为它很像是一个和尚。

这些尖峰，这些突出的石堆，这些悬空的穴洞就随着太阳的行程和气候的幻化而轮流的发出光辉，染上黄金的颜色，变成紫色，深浅的红色或暗灰色。这些高峰露出一种不断变化的景象，仿佛鸽子颈项上的虹条似的。您一定要说这里的两片火山喷石是由一把斧子给砍成两半的，在这两片喷石的中间，晨曦和晚霞往往就投进一道美丽的光线，一直射到这含笑的篮底，在盆地的水流上嬉戏，仿佛一条金光透入门扉，穿过让人午睡而关闭着的一间西班牙卧室似的。太阳翱翔在洪水时期之前的变化给留下无数水流的古代火山口上面的时候，堆满岩石的周围就发出热气，古老的火山就燃烧起来，快速的热气就唤醒了幼芽，滋养了草木，给花朵染上颜色，叫这无人知晓的一角地的果实成熟。

拉发埃尔到达这里的时候，看见有许多牛走进草场。他向池子前走了几步路之后，又看见在这地带最宽阔的地方上有一间花岗石砌成的房屋，上面盖着木顶。这种茅屋的房顶正好配合着这境地，装饰着许多苔草，长春藤和花朵，显得它是怎么样的古老。破损的烟囱吐出一阵飞鸟也不惊惧的浓烟。门前有一张大凳子，放在两棵忍冬树的中间，盖满了馨香的红花。人家好容易才能够在葡萄蔓底下，自由生长的玫瑰花和茉莉花给缠绕的绳子底下看到墙。这里的居民都毫不关心这田野的装饰品，他们不加照应，只让大自然去施展它的恩典。挂在铃铛果树上的襁褓就在太阳光下曝晒。一只猫蹲在修麻机上面，下面的一只新添的黄色小锅就安放在几堆马铃薯皮的中间。

拉发埃尔在房屋的另外一边看见有一道干枯的芒刺给制成的围墙，这无疑的为的是要防止鸡群去破坏果子和菜园。世界仿佛就完结在这里。这些房屋仿佛是一些在石洞里筑得巧妙的鸟巢，既含有艺术的意味，又惹不起人们的注意。这是天真而善良的本相，这是纯正而带有诗意的质朴，因为它在千里之外发扬着我们所润饰的诗章，因为它不像任何的思想，它只占有自己，它完全是偶然的凑合。拉发埃尔走来的时候，太阳正好从右边向左边投射光芒，使花木的颜色更加鲜艳，拿光线的权威和明亮的对照去叫灰黄色岩石的深底，各种不同的绿叶，蓝色，红色，白色的花朵，攀爬的植物和它的防寒器，苔草的光耀的丝绒颜色，灌木的紫色果房，反映花岗石的山峰、树木、房屋和天空的明澈的水流更加生色。在这秀丽的图像里，一切的一切都有它的光泽，上自光亮的云母石，下至浓淡配合得当的金栗色草丛。一切的东西看来都很调和，不管它是毛色光滑的牛，或是浮在蓝绿昆虫在内鸣叫的池水上面的水草，或是遮盖一个畸形石堆的头发似的树根。

水流，花朵和石洞都使这孤单的隐庐生香。它们的清冷气味都叫拉发埃尔生出一种类似情欲的感觉，收税官忘记来收小林的租税。这小林的岑寂就让两条狗的吠声给突然打破了。牛群转过头来朝着小谷的进口，给拉发埃尔显露潮湿的鼻嘴，呆呆的瞧了他一会儿之后，又开始吃草了。一只山羊仿佛让魔术给扔在岩石堆里似的，它和它的小羊都跳来站在拉发埃尔附近的一块花岗石板上面，要来诘问他的神气。狗的鸣吠引出了一个张着嘴的高大儿童，一会儿又走来了一个中等身材的白发老翁。

这两个人物是和山景、空气、花木、房屋相配合的。这丰沃的自然界到处显示健康，在这里，老年和童年都是美丽的；一切的存在都有一种素朴的闲散，一种否认虚伪哲学的幸福习惯，可以疗治空泛的心病。老翁像是施尼慈的雄厚笔力所画的模特儿：这是一副棕色的脸孔，满面的皱纹仿佛一触就会感到刺痛，一只笔直的鼻梁，两只突起的面颊，好像老葡萄叶似的红色的条纹，多角的轮廓，一切的强力性质，甚至于在没有力量的地方也显得强旺；一只胼胝的手虽然不再工作，却保留有稀少的白毛；真正的自由人的态度使人家觉得要是在意大利，他也许竟会因为爱好珍贵的自由而进身绿林。儿童是正宗的山中人。他有一双可以朝向太阳而不闪眼的黑眼睛，深灰的脸色，蓬乱的棕色头发。他是敏捷而坚毅的，动作有如小鸟的自然；他穿得一身的褴褛，让人家从衣服的破洞里看出一副洁白新鲜的皮肤。

两个人都静静的站着，互相的挨近，他们都有同样的感觉，他们的姿势都呈露出同样的闲逸生活的证据。老翁从事于儿童的嬉戏，儿童参加了老翁的幽默，仿佛曾经订立过弱者之间的同盟契约，或方生未死的力量之间的联盟。一会儿，一个年纪差不多三十岁的妇人就在门限上出现。她一边走路，一边纺线。她是一个乌微尔额女人，颜色鲜明，气度和悦坦率，牙齿洁白，一副乌微尔额的脸孔，乌微尔额的身材，乌微尔额的梳妆，乌微尔额的袍衫，乌微尔额的丰满胸脯，一口的乌微尔额土话；她是这地方的典型。勤劳的风尚、无知、节俭、礼仪，这一切的一切都存在于她的身上。

她给拉发埃尔致敬。他们也就开始攀谈起来了。狗停止鸣吠了，老翁坐在朝阳的一条凳子上，儿童到处跟着他的母亲，缄默的倾听着，端详客人。

“你们在这里都不害怕吗，太太?”

“我们那儿来的害怕呀，先生？我们把进口堵住了，谁还能够到这里来呀？噢，我们一点儿也不怕！何况，”她一边说，一边引侯爵到家里的大房间来，“贼要到我们这里来偷些什么呢?”

她指着烟熏的黑墙，墙上所有的装饰品只有蓝色、红色和绿色给沾染的图像：《克礼迪之死》、《耶稣基督的感情》、《帝国禁卫军的兵士》。还有的就是房子这一边的一张老胡桃木柱的睡床，那一边的一张弯脚的桌子，一些凳子，烤面包用的箱子，挂在天花板上的肥肉，罐子里的盐，一只火炉，火炉台上发黄的石膏像。走出房子的时候，拉发埃尔看见岩石中间有一个人手里拿着一只锹子，弯着腰，好奇的瞧着房子。

“先生，他是我的男人，”乌微尔额女人边说边发出乡下女人所特有的微笑，“他在那里耕种。”

“这位老人家是您的父亲吗？”

“对不起，先生，他是我的丈夫的祖父。您瞧他这个样子，他已经一百零二岁了。好，上一次他还带我们的小孩子走到克勒尔孟去哩！他从前身体非常强；现在，他只睡觉、喝水、吃饭了。他常常跟小孩子一块儿玩。有的时候，小孩子带他到山峰上面去，他也就去了。”

顷刻之间，拉发埃尔就决定要生活在这个老翁和这个孩子之间，呼吸他们的空气，吃他们的面包，喝他们的水，跟他们一样的睡觉，拿他们的血来灌他的血管。这是临死的人的偏向！变成这山岩里的一个牡蛎，多保持几天它的甲介，来麻木他的死，这在他看来就是个人道德的模范，人类生存的方式，唯一的生命，真正生命的美丽理想。他心里忽然涌上了一个深刻的自私思想，抹杀整个宇宙的自私思想。在他看来，宇宙已经不存在了，宇宙已经变成了他。病人眼里的宇宙是从枕头开始到床脚为止的。这山景就是拉发埃尔的床。

五十一

谁在一生之中没有侦视过一只蚂蚁的步伐呢？谁没有把草梗扔进过一只金栗色蜒蚰在内呼吸的穴洞呢？谁没有研究过一只瘦蜻蜓的幻想呢？谁没有欣赏过浅红色榛树叶上浮显的万千仿佛峨

特式大教堂的玫瑰花形饰似的红管呢？谁没有长时间甜蜜的瞧视过雨水或阳光射落在棕色屋瓦上所生的效果呢？谁没有观察过露点、花瓣、各种各样的花蒂呢？谁没有沉溺在这些没有目的而会引起某种思想，既像松懈又像忙碌的物质梦幻里过呢？谁没有度过儿童一般的生活、怠惰的生活、野蛮人的生活（只是没有野蛮人那样的工作）呢？

几天以来，拉发埃尔就是这样的生活着，没有顾虑，没有欲望。他追求高尚的感觉，特殊的幸福，来平静他的忧愁，他的苦恼。他攀爬岩石，走去坐在可以让眼睛俯视广阔野景的山峰上面。他就像朝阳的树木、守穴的兔子似的整天逗留在那里或研究植物的一切现象、天上的一切变迁，侦察地上、水里、空中的一切演化。

他极力跟这自然界的亲切动作合体，相当全面的顺从统治本能存在物的保守的绝对的定律。他不愿意再受自己的负累。仿佛从前因为法律的追索而逃到祭坛阴影下来受保护的囚犯似的，他也奋力溜进生命的圣殿。他居然能够完全成为这广大强力的成果的一个不可分解的部分：他熟悉了反常的时令，他居住过一切的石洞，他认识了一切植物的习惯，他研究过一切水流的姿容，他结交了一切的动物；总之，他这样完全的跟这充满生气的大地相结合，他甚至于都像是抓到了大地的灵魂，钻进了大地的秘密。在他看来，一切物类的无穷形状都是同一个本体的发展，同一个运动的组合，这运动就是一个能活动，能思想，能走路，能长大的庞大本体的呼吸，他也要跟这本体一同的长大，一同的走路，一同的思想，一同的活动。他已经想入非非的把他的生命和岩石的生命混杂在一起。他已经化身为岩石了。

谢谢这神秘的明悟，这虚假的痊愈，这类似自然界赏赐我们来阻止苦痛几天的狂热，瓦仑丹旅居在这含笑的山景里最初就尝到了第二个童年的滋味。他躲避一切到这里来，心里计划着许多的事情，而没有完成其中的任何一个，第二天就忘记了第一天的计划。他无忧无虑，他幸福，他自信已经得救了。

一天早晨，他偶然在床上一直躺到中午，迷在使人把实物看成奇幻，把妄想看做实物的半醒半睡的梦境里。正当他不自知是否还要继续甜梦的时候，他突然第一次听见他的女主人对每天前来询问的约拿达斯报告他的健康状态。乌微尔额女人一定以为他还睡着，她没有压低山居村妇的粗暴声音。

“他没有变好，也没有变坏，”她说，“昨天夜里他还咳嗽得死去活来呢。他咳嗽，他吐痰，这位先生，真可怜。我跟我的丈夫都问我们自己他哪儿来的这种咳嗽的力气。简直把人家的心都震裂了。他怎么生了这种病！他一点儿也没有好！我真怕一天早晨看见他死在床上。他脸色真死白，简直就跟耶稣蜡像似的！……好家伙！我看见他起床，好，他的身体就瘦得跟一把柴似的。他已经觉得不好，无论怎么样！他可不在乎，他还费劲到处的跑，好像他有强壮的身体出卖似的。不过他总算勇敢，他不埋怨！可是，真的，他睡在地下要比躺在草场上好，因为他忍受基督受难的苦痛！我不希望他这样，先生，这对我们没有什么好处。他死了就不会给我们现在这么多的钱，但是就是这样，我们也还要喜欢他：我们不是为的利益。——啊！好家伙，”她接着说，“只有巴黎人才会生这种病！他哪儿得来的这个病呀？这可怜的孩子！他一定好不了。您知道，让他瘦的，毁他的，坏他的就是发烧！可是他可没有想到，他一点儿也不知道，先生。他一点儿也没有看出来……别为这个哭了，约拿达斯先生！我们应当说他会因为不再生病而有幸福。您得给他念个九日经。我看见许多病人都是念九日经念好了的，我愿意供一支大蜡烛，来救救这么好的一个人，他简直就跟绵羊似的温和……”

拉发埃尔的声音太低微了。人家听不到他的声音，所以，他就得听人家这一段骇人的闲谈。不过，他也不耐烦的离开了他的病榻，走到门限上面来：

“老糊涂，”他斥责约拿达斯，“你要杀死我吗?”

村妇以为是看见了鬼，她就逃走了。

“我不许你对我的健康有什么忧虑。”拉发埃尔继续说。

“是的，侯爵大人。”老仆人拭着眼泪，回答说。

“从此之后，没有我的命令，你就别到这里来。”

约拿达斯想要听从侯爵的吩咐，但是在他退去之前，他却给侯爵投去一道忠诚怜恤的眼色，拉发埃尔在这眼色里读到了他的死亡诊断书。瓦仑丹忽然气馁的感觉到自己的正确地位，他就坐在门限上，叉着双手，低下头。受惊的约拿达斯走近他的主人：

“大人……”

“去罢！去罢!”病人嚷着。

第二天清早，拉发埃尔爬上岩石之后，就坐在一个长满苔草的石洞里。他可以从这里看见引水到他茅屋的狭路。他看见约拿达斯跟乌微尔额女人又在山峰脚下攀谈。一种神秘的力量给他解释这位女人的摇头，她的失望态度和不祥的天真举动有什么意义，这神秘的力量甚至于都给他把不利的话语装上冷风和岑寂。

他非常恐惧的躲到最高的山岭去，一直逗留到黄昏，没有能够驱逐心里因此而生的不祥思想。突然间，乌微尔额女人仿佛夜里影中之影似的站在他的面前；因为了一种诗人的妄想，他很想在她那一条黑白相间的短裙里找出类似鬼怪的干枯的肋骨。

“天气太潮湿了，亲爱的先生，”她对他说，“要是您再待在这儿，您就要不多不少的变成一个烂果子。您得回去！清早起一点儿东西没有吃就这样的喝露水，这对您的身体不好。”

“我用上帝的名义对您说!”他喊道，“您这老女巫，我命令您让我自由生活在这里，要不然，我就搬家了！每天早晨给我挖墓穴，这就够了，至少晚上不要再给我挖……”

“您的墓穴，先生！挖您的墓穴……您的墓穴在哪儿呀？我愿意跟瞧我们的父亲似的瞧您，绝不要看见您在墓穴！墓穴吗！我们都太早到墓穴里去……”

“够了！”拉发埃尔说。

“拉我的手臂罢，先生。”

“不。”

人类最难忍受的情感就是怜悯，尤其在他值得人家怜惜的时候。仇恨是一副补药，它可以叫人有生气，它感应报复的念头。但是怜悯却杀害人家，使我们的柔弱更加衰颓。这是笑里藏刀的祸害，这是温柔里的轻蔑，或侮慢里的温柔。拉发埃尔发现在百岁老翁身上有个胜利的怜悯，在儿童身上有个好奇的怜悯，在村妇身上有个健讼的怜悯，在村夫身上有个利益相关的怜悯。但是无论这怜悯是怎么样的形式，它总含有死的意味。一个诗人可以拿一切来写一首可怕的或快乐的诗，依照他获得的影像如何而定；他的激昂的灵魂拒绝温和的色调，选择鲜明的颜色。这怜悯就在拉发埃尔心里给产生出一种可怕的悲凉的挽歌。想要接近自然的时候，他一定没有想到自然情感的率真。他以为只有一个人留在一棵树下，受到一阵从未克服过的剧烈的咳嗽的袭击时，他看见小孩子仿佛野蛮人似的蹲在草丛下面，射出晶亮流盼的眼色，用又是高兴又是讥讽的天真的好奇来窥视他。这眼睛还包含有一种我也不知道是哪一类仿佛毫无感觉的兴味。练心会修士的可怕的诗句“兄弟，您得死去”是恒定的写在跟拉发埃尔共同居住的村人的眼睛里；他不知道到底是更怕他们的话呢，还是更怕他们的缄默；他们的一切举动都叫他受窘。

一天早晨，他看见两个穿黑衣服的人在他身边徘徊，偷偷的唤着他，研究他；然后，他们又装着来散步的样子，对他说了几句平常的寒暄，他也只简简单单的回答。他认出他们一定是约拿达斯派来或主人们请来，或闻到近期的死亡而到这里来的湖沼区医生和教士。于是，他也就仿佛看到他自己的棺材，听到牧师们的歌唱，数着灵堂的蜡烛，只从丧服的黑纱里看到这丰富的自然界的美丽；他最初还以为是在这自然界的怀抱里遇到了生命呢。从前给他宣告长寿的一切景色现在都给他预言将要到来的死期。第二天，他动身到巴黎去，满载着主人们赠给他的悲哀怜惜的祝愿而归。

五十二

整夜的旅行之后，他在布尔崩尼一个最含笑的山谷里醒来；这山谷的地势和景致都在他的眼前旋转，仿佛梦中如烟的影像似的飞逝。自然界用残酷的娇治陈列在眼前。一会儿，阿里埃河在一个丰沃的观景上发展他的光亮的水带，隐藏在黄色山峡里的小村落露出它们的钟楼顶。一会儿，一个小山谷的磨房忽然出现在单调的葡萄园后面，许多含笑的古堡，山上的村落，旁植白杨的道路露出它们的面目；最后，罗瓦尔河和它的晶亮的长水簾也就在金沙里闪烁着。无限的诱惑！激动的自然界就像是婴儿似的活泼，它好容易包含有六月的爱情和青春的活力，不可避免的吸引了病人的无光的眼色。他打开了车上的百叶窗，又睡觉去了。

黄昏时分，经过戈斯恩之后，一阵音乐的声音唤醒了他，他发现自己是在乡村的庆祝会之前。栈房坐落在广场附近。车夫给他的车换马的时候，他看见这快乐居民的舞蹈，装饰花朵的美丽兴奋的女郎，活泼的少年和满面酒气的赭色脸孔的老村夫。幼小的儿童互相的嬉戏，年老的妇人带笑的谈天：一切的东西发出同一个声音，快乐甚至于都流溢在衣服和搭架的桌子上。广场和礼拜堂露出一个幸福的姿仪；屋顶，窗户，甚至于乡村的门扉都像是穿着星期日的服装。

临死的人都不耐烦任何的吵闹，拉发埃尔也不能够抑制一个惨痛的太息，不能够抑制要叫这提琴队停奏，要消灭这运动，要平静这喧哗，要打散这无聊的庆祝会的欲望。他万分悲恻的登上了车。朝着广场瞧视的时候，他看见那里的欢乐已经被驱散了，村妇们都逃走了，凳子空无人坐。在乐队的台上，一个瞎子乐工继续用他的笛子吹上一曲尖锐的歌调。这没有人伴舞的音乐，这一身褴褛、头发蓬乱、躺在树荫下面，露出忧愁侧面的孤单的老年人，这就像是拉发埃尔祝愿的幻想的人像。这时候刚好降落了一阵六月的乌云忽然散布，突然收场而生的暴雨。这是非常自然的事情，拉发埃尔在天上看到一阵微风吹散的白云之后，甚至于都不想去看他的驴皮。他又坐在车厢的角落里，一会儿车子也就朝着大路转去了。

第二天，他坐在家里卧室的火炉台边。他叫人家给他生起一团旺火，因为他觉得冷。约拿达斯给他递来许多信件。这些都是保琳写的信。他不慌不忙的打开第一封信，好像是一张收税官给送来的不必付费的第二次灰色催账单似的。他读到第一句话：

> 走了！可是这是逃呀，我的拉发埃尔……怎么！谁也不能够告诉我你在哪儿吗？要是我不知道，谁又能知道呢？

拉发埃尔不愿意再念下去，他冷冷的拿起这些信，给扔在火炉里，用失神无光的眼睛瞧着火焰烧毁香纸，使它变硬，绞转，粉碎。

在灰烬上旋转的纸片让他看到烧了一半的句子，语词和思想，他也快乐的用一个机械的态度从火焰里拿出了它。

……坐在你的门上，……等着……偏向……我服从……情敌……我，不！……你的保琳……爱……再也没有保琳了吗？……要是你愿意离开我，你也不会放弃了我……永远的爱情……死！……

这些语词使他生出一种悔恨：他拿了火钳从火焰里取出了最后的一片信纸。

“……我呻吟了，”保琳写道，“但是我并不埋怨，拉发埃尔！把我扔在离你很远的地方，你一定是要减轻我的悲哀。也许有一天你会杀死我，但是你太好，你不会叫我苦痛，好罢，别再这样的走了。好，我能够接受最大的苦刑，只要是在你的身边。你要给我加上的悲哀也就不会是悲哀了，我心里所有的爱情要比我给你指示过的还要多。我能够忍受一切，除了在远离你的地方哭泣，不知道你……”

拉发埃尔把这封被火烧残的信放在壁炉台上，然后，又突然把它重新扔进火炉。这张纸太明显的反映他的爱情和他的惨痛生活。

“你找毕安仓先生去罢。”他对约拿达斯说。

霍拉斯走来，他发现拉发埃尔躺在床上。

“朋友，你能够给我配一剂鸦片汤，让我不断的睡眠，不至于叫我常喝受到害处吗？”

“这最容易不过，”年轻的医生回答说，“不过你每天还得站几个钟头来吃饭。”

“几个钟头吗？”拉发埃尔打断他的话说，“不，不！我只希望至多起来一个钟头。”

“你这是什么意思呢?”毕安仓问。

“睡觉，这还是活着!”病人回答说，“——别让任何人进来，就是维楚·保琳小姐也不能够例外!”医生开药方的时候，瓦仑丹对约拿达斯说。

“好罢，霍拉斯先生，有点办法吗?”老仆人送年轻的医生走到石阶上，问他说。

“他还能够活得很久，或是今天晚上就死去。在他身上，生和死的机会是相等的。我一点儿也不懂得，”医生发出一个怀疑的姿势，回答说，“你得排遣排遣他。”

“排遣他！先生，您还不认识他。前些时候，他就一声不响的杀死了一个人！……什么东西也不能够排遣他。”

五十三

拉发埃尔沉溺在假睡里好几天。谢谢影响精神的鸦片的物质力量，这位这样富有幻想力的男子却降低到懒惰动物的水平，这种动物就跟某种植物皮壳似的蹲在树林里，不肯前进一步去捕获食物。他甚至于都熄灭了天上的亮光，太阳不再射进他的家。晚上八点钟，他离开了他的床，连对自己的生存都没有明确的知觉。满足了他的肚皮之后，他又立刻回去睡觉。他的时间都是冰冷衰萎的，只给他带来混沌的影子，浮动的现象，黑底上面的晕线。他埋身在一个深远的缄默里，没有任何的动作，也没有任何的思想。一天晚上，他比平常的习惯晚上很多时候才起床。他发现他的晚餐还没有预备好，就拉铃呼唤约拿达斯来。

“你可以走了，”他对他说，“我已经让你富了，你可以过你幸福的老年生活了；可是我不愿意让你来戏弄我的生命……怎么！糟糕！我觉得肚子饿。我的晚饭在哪儿呀？你说。”

约拿达斯发出一个满意的微笑，他取了一支烛，烛火在漆黑的公馆的巨大房间里闪烁着，他领着重新变成机器的主人到一条宽阔的走廊里来，突然的开了门。拉发埃尔在烛光普照之下，立刻晕厥了，因为一个空前的豪华景象惊到了他。这是插满蜡烛的大灯，暖室给出产的布置精巧的奇花异卉，一张铺满晶亮的银器，金器，珍珠和瓷器的桌子，热气腾腾的一桌御宴似的饭菜，它的可口佳肴激动了颚盖的敏感神经。

他看见朋友们都在座，还有光着头颈，露着肩膀，满头插花，眼睛晶亮的悦人的女郎，她们有各种的装饰，都故作嗔怒：有的穿迷人的爱尔兰短衫，有的穿安达鲁斯的风流裙，这一个跟查西勒斯·迪安似的一半的裸体，那一个穿发里埃小姐的服装而显得和蔼可爱，她们都同样的醉狂。一切客人的眼睛都露出快乐，爱情和欢娱的光芒。拉发埃尔带着一副苍白的脸孔出现在门上的时候，里面就爆发出一阵突如其来的欢呼，快速的，放射的，仿佛这意外的宴会给发出的光辉。声音、香味、光线和疼人的美女都打击了他的感觉，唤起了他的欲望。隔壁厅里的一段悦耳的音乐用和谐的音波遮住了这醉狂的喧噪，凑全了这奇异的显灵。

拉发埃尔觉得他的手让一只令人发痒的女人的手给压住。这女人举起白皙新鲜的手臂来抱他，她就是阿桂铃娜。他懂得这景象不是他在梦里所看到的暂时流逝的虚幻图像，就吐出了一个惨痛的喊叫，立刻关上门。他朝着老仆人打了一个耳光，嘴里骂道：

“你这怪物！你就这样发誓要弄死我吗！……”他喊道。

然后，他就一心恐惧刚刚冒犯的危险，带着一颗跳动的心，找到力量回到他的卧室，喝了一剂大量的安眠药水，睡下了。

“好家伙！”约拿达斯恢复过来说，“毕安仓先生不是叫我设法来排遣排遣他吗！……”

差不多是午夜的时分了。这时候，生理的特性和医学以外的力量都叫拉发埃尔在睡眠里回光返照。一道浓厚的玫瑰色染上了他的白色双颊。他的额头就像少女似的温雅，显出他的天资。生命在这平静休憩的脸孔上发出光辉。您一定要说他是在母亲的保护之下昏睡着的儿童。他的睡眠是完美的，红色的嘴唇吐出平匀纯洁的气息。他微微的笑着。他无疑的是让睡梦给带到一个美丽的生活里去。也许他都已经是百岁老翁了，也许是他的儿孙祝愿他的长寿，也许是他跟先知似的坐在太阳照耀的树叶之下，从粗糙的凳子上看到山上的乐土，永远的幸福！……

“原来你在这儿呀！……”

这句话是由一种银一般的声音给发出来的，打散了他在梦中的模糊的影像，他在柔弱的灯光下看见保琳坐在他的床头，保琳因为久未晤面和苦痛而变得更加美丽。

拉发埃尔看了这个水上花瓣似的洁白的脸孔，不禁怔住了。这脸孔衬着黑色的长头发，仿佛在暗影里更显得白皙似的。眼泪在她的双颊上顺着光亮的道路逗留在那里，只要有微末的动作就可以叫它落下。她穿得一身的洁白，头部斜侧的勉强坐在床上，仿佛九天下降的天使似的，仿佛一口气就可以吹散的显灵似的。

“啊！我什么都忘记了！”拉发埃尔睁开眼睛的时候，她就这样的说，“我只留下声音来对你说：我是属于你的！是的，我一心只知道爱情。啊！我的生命的天使，你从来就没有这样的美丽过！你的眼睛惊吓了我……可是我猜出一切了！算了罢！你离开我去寻找你的健康，你怕我……好……”

“走罢！走罢，让我一个人在这里！”拉发埃尔终于拿轻微的声音回答说，“可是请你走罢！要是你留在这里哟，我就活不了。你要看我死吗？”

“死！”她重复说，“你可以没有我而死去吗？死！可是你还年轻呀！死！可是我爱你呀！死！”她用深沉的声音加上一句话说，再用一个疯狂的动作握住他的两只手……

“这样的冰冷！……”她说，“这是个错觉吗？”

拉发埃尔从枕头下取出驴皮，驴皮已经脆弱细小得跟一片夹竹桃的叶子似的，他指着驴皮对她说：

“保琳，我的美丽生活的美丽影像，咱们永别了！”

“永别了？”她惊骇的重复说。

“是的。这是给我完成欲望的护符，它代表我的生命。你瞧它还剩下多少，要是你还这样的瞧我，我就要死了。”

年轻的女郎以为拉发埃尔疯了，她取了护符，走去寻找灯火。在同样映照护符和拉发埃尔的摇动的灯光下，她非常用心的研究情人的脸孔和这最后一块的神秘驴皮。看见保琳这样的因为恐怖和爱情而更显得美丽，他不能够控制自己的思想：温柔的风流往事又在久已昏沉的心灵里得胜了，仿佛死灰复燃似的在那里浮现了。

“保琳，来！……保琳！……”

一声骇人的叫喊冲出了少女的喉咙，她的眼睛睁大了，深愁紧锁的眉毛突然恐怖的散开，她在拉发埃尔的眼睛里看到激奋的欲望，这些欲望从前都是她的光荣；但是，驴皮却随着这欲望的增强而收缩，使她的手不知所措。她不假思索的逃到隔壁的客厅里去，关上了门。

“保琳！保琳！”临死的人一边喊，一边跟在她后面跑，“我爱你，我崇拜你，我要你！……我咒诅你，要是你不给我开门的话！我要死在你身上！”

他用一道怪异的最后生命力把门推倒在地上。他看见他的情妇在安乐椅上一半裸体的转动。保琳想要刺破自己的胸脯而没有成功。为着立刻寻死起见，她就设法拿肩巾来上吊。

“要是我死了，他就活了！”她一边说，一边拉紧她所打的结。

她的头发散乱了，她的肩膀光赤了，她的服装凌乱了；在跟死神斗争的时候，她的眼睛充满着泪珠，她的脸孔发出了火焰，她在失望的挣扎里给沉醉于爱情的拉发埃尔露出了使他增加狂热的成千美态。他好像惊鸟似的轻捷的扑着她，撕破了肩巾，要把她抱在他的怀里。

临死的人寻觅语言来表达吞灭他的一切力量的欲望；但是他却只找到了塞在他胸中的喘气，每一个更向前头吐纳的呼吸都像是发自腑脏。最后，因为已经不能够说出话来，他就拿牙齿去咬保琳的胸脯。

……

约拿达斯受到他所听到的声音的惊吓，就进来了。他看见少女在墙角里伏在一具尸体的上面，就想把这少女从这尸体上拉开。

“您要什么呢?”她说，“他是属于我的，我杀死了他，我不是预言过吗!”

尾　声

“那么，保琳呢？”

“啊！保琳吗？好。”

你们曾经在冬天晚上坐在家里火炉的前面，一边回忆爱情的故事或青春的年华，一边欣赏火焰在一块榛树木头上给产生的焦痕吗？这里，这燃烧画出了棋盘的红色格线；那里，这燃烧反射了丝绒似的火舌，细小的蓝色火焰流转着，跳跃着，在热烫的火炭箱底上嬉戏着。

一个应用这火焰的陌生画师进来了，他用独到的技巧在这紫色灿烂的火焰中间画出了一个超自然的十分优美的人像，这是可一不可再的偶然现象。这是头发被风吹动，侧面吐露甜蜜情感的女郎：她在火焰之中呼吸！她微微的笑着，她渐渐的死去！

你们不会再看到她了。别了，火焰的花朵！别了，太早或太晚变成美丽金刚钻的不完全的意外的原质!

……

“可是，保琳呢?”

“你还不明白吗? 我再说好了。”

让路! 让路! 她来了，她在这里，她这幻觉的王后，她这仿佛接吻似的一去不返的女郎，她这仿佛闪电似的活泼的女郎。她仿佛闪电似的从天上火热的喷射而来，她不是创造的物类，而是整个的精灵，整个的爱情，她又重新装上了我也不知道是那一种的火焰的躯体，换言之，火焰为她而暂时炽烈! 她的形状是纯洁的线纹，可以告诉您她是从天上来的。她不是跟一个天使似的发出火光吗? 您不是听见过她的翅膀在空中发出的声音吗? 她比飞鸟还要轻捷的降落在您身边，她的骇人的眼睛使您幻惑；她的柔和有力的气息用一种魔术的力量吸引您的嘴唇；她带了您走了，您也就不再想到人世了。您要朝着这雪白的身体伸手摸上一次，磨折一次她的黄金色的头发，吻着一次她的晶亮的眼睛。一阵烟云使您陶醉，一片仙药使您昏迷。您的一切神经都颤动了，您就是整个的欲望，您就是整个的苦痛。噢，无名的幸福! 您曾经接触过这女人的嘴唇；但是一阵凶猛的苦痛就立刻使您惊醒……啊! 啊! 您的头倾斜在您的床角上，您抱住了棕色的桃花心木的床柱，冰冷的镀金的装饰品，什么铜器，一个铜制的“爱神!”……

……

“可是，先生，保琳呢?”

“还问! 您听。”

一个美丽的清晨，一个年轻人从杜尔动身，登上了安儿尔号轮船，手里挽住一个美丽女郎的手。他们这样的结合在一起，他们都在罗瓦尔河的宽阔水流上欣赏着一个白衣女郎，朦胧的隐藏在浓雾里，好像生长在水里或太阳光下的一颗果子似的，或云霞和天空的爱童似的。这个流动的造化一会儿像是水神，一会儿又像是仙女，它就在空气里飞翔，仿佛在记忆里旋转而不让我们抓住的一句话似的。她在岛屿之间散步，她在耸高的白杨树里摇动她的脑袋；然后，她就变成了庞大的物体，使她的成千袍褶发亮，或使阳光在她的脸孔周围给描绘的顶上圆光明耀。她在村落之上飞翔，她在山岭之巅浮游，好像要禁止汽船驶过乌丝古堡似的。您也许会说她是想要为她的祖国抵抗近代侵略的圣女。

……

“好，我懂得了，保琳就是这样的。那么，福多拉呢？……”

“噢！福多拉，您还可以碰到她！……昨天她在步风戏院，今天晚上她要到国立音乐厅去，到处都可以碰到她。您愿意的话，您可以说她就是社会。”

一八三〇——一八三一年于巴黎